看不见的河流

李娃　著

湖南文艺出版社·长沙

图书在版编目（CIP）数据

看不见的河流 / 李娃著. -- 长沙：湖南文艺出版社，2024. 11. -- ISBN 978-7-5726-2157-4

Ⅰ. I247.7

中国国家版本馆CIP数据核字第20249LX760号

看不见的河流

KANBUJIAN DE HELIU

作　　者：李　娃
出 版 人：陈新文
责任编辑：陈　晨
封面设计：嘉泽文化
内文排版：刘晓霞
出版发行：湖南文艺出版社
（长沙市雨花区东二环一段508号　邮编：410014）
印　　刷：湖南贝特尔印务有限公司
开　　本：880 mm × 1230 mm　1/32
印　　张：11.75
字　　数：240千字
版　　次：2024年11月第1版
印　　次：2024年11月第1次印刷
书　　号：ISBN 978-7-5726-2157-4
定　　价：49.80元

目录

Contents

春山

初见

五月的上旬，我见到鲁娜。那天下过一场暴雨，我拎着一小袋苹果和一条新浴巾、一个卫生纸卷盒子，站在百里湖的渡口边，头发贴在腮帮子上。我忍不住扭过头，抬起肩膀，蹭了蹭下巴。雨水还在顺着往脖子下边钻呢。就在那个时候，我接到了上山客栈老板唐毅的来电："今天有客人来，你什么时候回春山?"

"知道了，在等开船，快了。"我有些不耐烦地说道，随手挂上了电话。那家伙，怎么还不来？我心想。鲁娜，我那位在京城出生长大的堂姐，从记事起至今，只见过一次面，话都没有说过几句的人，突然联系到了我，跟我说，她要来春山度假。

天光和湖面白得刺眼。不单是因为遇雨或是不近人情的老板唐毅而心生烦闷，那时我正处在非常纠结的时期。旅游的旺季眼看着就要来了，而工资却不尽如人意。何况那家客栈所在的春山，四面是水，除了一天一个班次的客渡，出入仅靠船只沟通运输，十分不便。要不是大专期间因为男朋友的关系跟父母闹得很僵，毕业后找不到像样的工作，加之男朋友毫无征兆地分手，经亲戚朋友的关系引荐过来，我还真想不到自己能在一个这么没落的地方待满三个月的时间。无路可走，无处可去，上山客栈实在是不得已而停留的地方。

春山是一个狭长的岛屿，从东岸到西岸，步行完毕只需要三个小时，沙质的土地上，树木稀疏。我在上山客栈干清洁的活儿。岛上从前都是打鱼人家，自从岛民们放弃祖辈的营生，纷纷上岸打工，留在岛上的全是老人和孩子，直到旅游业兴起，人们把自家的房子收拾了一番，添置了些器具，就像旅馆一样地营业了。至于客流量，一个连基础设施都没弄全的孤岛，可想而知能有多少。不过，听说上山客栈曾经的那位老板娘——就是唐毅的母亲，很善经营，客源比起其他的旅馆就要多得多。我去的时候，已接待过旅行社的定点项目、协会采风团、以及大学生社团之类的组团项目。那家客栈，原本请了亲戚帮工经营，老板娘再婚去了省城，年轻人里头，唯一的服务员，唐毅的表妹出嫁之后，人手紧张，正好由我补上这个空缺。

眼看着船到了眼前，鲁娜还是不见人影。误了这一班，今天别想去岛上。再不来，可怪不得我了。当跳板落岸，前头的车鱼贯而上，我头也不回地跟着走。“美佳！”后头一个清脆的声音喊住我。一张笑脸冷不丁地迎了过来。

“我是鲁娜。”她看着我，就像见到一只中意的宠物似的。“哦……”我有些惊讶，也有些尴尬。她怎么认出我的呢？上一次见面，还是十多年前，外公去世的时候。但我不想像她那样，带着亲近而又好奇的感情色彩，从彼此的脸上甄别过去的痕迹。跟对待其他顾客一样，我也没法热情地招呼她。“走吧。”我转过头去，有些匆忙地走着，生怕那条船会丢下我们似的。

站在船头，工作人员发了件救生衣给我，我接了过来，和手里的东西混在一起拎着，从救生衣的前襟垂下的几根带子挨到了船板。只是客船过河的惯例安排而已，不必非要穿上它，天气热起来了，浑身的雨水还未干，我就更不想套上它了。

“要我帮你拿东西吗？”鲁娜问我。她离我两尺远，正瞧着我呢。我有点诧异。她指了一下我手里的救生衣，腕表亮光一闪。她已经穿上了那件丑陋的救生衣，还把衣服上的带子逐一打成了蝴蝶结。我不吭声，把视线转向别处。表很贵吧，但是，这么粗大，好看吗？我想。这是准备来住多久啊，箱子可真够大的，我又想。

那位工作人员指着这边，提醒我赶快把救生衣穿上。要不是她指指点点，那人才不会在意我呢！我有点怪她多事。她呢，竟然往前一步，向我伸出手来，是想接过我手里的那些东西。无可奈何地让她接下了那些杂七杂八，我心不甘情不愿地把那件马甲给套上了。

“你到这里三个月了吧？”她突然这么问我。她打听得倒是清楚。为了等我回答，她一直在看着我，把脸偏向逆风的这边，江上风大，她的头发被吹得乱蓬蓬的。我“啊”了一声，做出听不清她的话的样子，把我的东西从她的手里拿了过来。

引擎声，风声，本不是一个谈话的好地界，可她走出几步，又跟那位工作人员聊上了。太阳出来了，热烘烘的，湖面和船，哪儿都有一层明亮的铜黄。耳边听到笑声，看他们的表情，就像是两个老朋友在谈什么有趣的事情。断断续续的，在说去春山的路。都是水路，最后到达的，是同一个渡口。一条是从航运公司的码头那儿出发，乘快艇从湘江向洞庭湖去；一条是从镇上那条沿江的公路往前，行至百里湖码头乘这条客船。两条路都要经过芦苇荡。“芦苇荡啊？”她的语调突然地拔高，满脸的好奇。快三十岁的人了，却像个小女孩似的兴奋不已。要说是没见过世面，谁信呢？这种娇憨的样子，看着就很刻意。说实话，我挺讨厌她。

倒不是因为她的那个傲慢看不起人的妈妈。堂伯在大学里遇到了鲁娜的妈妈，毕业后就留在了她的城市。成家后，堂伯回来探亲的次数屈指可数，跟这边的亲戚早早就疏远了，近些年，算是断了来往。据说原因在于鲁娜妈妈的不贤惠，反对堂伯与我们这帮亲戚联系。好些年前，我爸为了伯父孩子就业的事去京城找堂伯，竟然生生被她给挡在了门外，灰头土脸地回来了。堂伯知晓后，打了个电话给我爸，从此以后，大家便没了念想。好在后面那两个孩子挺争气，读了大学，在省城扎下了根。不过，这都是他们之间的纠葛，跟我没关系。只是，鲁娜成为传说里的人物，时常活在亲戚们的嘴里。听说她头脑如何聪明，会读书，琴棋书画样样好。后来说起她的结婚对象，开公司的，有才有貌又多金。而我，作为与其对立的参照物，这么多年来被无休止地比较，对她的印象怎么可能好呢？又听说堂伯精神失常后，她妈妈不久就患病去世了，她自己也得过一场病。上帝总是公平的，有所得，便有失。不过，讨厌归讨厌，却也没有任何幸灾乐祸的想法。她的到来，对于我来说，只不过相当于一个普通游客需要接待罢了。

到岸了，我忙不迭地下了船，甩了甩手臂大步朝前走。打湿的衣服被晒个半干，粘在皮肤上又燥又重，浑身说不出的难受。越过那座新建的牌坊，“春山”两个大字就写在牌匾上。牌坊两边竖立着一溜欢迎游客的标语，都在风里呼啦啦地扬。

“欸，”鲁娜在叫我，“美佳……”我回头看向她，她拉着她的那口行李箱，磨磨蹭蹭的。“快点，好远的路呢。”我不禁皱起了眉头。上山客栈在春山的“上山”，靠近岛的最北端，岛上能见到的车，都是政府派轮渡过来进行电力维修之类的工具车，如果遇不到这种顺风车，还得走两个多小时才能到达。

“唐毅你好，我已经跟美佳在一起了……”听到她打电话的声音，我再转过头去，她把手机放回行李箱的夹层，又从里头掏出一把卷起的伞来。我想象着唐毅接她电话时那个窘迫的样子。他应该是一句话都没回她。这位年轻的客栈老板，如果不是非得说话，一整天都没法听到他的声息。

一路上，她时不时问我晒不晒啊，要不要和她共个遮阳伞啊，我说不呢。一会儿指着路过的几株矮树问我，那是不是桃树，她来春山前就听说岛上桃花开的时候很美的，又问我蔓荆子是不是全部都长在沙滩上，这次能不能赶上它们的花期。我来春山的这段时间，根本就没去搭理过那些花啊草啊，只有游客才在乎这些。我说我不知道。这也是我跟她说得最多的一句话。

当她提议要不要歇歇再走时，我听到了车的引擎声。是辆工具车，太好了！我朝它扬起手来。司机的去向，离上山客栈不远，我们搭上了这辆车。

司机是个秃头的中年男人，他问她箱子重不重，要他帮忙提上车吗？她笑了起来，多亏她的牙齿长得整齐，不然，都能让人看到她的牙床了。接下来的时间，她都在跟司机说话。除了觉得聒噪，省下了原本应该由我对司机做的应承，这让我有点儿庆幸有她同往。

“到时我们一起去看看啊。”她说这话时，我们到了上山客栈的门口。那个司机绕道把我们径直送到了目的地。她向他说谢谢，那人眉开眼笑地打着方向盘。车开出好远，她还在追着车尾挥手，以为那人看得见。

上山客栈

“蔓荆子开花有香味的。刚才王师傅说，今年雨水多些，开花会迟些，看来是不会错过的，真是太好了！”跟着我进了上山客栈的门，鲁娜转过头看着我，又是渡船上那种满脸兴奋的神情，“到时我们一起去看看啊！”原来，下车前的那句话，她也是对我说的。正想着要么说个理由拒绝她，偏巧老板唐毅向我们走过来，她朝他打着招呼，问他能不能陪她参观一下客栈，唐毅搔了搔剪得很短的头发，支吾着让我带她去。“啊，没事的，我也正想着让美佳带我去看看呢。”她笑着说道。遇到这样的店老板，想必再热情的客人也没辙吧。

唐毅与我同岁，按月份，他还小我三个月，高中毕业之后进过工厂，最近才继承了客栈。邻居们都这么说：“唐毅啊，以后要找一个像他妈那样的女人才行啊！”想起最初见到他时，我按约定的时间到达百里湖码头，他用自家的船来接我。很小的一条渔船，安装了推进器，没有篷布遮挡。船舱里放上了一张小板凳、一件救生衣，对于像我这样第一次坐这种船的人来说，感觉安心了不少。他站在船头，垮着脸，从嗓子底下蹦出几个字：“你就是去‘上山’的那个吧？”连我的名字都不愿意叫出来似的。几个月了，我们说过的话掰着手指头都数得过来。每天清洁工作之外，我还得跟着他等在渡口，把客人从船上接下来。客人们难免询问一些问题，我应付不来的，他才接过话头。不到那个时候，他基本就不会说话。

邻居们说起他的母亲，就是从前的老板娘，说她性情爽朗，非常贴心和周到，听说从服务设施以及各方面条件还比不过别家的那个时候起，很多客人就是因为老板娘而选择了“上山”。我没见过老板娘，但是接过两次她的来电，光听她说话，就觉得邻居们的说法不无道理。她打给唐毅的电话，都没接通过，她向我说过拜托，也许是客气话，但是很诚挚，让我很自然地感受到她的那份真心。唐毅呢，听说母亲来过电话，总是一声不响。一方放心不下，一方却冷淡疏远，认定他没有人情味，这也是其中的一个因素。如果非要在他身上找到什么优点的话，无非就是他对天气的预测能力，与渔民数十年积累的经验比起来，他的灵敏准确活像一个人体感应器。想想这些，就不难理解邻居们的言下之意，老板娘打下的江山，会败在他的手上。迟早的事。

我们穿过这栋房子的客厅往后边走。“上山客栈”就是前后两座平房，前头是一座两进的房子，与客厅并列着的，是前后两个卧室，客厅与卧室的后面是一个餐厅。后边的那座房子还很新，并排六间客房，两个浴室和一个大的盥洗室，都是随着旅馆的经营状况而做的扩建。两座平房之间是一块较为宽敞的空地，厨房建在空地的东侧，占地很大。西侧被小树林遮挡了，都是当地自然生长的树木，房屋扩建的时候没有把它们砍伐掉，也是为了起到遮阴遮凉的作用。

“我发现，青山的房子都是平房，没有见到两层的呢。”她若有所思地说道。

“是因为沙地，再有钱也不行。”我随口答道。

春山的沙质土地无法提供牢固的地基作为支撑，这也是听邻居们说的。入夜之后，邻居们走进来，坐在靠窗的藤质长沙发上，跟着我们一道等候着游玩的客人归来。客厅里开一盏白炽灯，灯泡不大，夕阳一样的光晕里，电视机在柜台上闪烁着不同的画面。今天生意怎么样啊，哪个客人有什么趣事啊，谁谁两口子今天在赌气，明天谁要休假……一个个夜晚，不论门吱呀地打开，进来了谁，吱呀地关了，又离去了谁，对我来说都是寂寥的。

岛民日出而作日落而息，即使有游玩到很晚才归来的客人，作为客栈的服务人员，九点之后，也会毫不顾忌地睡下。客人们回来，起来为他们开一下门，然后又关上门，进入自己的卧室。洗浴的地方，是刚到的时候就介绍好了的，床单、洗浴的物品都已备好，任由客人们自己进去做就寝前的准备工作。有的客人希望来点夜宵，唐毅就说，岛上没有夜宵提供。寂静，是上山客栈本来的模样。这也是我不喜欢它的一个很大的原因。都是不得已而为之，不然，谁会留在这里呢？

像家一样

“真不好意思，这两天就我一个人，要给你们添麻烦了。”吃午饭的时候，鲁娜笑眯眯地看着唐毅和我，突然这么说道。唐毅愣住了，他那样子，还真有点傻气。客栈里就我们仨，坐在厨房那张小小的四方桌子边，她那么郑重其事，弄得他不知道该怎么回应。

她跟唐毅说起她的家庭情况，母亲教中学语文，父亲是工程师，很恩爱的那种婚姻关系，连争吵都极少发生。她感慨地说：“像爸爸妈妈的生活，我一直认为就是最好的生活了……”

早已知晓她的父母，据她说来，却像是第一次认识似的，我忍不住在心里冷笑了一声。她没有说起她的老公，是想低调处事吧，要么就是离了婚。唐毅果然没有反应，其间只低低地吸了一口气，或许是打定主意说点什么，可最后也没有开口，因为他的思维跟不上她的节奏。比如，就在她刚刚感慨完她父母的生活后，马上就转过头来问他：“听说岛上都有船，你也有自己的船吧？”

午餐后，鲁娜抢着收拾饭桌。我不跟她争，杯碟碗筷那种油腻腻的触觉，真是避之不及。来的时候，没说让我干洗碗工，工钱里也一直没有添加这一项。原本负责厨房的工人是唐毅的伯父，因为肠胃病去了省城住院，客人们的用餐只好暂时托给别的旅馆。唐毅管着采购和接待，本就没有多少时间待在客栈里边，虽说就只有我们两个人的用具，但一日复一日，堆在清洗池子里实在太难看了，我才挽起袖子洗了一回，之后，竟然成了我的分内事。她愿意干，可不是出人意料的好事吗！她悠悠地说："到了这里，就像回到家里一样……"没头没脑，难以理解，我却不会为此感到不安，倒是看唐毅的表情，既感动，又亏欠，他是很不自在的。

当天晚上，我打着哈欠给她开门。"打扰你休息了……"她看着我的眼睛，十分抱歉的那种神情，我想，她是真的感到了歉意。这让我有点儿意外。像她这样迟归的客人，在岛上到处都是啊。"总觉得像是在自己的家里一样，任性一些也没事。"当我准备关上房门的时候，她微笑着说道。

"像是在自己的家里一样"，这种肉麻的说法，最能击中唐毅这类男人的软肋。唐毅显然对她很上心，第一天的傍晚，他就带着她去看了他的那条小船，之后的几天里，他都会开着小船载着她沿着岛溜个一圈半圈。

鲁娜每天早餐后出门，带一个照相机；午餐后休息一会儿，再出门；晚餐后的归来，一般会在十点之后。她跟我说把客栈当成自己的家的那句话，已经是深夜一点钟了。一般客人来岛上住，一两天为主，多的三五天也有，像她这样，在客栈里住上十多天还没有退房的意思的客人，是非常少见的。远远不止对岛的好奇吧，在我整理房间的时候，看到她带来的一台笔记本电脑，好几个清晨，我提醒她用餐时，看到她盘着腿坐在床头敲打着键盘，十分严肃的样子。

“是个作家吧。”邻居们议论起她的时候这样说。“上山”接待过采风团和写生团，作家或者画家，在从前的老板娘——他那位以能干著称的母亲经营着的时候，倒是没少见。但我觉得，她跟那些客人有些不一样。比如，会询问一些服务方面的麻烦，客人最关心的是哪些事，岛上缺少哪些东西，都是很随意的那种闲谈，唐毅总是一板一眼地作答。周边干旅馆业的邻居们不久就熟悉她了，也跟她说起自己的烦事、对政府在设施投入方面的一些建议。

我想，她跟开发商有没有关系呢？早些时候就听说，有人要来春山，在岛上建度假村，有饭店、洗浴中心、马术馆、保龄球馆、烧烤城……这样一来，就会对“上山客栈”这类农家乐式的小旅馆产生很大的冲击。同行里有人说，实在不行，就给他们去打工吧，那么多的服务项目，总要人手的。但是更多的人觉得还是在自己家里工作自在一些。“他们那些人，眼里只有钱，不知道会把岛搞成什么样呢！”人们很担心，对于开发商普遍抱有排斥的态度。早前听亲戚们说过，鲁娜的那位律师老公，投资与人合伙做过地产开发。除了我，好像没人往这上头想。我也只是想了一下罢了。毕竟这事，两头隔得太远了。

鲁娜每次出门前，都会将床上物品收拾得很妥帖；用餐之后，把大家使用过的碗筷拿到厨房的洗碗池边。有什么要帮忙的吗？鲁娜常常这样问。有几个清晨，她比谁都要早起，清扫客栈外的小路，与路过的人偶尔交谈；很会说话，特别客气，又不让人产生距离感；甚至有一回，她亲手做了几个菜……是个好客人！唐毅有一次忍不住跟我这么说。我还从没想过，他能跟我说出这么一句纯属私人性质的话来呢。事实上，自从鲁娜住进“上山”的第二天，唐毅就开始主炊了。他会做饭，味道还不差，直到那时我才知晓。也是她的建议，说是很想在自家这边吃饭，即使是煮个面条都可以的。

没有人不喜欢她，我想。但是，我不喜欢。

同行

“晚上我们一起走走吧。”一天晚餐后，她微笑着发出邀请。她总是表现得好像跟我很熟悉一样。她要求得合不合理？“我们”又是指的谁呢？我正想着，唐毅就一口答应了下来。

鲁娜、唐毅和我，就这样走在了通往“下山”的路上。我的脑子里想着“下山”这两个字，岛这个原本紧密相连的地界，被称为“上山”“中山”“下山”三部分，不知缘由从何而来。一马平川的春山，徒然分作三个“山”的区域，一直让我感到费解。

月亮升起来，是一弯金色的下弦月。风吹起我的头发，蛐蛐和别的虫儿的鸣叫声此起彼伏，青色的路灯把影子拉长了，又拉短。小路的一边，树影绰绰，另一边呢，是空旷的黑暗。

那是沙地，大片大片的沙地。白天，在强烈的日光下，白色的沙地晃得人睁不开眼睛。岛上的沙，是纯白的颜色。寂静中，人走过的路面似乎都没有发出声响。

鲁娜原本稍微走得快一些，偶尔又落在我和唐毅的后面，后来便跟随着我们的脚步，三个人，彼此拉开一点儿距离，并排走着，刚好就是这条小路的宽度。察觉到她在拍照，过了一会儿，她就给我们看她的相机，我和唐毅在路灯底下的背影，说着就有点儿撮合我们俩的意思，不过，我觉得她打趣的成分居多。她啊，总在寻开心。拿着相机拍啊拍啊，就连客栈的屋檐都认为怎么个好看，见到几只蜻蜓的时候，像捡到了宝贝似的。我又一次下意识地猜测起她的身份，还真不像是做开发商的样子。

很快，她就和唐毅谈起客栈里的情况。客人们来岛之前做什么工作，家庭的状况……我一点儿都不关心岛上的旅游业会是怎么个走向，从没跟人说过我对她的怀疑，因此，对于他们谈的这些事情，我都听不进去，何况陪他们来散步，只是我需要应付的一个接待任务，就一直沉默地走着。

“美佳，你是为什么来岛上的呢?”“美佳，你觉得岛上什么地方是你最喜欢的呢?”“夜晚有失眠的时候吗，美佳?”她时不时与我说话。也许是被当时的氛围影响着，我开始认真地想那些问题。我读书不好，是因为从来就没有过什么野心。出人头地那是别人的事。还没毕业时，我就打定了以后跟男朋友结婚的主意，过日子啊生孩子啊，都是结婚之后的事，男朋友的家境不错，我也做好了当家庭主妇的准备，可不久，这些计划就像肥皂泡泡一一破灭了。

妒忌，一想到这个词儿，我差点吓了一跳。是鲁娜招人喜欢的身材和相貌（她的高挑，并非干瘪，腰细臀圆的，比起少女阶段才有的那种窈窕，又多了成熟女人的韵味），她那到处受欢迎的性情，来岛上消遣的财力，还有她的快乐，才是让我这么不喜欢她的原因吧。想起每次开饭的时候，她说我们等等美佳吧。然后吃饭的时候，她又会说，美佳吃鱼的吗？吃鱼让人聪明哦。明明她是客人，却像个主人那样招呼着我。好啊，吃鱼聪明，我重复着她的话，脸上笑着，心里却不免怨怼。在所有接待过的客人里，她是唯一如此想要亲近我和唐毅的。讨厌一个人的时候，真是毫无道理可讲。当我醒悟到这些时，感觉就很不相同了。

“唐毅挺不容易。”鲁娜与我有了一场单独的谈话。那时，唐毅走向了沙地，他想要找个地方方便，“下山”这边，几乎不存在服务设施。“高美佳，你不要跟来啊。”他竟然破天荒地跟我开起了玩笑。这样一来，我们都不觉得尴尬了。

接着，我知道了她来岛上的目的。她老公是开发商的合伙人，她说有好几个合伙人，她先来岛上看一下，摸摸情况，还有很多复杂的事情在后面，这是第一步。

“以后，等度假村建起来，你来我们这里工作吗？”她认真地问我。

“哦，”对于从没考虑过的问题，我答得倒是挺爽快，“我早就打算离开‘上山’了，我不喜欢这里……”

“真是这样，唐毅就说你很单纯，呵呵，你真是不会拐一点弯的。”她笑了起来，说不清是赞许还是觉得无奈。

“唐毅说你，像只小猫一样，”她边点头边说道，“说你动不动就想藏起来，嘴里从来不说好，也不说不好，什么事都放在心里……唐毅到六岁的时候还不会说话，是被吓的，被他爸爸吓出来的。都以为他会长成一个傻子，幸亏没有。”她看了沙地那儿一眼，把眼睛闭了一下。

唐毅这么说我吗？我惊讶极了，不言不语的，却比谁都了解我。他经历过什么啊？听上去好像挺严重的？有过创伤的人，更能敏锐地察觉人心呢，我心想。

“唐毅他妈妈一直很担心他，不过，那头，也有她脱不开的责任。他妈妈也是很不容易呢。”她轻轻地叹息了一声。她竟然跟唐毅的母亲有了联系，这又是什么时候的事啊？我觉得很意外，心里感慨着，她还真是个有心人。

“按我年轻时的想法，什么事情都可以简单化，非常容易就被解释了——春山，因为没有山，这里的人向往山，所以就叫做春山……人要是一直能留在单纯的年纪就好了，什么事都很简单。”看着唐毅从不见人影的沙地里走了过来，她朝他挥了一下手，脸上挂满了笑容。“青春年少真好啊！看着你和唐毅，就打心里羡慕呢。”不过年长我六七岁，却说出这么沧桑的话，是故作深沉吧，我这样想着，并不回应她。

继续往前走，路灯消失了，所有的光都消失了。在黑暗的面前，我们还要继续往前走吗？虽然心有疑问，但我的脚步没有停顿。这时，同行的人却都停了下来。

哈哈哈，鲁娜爆发出爽朗的笑声，唐毅也在笑着。好像一个捉弄人的小诡计得以实现了。

“美佳，刚才如果唐毅大叫一声‘鬼来了！’，你会不会被吓到尖叫着逃跑啊？”折返的途中，鲁娜略带神秘地问我。

我看着她，奇怪为什么唐毅并没有那么做，她却要说一个假如来让我回答。

“因为你们一直在走啊，”我说，“我以为我们还要继续往前走呢。”

“那刚才我应该说‘跑’，你就会像只小兔子那样撒腿跑起来！”鲁娜笑得眼睛眯起来的样子，好像真的看到我像只兔子那样狂奔呢。

他们俩又笑了起来。

对面走来几个男人。原本应当擦肩而过，其中有个人突然指着我，大声地问：“你去哪啊？”分明是陌生人，还喝得醉醺醺的，我不想理他，径直往前走。根本没有想到，那个人竟猛地推了我一把。我踉跄了两步，要不是鲁娜飞快地扶住我，肯定就会狠狠地跌倒。耳边的声音很乱，有个男人在发笑，鲁娜像是跟谁打了个招呼，只听她说：“没事，我们走吧。”我的胳臂一直被她拽着。明白她这是不想惹祸上身，虽然很生气，可被她这么一拉扯，火气自然被压了下来。我心想，算了吧。可那个男人嘴里说出了脏话。

“你推她做什么呢?”唐毅上前一步，看了一眼那个男人，又把眼光从那个男人的身上挪开。他的语气里有不快，也有告诫。但看得出，他也不想惹事。那男人愣了一下，推搡过我的那只手再次向我伸了过来。只见唐毅的手跟着扬起。要动手了！我的头脑里轰地响了一下。就在这时，鲁娜一把拉过了唐毅，笑嘻嘻地跟那人说：“哥哥，真是不好意思啊，我们没注意，挡了你的路了……”又冲周边的几个人说：“哥哥们，快劝劝啊，真是不好意思啊，我们诚心赔不是呢，都是来玩的，要开开心心的嘛……”

直到远离了那些人，我的耳边还在响着她那一声声亲热的“哥哥”。听说厚脸皮的人，常常不费吹灰之力就能得到他们想要的那些。鲁娜真是深谙其道。那几个男人，看着年纪跟我差不多，她怎么喊得出口的?回头看她一眼，她又开始跟唐毅聊起天来，呵呵地笑着。刚才发生的事，她好像一点儿也不在意。有什么大不了的嘛，就是这种感觉，永远都在自得其乐的人，这世上根本就没有什么值得她放在心上或者大惊小怪的事吧。她为我们避开了一场风波，我却瞧不起她。“哥哥”和“像家一样”，这些肉麻的说法，都让我感到非常不适。

噩梦

那天半夜，鲁娜啊啊地叫着，隔壁房间的我，被惊醒了过来。下意识地起身，跑到她的门口，听她的叫声变成了呜呜的哭声，我就更迷惑了，是做什么样的噩梦吓成这样子呢？或者就是她那个闹腾的性子才会连梦话都搞出惊天动地的架势？正犹豫要不要敲门，又想拖着等会儿再说吧，过了一会儿，她的声音消失了。我回了房间。半晌后，听到窸窸窣窣的响动，还有开门的声音。是她出去了吧？想着她总是这样一声不吭来来去去的，我也犯不着为她担心。

被吵到，睡眠就彻底消失了。来“上山”之前，我怀疑自己已经患上了失眠症。到春山后，感觉睡得还行。这也是春山唯一的好处了。像吃过糖的人，再吃苦味的东西就会特别反感一样。这一晚，因为睡不着而感到特别生气。

想起鲁娜来“上山”的前两天，我像往日一样，跟着唐毅站在渡口边等待着客人。我突然就朝水里走去，水没过我的鞋子，午后阳光在水纹的背脊上流动，哗啦哗啦。“你在做什么呢？”唐毅叫住了我。要是我说我想自杀呢，他会认为我在胡说八道吧，不过，我可没心思开玩笑。他瞪着我，让我觉得有点儿难堪。我有多犯傻，才会干出那样的事。是因为迷惘吧。自卑，狭隘，像头困兽一样。浑浑噩噩，厌恶浑浑噩噩的日子，又不知怎样才能结束，觉得不可能结束，就是当时的心情了。摆烂的人其实日子很难熬。

后半夜，听到开门的声音，还有唐毅叫我名字的声音。我跑到客厅里，鲁娜坐在沙发上，唐毅站在她的身边，两人似乎是一起回来的。唐毅看了我一眼，往门外走去。

“下的网要收了。”他这么说了一声，好像是对我说的。

“梦游症，又犯了，呵呵……”鲁娜有些尴尬地朝我笑了起来。

“怎么回事啊?”我有点儿惊讶。

“这两年有的，以前没有呢，”她摇了摇头，“挺不顺利的，唉……”

“美佳，你谈过恋爱吗?”她认真地看着我。

“嗯，前面谈过一个男朋友，已经分手了。招呼都没打一个，就分开了。”说实话，我并不喜欢跟人谈起隐私，可她的眼神很真诚，这个问题又刚好问到了我的心坎上。

“挺好的……美佳，是好事呢。”她劝慰似的说道。她没有打探和深究，看向我的眼神却并非随口说说那种敷衍和轻易。

“唐毅晚上都在水边，他的睡眠很不好呢……刚才他就是在那儿碰到我的。”她起身，往房间走，突然转过身来说道。看我的样子，就能确定，我的确不了解唐毅。之前偶尔起夜时，我见过唐毅和衣躺在厨房的长凳上，那时没在意。原来，他也有失眠的情况。

回想起来，在面对那个粗鲁的男人时，唐毅的反应是我完全没有想到的。不只是老板员工的那种交情，这样就有了一种感动的情绪。之前，我根本不想了解唐毅，还有鲁娜。现在看着她的背影，突然对她有了同情。从小有个很幸福的家庭，没遇到过什么阻碍，接连遭遇了不顺心的事情后，才患上了梦游症吧。精神上是有创伤的。白日里，根本看不出来。

不可思议的事

第二天晌午，我们仨去找唐毅的小船。客栈一直没有来新的客人，所谓“团”，就是鲁娜一个人。她包下了整个客栈，之前都是唐毅陪着鲁娜去湖上玩。

走在两旁都是灌木的小路上，见过几只鸟，比起常见的鸟儿硕大得多，灰色的羽毛，眼缝是白色的。不知是鸫鸟，还是椋鸟，我确定它们跟喜鹊和八哥不搭界，根据毛色来判断的，不是杜鹃，杜鹃的眼睛可没有一丝白色。到了后来，我们连它的白色是在眼部和背部，或者仅仅是眼睛周边那一圈都争论不休，而且非常犹豫。春山的鸟就跟湖里的鱼一样，总有那么多，因此我们都没仔细看，也或许是因为大家都是各怀心思，根本没留心去看吧。

“是不是画眉？”鲁娜突然问道，中间过去了几个其他的话题，突然又听她提起，可唐毅还是很认真地回答：“不是的。”她点了点头，唐毅又说：“那个，小得多。”

小路尽头，就是沙滩。湖在沙滩的那头，天在湖的那头，阴天的湖水是墨青的，天空的乌云一层染着一层。转过头去，远远的那一条浅绿的线，天与地就是从那儿被分开的。白色的沙滩在水中延绵成一个弯月的形状，沙滩上散落着一条条的藤蔓，每一条藤蔓都用向水面靠近的姿态生长着，就像一道又一道的平行线，但是，没有一条藤蔓可以到达水边。看着这样阔远的沙滩，我诧异春山远比我印象里的广大。

“美佳，快看啊，蔓荆子！”鲁娜喊了起来。只见她忽地蹲了下去，仔细地看着那些藤蔓。“看它们的叶子，铁扇公主的小扇子那样，灰绿灰绿的……”她小声地说着，膝盖落下，一只手撑在沙地上，“跟我爸爸说的一模一样！”她那感动又感慨的神情，就连看惯了她小题大做的样子的我都不免疑问，这可不是少见多怪，更不是出于经济价值之类的考量，她从一上岛就在问蔓荆子，何况跟着唐毅都来过沙滩这么多回了，可见，它们应该是跟某种对于她来说很重要的东西有关。

“美佳，你来闻闻，花骨朵，芝麻粒样的，很快就要开了，我已经闻到它的香气了，一丝丝的，往心里头钻的好闻的香气呢！”她把头仰起来，满怀期待地看着我，身子几乎伏在地上，那样子有点儿滑稽。我蹲下，在她的注视之下，把脸趋向那条藤蔓，“嗯，是有点。”其实我没闻到什么香气，除非像她离得那样近。“啊，马上就会开了，我爸爸说，紫色的小花，是最好看的那种紫色呢！”她盯着那些细小的花苞看啊看啊，我觉得自己过于冷静的表现也许会让她感到失望，不过，她的注意力全在蔓荆子上，不论怎么回应她，她都不会介意吧。

坐在唐毅的小船上，我低着头，闭着眼睛，双手捂着脸颊。我忘了戴帽子了，湖上哪怕是阴天，也多的是紫外线。看看鲁娜就知道，再过几天，肤色就跟岛上人没两样了。突然感觉到耳朵被什么碰到了，是鲁娜。我很惊讶，很多年来，我都不曾被哪个女人这样碰触过，就连我妈妈也没有。她微笑着，将风吹乱的我的头发，挽到了我的耳后。我有点害羞，担心她再来这么一下，就用双手抱着头。她又咯咯地笑起来，在嗡嗡的马达声里，她的笑声依然响亮，她好像是彻底放松了，才发出这么大的笑声。

不带目的地行船，就像没有寄托的梦一样，明明很快，却感觉很慢，开出了好远，却觉得刚刚才离岸。湖上的风不热也不凉，吹得胳膊和腿都是轻飘飘的，我感觉自己像只炸毛的红鸢，那是许久前从电视里看到的一张图片，一只未成年的红鸢站在树梢上，风把它全身的羽毛吹得像花瓣那样张开着，看上去倔强又呆萌，没有一点儿猛禽的样子。

就在这当口，鲁娜跟唐毅换了个位置，船眼看就要停歇下来，她猛地拉下了推进器的按钮，呜——船被再次开动了！当我晃过神来，她唱起了歌，没有歌词的吟唱，我想她是在为自己壮胆。紧接着，我就感到了害怕。船的行进不大平滑，整条船像个不久前才学会走路的孩子那样时不时地踉跄，我张着嘴，背上汗津津的。

“嗨，唐毅！”我下意识地看着他，终于忍不住喊了起来。他转过头，跟鲁娜说了句什么，接着船便慢了下来。唐毅回到了操控的位置，直到鲁娜像刚开始时那样规规矩矩地在我的对面坐下来，我一直死死地盯着他们俩，担心一不小心，船就翻了。

船往回走，她斜过身子，几乎倾向船外，她把手伸进了水中，白色的浪牙咬着她的手指，她看着渐渐清晰的湖岸，像是发了呆，眼神那么空洞，我觉得她并非真的想与我们同舟。我后来才知道，不是落寞，也不是怅惘，一个人，带着孤绝的心，面对没有边际的天地，这样的情形之下，是感受到了悲伤吧。

船头磕到岸边，唐毅跳下船去，把缆绳系在沙滩的一块石头上，阳光就在那时破开了苍穹似的照下来，瞬间，到处都明亮无比。沙滩近处是纯白的，远处是灰白的，这是太阳的魔法。

“看云母，像星星吧？都闪着光呢……”鲁娜站在船上，用手指着沙地，念叨着，“这么漂亮的沙滩，踩在上面，总会感觉有些罪过啊！”唐毅伸手牵住她，她把另一只手也递给了他，像个孩子那样被依托着跳下了船。唐毅回头看着我，我也看着他，想着要不要也让他牵着呢？双腿却已经不受控制般地往下跌了。脚尖落在沙滩上，抬起头来，唐毅那有点儿蒙的表情，让我忍不住想笑。

鲁娜说起系缆绳的那块大石头，是他们从渡口边搬到那儿的，这些天，他们都是从沙滩出发，行驶一段水路，又返回沙滩上。我猜想得没错，鲁娜不是第一次开船了。唐毅说，她已经能够控制好推进器了，拐弯，掉头，都没有问题，像我吓成这样，完全是心理上的排斥，不相信她罢了。我很惊讶这些话是从唐毅的嘴里说出来的，虽然说得慢吞吞的，一句一顿，但是把一件事情的来龙去脉做出如此清楚的表述，还是从没有过的事呢。

几天就学会了独自驾船，这不可思议的事，放在鲁娜身上，又觉得没什么好奇怪。她的确是能干，任何一门陌生的技能，随便当成了游戏，也能做得有模有样。这个参照物啊，真是强得让我口不服也要心服啊。

这个时候，鲁娜说起了昨晚与唐毅妈妈的通话。原来，老板娘结过三次婚了。初次结婚的那个男人，就是唐毅的父亲，与她性情不合，老板娘忍受不了，净身出户，离开了那个家。当时婆家不放唐毅，老板娘以为孩子跟着有手艺的爸爸比跟着一无所有的她要强，直到听说奶奶去世后，唐毅被他爸爸整日整夜地关在屋子里，境况很不好，老板娘赶去，费了很大的折腾才要回来。离婚后的头几年，老板娘在省城车站附近的餐饮小店当洗碗工，一个月两百块钱，手都洗烂了，十个指头都得缠上膏药。晚上支一张折叠躺椅，住在老板的餐饮店里。要回唐毅后，在那儿继续工作。有一回唐毅走丢了，让人从几十里开外的另一个车站给送了过来，那人后来就成了唐毅的继父，他们就这样来到了岛上。继父能吃苦，人也老实，靠在工地做搬运工养家，做工的钱都寄回家了，身体上不舒服也没有告诉她，后来就完全垮了下来。继父去世也有十来年了，她服侍了他七年，那时老板娘才四十多岁，大家都说让她再找一个，她老家的邻居，小学和初中的同学，找上她，说家里老婆脾气很不好，不想一辈子就这么过了，知道她的消息之后，不停地打电话来，也来过客栈几次，她跟他说不行，她没有想过再成家的事。后来那人出了车祸，老婆孩子都不管他了，她去看望他，两个人都觉得还是从前一样的感情，就决定后面也一直在一起。说到这里，鲁娜看向了唐毅。当面把人家的隐私说得一点儿都不使人觉得尴尬，这是鲁娜才有的本事。

“我妈说，我开口说的第一句话就是‘妈，我饿了！’”唐毅沉默了一会儿，突然说着，接着笑了起来，“听说我爸喝醉的时候就叫我‘唐家醒崽（唐家的傻瓜孩子）’的，但我记得他不喝酒的时候，人最好了……”苦痛也能说得那么轻松，像很自然的事，没有丝毫的别扭和怨恨，那一刻，唐毅真诚的眼神，令我久久难忘。

“嗯！”轻快的笑容又回到了鲁娜的脸上，她用双手轻轻地击了一掌，意犹未尽地说，“现在，是最好的季节呢。”

那天临睡前，我打了唐毅的电话，有事硌在心里，不跟他说，就像是亏待了自己一样。我问他知不知道鲁娜是给开发商那边做事的人。他说，他知道。我有些惊讶地问他，不是说不欢迎他们吗？他答道，她问什么，我就说什么。听他那平静的语气，就知道我以为多么复杂的事情，放在他那儿根本就没什么可操心的。收了线，我才想起为什么要给他打这个电话，出于正义感而不吐不快吗？倒显得我小人之心了。

我怀疑唐毅是否知道我跟鲁娜的关系，就是那层撇不开的亲戚关系。即使知道，他也不会主动跟我说的。以为彼此有过共同的经历，距离就近了，只是我的误解。我有些后悔打了这个电话。

骚乱

第二天一大早，鲁娜突然对我和唐毅说，她的朋友很快就到了，她包了快艇，送他从北岸直达上山。

我和唐毅面面相觑，原来她报的“团”确实是有的，可这样一惊一乍，使人有些措手不及。虽说不必要，也不需要做什么其他的准备，卧房都是现成的，即使没有客人，我也每天都会收拾干净。三个人呆坐在客厅里，鲁娜不说话，我和唐毅也就无话可说。鲁娜满脸慎重，我猜想着，那是一个对她来说挺重要的朋友，是不是合伙人呢？过了一会儿，唐毅就往厨房去了，还不到准备午餐的时点，估计他只是不喜欢像现在这样死守着罢了。

临近中午，那位朋友还未现身。我真想问鲁娜，那人，到底是来还是不来了啊？就在这个时候，前夜遇见的几个男人，突然在客栈前面出现。那个推搡过我的人，径直走了进来。

“里头会漏雨吧……”那人抬头看着房顶说话。四白落地的客厅，的确没什么能够让人夸赞的，但被他那么一说，感觉连头顶上的那盏白炽灯都要气得摇晃起来呢。他盯着我，好像我应该做出什么举动来回应他，然而，我足够让他失望，视如无物也是一种态度。

“小孩子……”他看着鲁娜笑着，用一种类似仁慈的语气说出这句话。自以为是的家伙！我心想。鲁娜竟然显出一种沮丧的神情，就像她没有听到那人的话。自从上岛以来，没见她有过这样的神情。从早上开始，沉闷的气氛重又笼罩在“上山”。

“客栈已经包团了。”我不假思索地说道，意思就是，不欢迎他们。他们自然听得懂。门口的那个，算是识趣，听我这么说，就放下了搁在门框上的那条胳臂。可那个推搡过我的人，几步凑上来，两条壮实的臂膊挥起，一下子全搭在了我的肩膀上，我觉得他是想要把我整个人给搂住。“哎，喝醉了吗?!”我挣扎着大叫起来。坐在藤椅上的几个哈哈大笑，门口的那个，看笑话似的看着我的窘样。

“这是在做什么?!”唐毅的声音响起。他飞快地出现在了我的身边，一把拽住那只冒犯的手。激烈的事就这么发生了，闹哄哄的声响中，原本想揍唐毅的男人，被唐毅剪住了双手。一群人从藤椅上跳了起来，门口的那个也在靠近。鲁娜像是突然被惊醒了似的，终于赶在这个当口做出了回应。她轻轻地拍着那人的后背，劝唐毅松手。一边转过头去，跟门口过来的那个男的说着什么。柜台上的瓶子罐子被打碎了，那是老板娘制作的泡菜和腌梅子。他们还会砸碎更多的东西。“我要报警！”我大喊着，开始拨打电话。很快，我的想法就落了空，有人夺走了我的手机，就是原本站在门口的那个男的。

混乱的时刻过去之后，我对鲁娜心生怨念——没有立场的人，并且毫无亲情可言。直到这时，我才计较起与她是亲戚的这层关系来。要不是她肉麻兮兮的，那几个男人怎么会寻到这里来呢？客栈出了这么狗血的事，可从头至尾，她都处在安全的境地。那伙人显然对她印象不错，离开的时候，那个无耻的肇事者甚至还冲她笑了一下。

我没有与鲁娜和唐毅一起吃午餐。当她向我走近时，我没好气地说："哎呀，不是没事嘛！"接着，我就借口不舒服，把自己关在了卧房里。被骚扰到，真是太讨厌了！我花了些时间来平复心情，推门出来，才发现除了我，客栈里再没有人了。他们都不知去了哪里，又是约着去哪儿玩了吧，我把房间做了一点儿清洁后，就无事可干了。鲁娜没有带走相机，平日可是不离身的呢。觉得有些饿了，晚饭的饭点都到了，他们也没回来。

客厅里，电话响起，是唐毅的妈妈打来的。不用她说，我也明白，唐毅又一次没接她的电话。往厨房去，突然听到刺刺啦啦的声音，谁在做菜呢？见到唐毅时，我有些惊讶。他转过身，对我说："吃鱼吧。"

"吃……鱼？"我半张着嘴傻愣愣地望着他。

"嗯，刚才钓的。"他说。

两个人面对面坐着吃饭。春山的小鱼儿，最大不过巴掌长，手指似的圆滚滚的那种，细细的鳞片银光闪闪，用菜籽油把皮煎得金黄酥脆，里边的肉质白白嫩嫩，好吃极了。之前没有见识过唐毅还有这种本领，可是岛上长大的人，怎么可能不会钓鱼呢。

“你在哪里钓的?”我搭讪式地问道。

“水边。”他说。说了等于没说嘛，春山最不缺的就是水了。

“哦。”我有点儿尴尬地点了一下头。

“鲁娜……”我们两个突然不约而同地说道，又在同一秒刹住了话头。他看着我，我看着他，都在等对方接着往下说。明明有事可以聊啊，比如午间的那场惊心动魄。可我们都不知从何说起似的。回想起他向我施以援手的那个时候，我不禁笑了起来。唐毅有点儿愕然的样子，让我更觉得好笑了。跟着他也笑了起来。他的肤色十分健康，牙齿露出来，很白，很整齐，笑容那么阳光。在这一瞬间，我想起了鲁娜说过的话，就觉得，这个男孩子还不错嘛，心里也隐隐有些异样的感觉，但是这念头一闪而过，我没有再往下想。

“你妈妈刚才打电话来了，你又没接，你老不接……”我犹豫了好一会儿，终于在收拾碗筷的当口，把这句话给说了出来。

“哦。”他恍然地说道，接着便往外走去。

是介意我说的话吧，又不是不知道他跟他母亲之间的隔阂。我有些后悔自己的多嘴，我和唐毅根本就没有熟到那种程度。

当我回到客厅，唐毅站在电话机前，放下电话，他对我说：“刚告诉我妈妈……下午我的手机没电了。”老老实实的模样，真像是个听妈妈话的乖孩子，我在心里感叹着，从前可不是这样呢。

变天

唐毅让我给鲁娜留的饭已经凉透了。平常这个时候，鲁娜早就回来了。我清洗着碗筷，唐毅像平常一样，一声不吭地离开，当他回到上山客栈，我惊讶得差点儿捂住了嘴巴——他的眼眶红肿着，嘴角也破了，他被人打了，鲁娜面无表情地跟在他的身后。

打他的人，就是那个粗鲁男。那伙人在小路上截住了他，他们威胁他，唐毅的反抗激起了他们更大的敌意。他们联手控制住了唐毅，为的就是让那个男的痛快地揍他。如果不是鲁娜恰巧路过，唐毅可远不止吃这么点亏了。

“报警吧。”我不安地看着唐毅。明明知道，春山这里，出个警多不容易，等警察来了，人早跑了。

“唐毅也把那几个男的揍得不轻呢……”鲁娜皱着眉头说道，“已经说好了，就此了结。”

“就这样？”我有些不甘心。好比我和唐毅都掉进了水里，鲁娜就是那个一直站在岸上的人。她只是一个游客，说走就可以走，才不用管这家客栈之后还会发生什么糟糕的事。

“那你还想怎么样？”鲁娜突然怼了我一句。她的脸色很不好看，凶巴巴的样子，像是我惹毛了她。那个成天笑呵呵的人一瞬间彻底变了样，我呆住了。刚想起要反驳，她已经一溜烟地钻进了她的那间卧房里。当她出来的时候，她的手里拎了一个大箱子，就是她来时拎着的那个。

“我不住这里了，太吵了。”她冷冰冰地说道。

我盯着唐毅，真是又讶异又气愤。看吧，精致的利己主义，这就是她的真实面目了。

第二天一早，经过菊姨家的客栈，见到鲁娜站在屋檐底下，跟那几个男的说说笑笑。那个骚扰过我的人竟然跟我打起了招呼，想到他离开的时候指着我和唐毅说：“你们等着！”唐毅已经被教训过了，那是不是该轮到我了呢？我有些恐慌，却装作毫不在意，一边加快脚步远离他们。回想起亲戚们谈论的鲁娜的爸妈，不禁感慨她跟他们还真是一模一样啊。然而，想到这些天里，她跟唐毅相处的情景，我依然无法接受一个人还在年纪轻轻的时候就已经如此善变和寡情。

回到客栈，唐毅不在，或许是去接新的客人了吧。鲁娜也只是一位客人而已。这么想着，心情就好了很多。午饭一个人吃了，唐毅没回来，该做的清洁，我也没做。像是缺失了什么似的，做什么都使不上劲儿。我不想承认，却也明白，是因为介意鲁娜在的那一段难得的热闹时光。

“鲁娜的电话打不通，暴雨快来了……”唐毅一进门就冲我说了这么一句话，显出有些担忧的神色。

“那你告诉她会有暴雨了吗？”我下意识地问道。也不知他这大半天是干什么去了，一个客人没带回来，倒惦记着已经退了房的人。

“嗯，说了，她打电话跟我说，她借我们的船去水上玩的时候，就跟她说了。”他说。

“她找你借船?”我感觉自己绝不是惊讶的表情，鲁娜这个人，一再地刷新我对她的认知。可真正让我气愤的，却是唐毅。鲁娜的辜负，他竟然一点儿都不放在心上。

“今天菊姨家的船检修，”他认真地说道，“早上我送去的，建叔的腿发了风湿痛，船有点儿问题，今天开不回来了……”他帮鲁娜解释了借船的理由，看来根本就没听出我话里的意思。

“可能是手机没电了吧。”我应承了一下。总不能再说鲁娜的坏话，他都宽宏大量到了这种地步。我想，我本就是个小肚鸡肠的人。

“嗯。”他走到门口，抬头看着天空。太阳已经沉下地平线，天光的赭黄色，像从一面铜镜子里照出来的，亮晃晃的，很好看。

当天黑下，风就起了，像从地底下滚出来，瞬间摇起。除了轰轰的响声，周边再也听不到别的声音。这妖风鬼哭狼嚎一般。感觉屋顶抖了一下，房子不会被掀翻吧，我不禁有些心惊胆战。接着就是大雨了——唐毅的预报从不出错的。

电视开着，没有人看。唐毅坐在靠卧室那侧墙壁边的一把靠背椅子上，我坐在藤沙发靠墙的那端。他一直在看着手机。他打电话问过菊姨了，鲁娜还没有回去。闪电划过，雷打下来了，雨声腾起。我把电视关了，而鲁娜的手机还是打不通。

“她看到变天，肯定会回来的。”我忍不住安慰起他来。

“会下很久。”他说。

寻找

“七点了。”我看了一眼墙壁上的时钟。

“我去找下！”唐毅霍地站起身来。我们俩在客厅里，已经不声不响地坐了半个小时了。我不假思索地说：“我跟你一起去吧。”当我站起身，发现他正看向我，眼里有感动，也有认可。我想，这是很自然的事啊，她借了唐毅的船，真要出了事，“上山”也脱不了干系。

我们打着伞往外走，沿着小路前往沙滩。这两天，唐毅的船一直停在那儿。唐毅说，鲁娜借船的时候，告诉他，她用完后，会把船开回沙滩那儿。

雨落在我头顶那方小小的伞面，再沿着它向四周铺延。雨在四周，在茫茫沙野，又从无穷无尽的远处拢向头顶那方小小的伞面，这时才明白，雨有多大。雷声隆隆，仿佛巨轮，从头顶碾过，直到陡然一声巨响，大地为之一震。劈下来了——芸芸众生所敬畏的雷霆，来自洪荒亘古的惩戒与警示，让我迷信般地检讨过往，在心里默默祈告。不知年月，不知身在何处，瞬间便换了时空，唯有闪电，无声之中，隐忍着千钧之力，刹那间天地都是青白的。

闪电照亮了我的双脚，没走出多远，脚就开始在凉鞋里滑溜着，地上到处是水，带着闪电落下的青白的波纹，流得很急。每一次闪电出现，我都不由自主地停下脚步，双手紧紧地攥着伞柄，闭上眼睛，等个几秒钟。唐毅好像一点儿都没察觉到，总是走远几步，又等着我追上他。

沙滩上，我脱下凉鞋，拿在手里，赤脚踩在沙子上，很沉，很凉。没有人烟的夜，黑得彻底，我们就像是走在地球底端的两个人，世界摇摇晃晃。风雨里，我时不时小小地恍惚一下，好像忘了我们是来找鲁娜的，一个劲地走啊走啊。

我们停了下来，水边的那块大石头上没有缆绳，江是黑的，是空的。“船呢……”我不禁叫出声来。

这么大的风雨，该不会出事了吧？我的心怦地一跳，我和唐毅呆呆地看着前方，茫然无措。

“我去借船。”唐毅转过头来，有些急切地对我说道，“你回去等着。”

上山客栈是春山最靠北端的人家，邻居的船，人多泊在百里湖对岸的水边，要去那儿，必定要经过客栈。我不会游泳，如果跟着唐毅一起去水上，既不安全，反倒会给他添麻烦。

走出沙滩，我把凉鞋套回脚上，小跑几步打算追上唐毅时，脚被什么给绊了。是鞋子坏了，被雨水泡了那么久，鞋带与鞋底已经完全脱了胶。“唐毅！”我喊了一声，唐毅停下，走了过来，看着我的双脚。

“我背你吧。”他突然这么说道。

我很惊讶，完全没有想到他会说出这么一句话。我摇着头，说："不了。"唐毅兀自收了他的伞，对我说："我背过我表妹。"

我不禁抬起头来，那是一个年轻的男孩淳朴又非常坦诚的眼睛。算起来，我也称得上他的"姐姐"了。到底是一起工作了这么久的人啊，在我看来的疏离，原来在他心里边根本就是没有的。

我笑了起来，对他说："不了。"

秘密

洗过澡，坐在客厅的沙发上，我时不时地看着墙上的钟，我没有鲁娜的电话号码，唐毅的电话也打不通。我开始在几个房间之间走来走去，不时站在门口观望。凌晨三点，我毫无睡意。雨不停不歇，仿佛全世界的雨都在春山落下了。

听到声响，我快步地向前走去，鲁娜站在门口，全身湿透。"美佳，帮我拿条干浴巾来。"她的嗓音微微发抖，我才发觉，她的全身都在发抖，脸苍白极了，嘴唇发乌。她一定很冷。我跑到浴室里，打开吊柜最上边的抽屉，拿出跟她一起乘客船来"上山"的那天，我给自己新买的那条大浴巾，飞快地返回客厅。

鲁娜坐在沙发上，用我递给她的那条浴巾把上半身给裹住，低声说道："啊，我真是累极了！"她把头靠在沙发的靠背上，浴巾从她的脑袋上滑下来，落到了她的肩膀上。

唐毅呢？我终于记起来，她没有遇到他吗？就在这时，鲁娜用凿凿的眼神望着我，像是一个憋了许久的消息，终于可以发布了："美佳，我今天做了一件事……"大概认为我那么直愣愣地瞧着她是出于关切，她拍了一下我的手，像是为了安慰我。我看到她的双手，白得吓人，手指和手掌的皮肤全是褶皱。

"你等下……"我说道。对于她，我可是一点好奇心都没有。我急着想告诉唐毅，鲁娜回来了，可拨打了几次，他的手机还是没法接通。

"前天来闹事的那个男的，我把他扔在水上了！"这句话从鲁娜的嘴里一蹦出来，我真是目瞪口呆。这是什么事啊！如果那个男的死了，作为服务方，我们会被追究责任吧？这要报警的吧？我的脑子飞速地转着，感到十分紧张。

"这些天，我让唐毅教我开船玩，让他一次次带我沿着岛游船，就是为了搞清楚，把船停在哪段，离岸最远，水最深，最不可能遇到别的船，没有人能瞧得见的地方，确保自己去的时候，准确地找到那个位置。"她说得不慌不忙的，又像是斟酌再三。

鲁娜，杀人了——我的脑子全都被这个想法给占据，再也想不到其他。我的呼吸变得有些急促。她轻轻地拍了拍沙发，示意我坐下，笑着说："我说绕了呢……"或许是因为疲惫，她的笑十分牵强。我的手机放在了沙发上，就在她的腿侧，电话机呢，在柜台上面，从我坐着的椅子到那儿，至少七八步的距离，报警的话，就算是百里湖那边的水上派出所马上出警，上岛再到达客栈，没有几个钟头是绝对不可能的呢。我走了过去，坐在沙发上，下意识地坐在紧靠扶手的一头，我想尽量离她远些。

“我报团，学开船，都做了预案。是想教训我的那个老公的。一起去死吧，就是这么想的。”她不紧不慢地说道。鲁娜，是在说，她预谋了杀人吗？我终于感知到事态的严重，我的头皮开始发麻。听到声响，我转过头，见到她在擤鼻涕。我下意识般地探身从左手边的小茶几上抽了张纸巾递给她，她对我说了声“谢谢”，把头仰在沙发的靠背上，把眼睛给闭上了。我忍不住瞥了一眼我的手机，她的小拇指的指尖就搁在那上边呢。我提醒自己，别慌，可是我很快就泄了气，就像站在世界尽头，除了她和我，再也没有别的人了。

“他想拿下一块地，让我爸给他造假，我爸不肯。没多久，就走失了。三天后，找到人，精神上已经出现了问题。没证据，说是立不了案。我只能自己动手……把一切都计划好了。可惜，他没上岛。”她像是在说别人的事情，满不在乎地说着，“那个时候，我妈妈打电话来，告诉我，爸爸已经往我这里来了……”

“爸爸就站在房子的门厅外面，”她的眼睛睁开了，抬起手来指了指前方，“我打开门，让他进来，他对我说：‘我不会走进那里面，孩子，你离开这里吧。’‘我只来这一次，之后怎么样，我都不会再来！’爸爸是这么说的。”

“一直都是，被欺骗的。幸福还是不幸福，自己都感觉不到。那么久，只是习惯了。从一开始，就看错了那个人……”她的嗓音有点儿颤抖，像是很快就要哭出来似的。我焦躁地看了一眼时钟，不过一刻钟，我却觉得如此漫长。隐隐有些怨气，凭什么要让我来遇上这么骇人听闻的事呢？

“爸爸出事后，我就发誓，这件事，我必须做到！”突然听到她用这么强硬的语气说话，我被惊到了。但我很快便回过神来，她已转过头，正看着我，怕被她察觉，我只好低下头去。“我什么都没有拿，跟着爸爸往前走。走出大门外，那个人正开车进来，他看了一眼我，问我去哪里。他看了一眼我爸，那个趾高气扬的样子，他明明知道，站在他面前的这个人，是怎样一个了不起的人！爸爸的背挺得笔直的，就像根本没有看到过他。那一刻，我觉得，无论如何，我都不会回头了。美佳，你知道吗？爸爸是我唯一崇拜的人……”

我悄悄地看了她一眼，她手里攥着那团皱了的纸巾，脸上终于有了血色。看得出，她在努力抑制着自己激动的情绪。谈到她的父亲时，那种由衷的崇敬感，实在是我所难以理解的。那个人，离我太遥远也太陌生。或许还是因为老爸曾经被他轻慢过，自以为并不在意，实际上却是不能释怀吧。突然想起了她的梦游症，从她回来到现在，我陷入了一片混沌中。她都是在说些什么啊？幻想，精神分裂？最好就是这样！

“春山是爸爸中专毕业后参加工作的第一个地方。爸爸在这里待过四年。常听爸爸说起，特别是蔓荆子，他当年很想把这种稀有的药材推广出去。爸爸一直想带我们来春山看看的呢，可最后，也没能成行……看到春山的时候，我有一种感觉——我，回来了……”她说着，用一种热切的眼神看着我，我焦灼不已的心，像被轻轻地碰了一下，一种莫名的歉意陡生。真是猝不及防啊，有人把自己的秘密从心底里掏出来，捧到了我的面前。从未遇上过这样的事情，不习惯这样被人信赖，也不喜欢被这种沉重压制着——这太荒唐了！我挪了一下身子，发觉脚跟在不自觉地叩着地面，就把双手放在了膝盖上。

“那个火球，打到我了——”她的嗓音有些发抖，是有很重要的话要说的那种神情，“从天上落下来，我以为出现了幻觉呢，橘红色的，大概这么大……”她用手比画着，我推想，那是一个直径大约两尺长的大火球。突然就想，鲁娜，她被天雷击中了！

“好亮！把眼睛刺瞎那种。在船舷上滚，那么大的风雨声，在吱吱地响呢。朝我扑了过来，这条手臂，一下就麻了，麻，痛，非常地痛，就像被一把吞掉一样，”她举了举右臂，她的语气异常平静，好像并非在谈论一件令她极度恐惧的事情，“蓝光，只看到蓝光了。我会死吧？我这么想呢……”我半张着嘴，看着她，视线落在那条微微颤抖着的右臂上。真幸运啊，那样的情形之下，后果真是不堪设想。

“唐毅喊我的时候，那个火球訇地一下，要不就是我想象出来的声音……它飘了起来，就看到它往前飘了，很快，飘到了岸边的树林那里。在那里炸裂，火红火红的一大片火焰，整片树林都像着了火一样，”她的眼神灼灼，仿佛那道明亮无比的炙热的光映在了那里，“没有燃烧，一下就熄灭了，那里静悄悄的。就像时间静止下来了。我一直看着那儿……”

“我在船上躺着，疼得太厉害了，后来把手放到江水里边去，才感觉舒服一些，”她说着，摸了摸胸膛，“胸口一直都很难受，憋闷，被挤过似的，应该是紧张造成的……没跟唐毅说这些，就想着快点回来呢……”突然想起从前电视里见到的新闻，一个有着严重内伤的人，看着却是毫发无伤的样子，等发作时，已经无法救治了。我忧心忡忡地看着她。

事故

手机响铃了。菊姨打来的，问我人回来了没。我说，回来了一个。菊姨又问，是唐毅回来了吗？我说不是，是鲁娜。接下来，菊姨说出的话，让我惊讶不已。原来，菊姨的丈夫建叔也去了水上，听说唐毅向春光客栈的安伯借船，他们都不放心那孩子一个人，建叔和安伯两个人，划了安伯家的另一条船去了，消息一传开，兰婶家的余伯、万贤婶家的品伯……岛上得到消息的人们都赶去帮忙，能下水的船都下了水。找到这个时候，只见到上山客栈的那条船，翻了个底朝天，人却没见着。唐毅的电话打不通，大家都着急得不行了。之前因为担惊受怕，我根本没顾上问鲁娜是怎么回来的。这么大的风浪，唐毅驾的船不会出事了吧？想到这里，我的心跌落似的一跳。

“菊姨，今天我和人开船去玩，船翻了，多亏了唐毅。他把我送上来后，又把那个人送到对河去了……”鲁娜从我的手中接过了手机。

啊，我不禁长长地舒一口气。没有谋杀案，唐毅也没事，真是谢天谢地！

“从船上下来，我歇了好一会儿，才爬起来走路……脑子有点不好使呢……”她放下手机，有些惭愧地看着我，“今天如果不是唐毅，那个家伙是上不了岸的。船上的那件救生衣，他的手机，我的手机……所有东西，都统统被我扔到水里了。”

“没事就好呢。”我支吾着说出一句话来。因为她思绪混乱，表述不清楚，才让我生出那么大个误会，心惊肉跳了好一阵儿，可我并不想埋怨她。

“我邀他去玩，让他上船，包括船的泊位，松开缆绳，都是预先就计划好的。趁他不注意，我就发动了船，开出好几米，他才反应过来，他叫了起来，问我想干吗。我说，到了地方，我会告诉他。”她将手里的那团纸巾扔进了烟灰缸，继续往下说时，那种俨然的平静的神情不禁使我想起那次我们仨一起在水上时她的样子。她并不是一个简单的女人，我们所见到的她的快乐，其实是她的伪装，她的噩梦，她的心事重重，都被我给忽略了。

“我把他的底子都摸清了，他根本就不会水。船上，他一动都不敢动，真是个怕死的家伙。他发现情况不对，嚷着快停下，还骂了起来，我不理会他，一心往‘下水’那儿开。才走了一半，天一下就全黑了，风大，雨也大，船一直在晃，我掌船的那只手没多久就麻了。江上，闪电一起，都是白茫茫的，后来除了雨声，就什么都听不见了。”她看似是在饶有兴趣地向我描述当时的情景，我却发觉，我有一丝隐约的心疼，为她感到心疼。并非出于她针对的人也是被我深深厌恶的人，因此就站在同一立场上的那种偏向和共情。这让我有点儿惊讶，像我这种生活既没有幸福感，又谈不上多悲戚的人，自身之外旁枝末节从不挂心，鲁娜这么一个“亲戚”，原本就是无可无不可。但此时我却不知该如何安慰她，又不能心安理得地听下去，她真是让我感到无所适从。

“美佳，那家伙，叫啊喊啊，喉咙破了音，像只青蛙一样！”鲁娜说着便笑了起来，边笑，边咳嗽，肩膀随着笑声而抖动不停。我的心里咯噔一响，不经意地把一只臂肘支在了扶手上。我有些心慌，鲁娜这样子，像是精神错乱了，我暗想着。

等到唐毅回来，事情就结束了。“高美佳……”防蚊的纱门被拉得咯吱一响，是唐毅的声音！我几乎是从沙发上一跃而起。

“鲁娜在家吧？”他问道。

“在呢！”我如释重负地答道。

我跟唐毅说起菊姨的来电，这才想起要给菊姨回电话去报个平安，让邻居家的大伯们早些返回。

“听到叫喊声，看着那船在晃，我喊她，往那边靠过去，雷打下来，他们那船就翻了……”唐毅在靠背椅子上坐下来，他全身都湿透了，水滴顺着裤脚往下流。见到鲁娜站起身来，他把头转向了她：“他报了案，说你推的他。”他把那个像蛇一样坏的家伙救了上来，还送他去了对岸的派出所报案，唐毅的这些行为，只有鲁娜能够理解吧。

“美佳刚才也知道了……”鲁娜说道。她看向我的眼神使我有些局促，就像我是她的同谋一样。我本能地感到了紧张，瞥了一眼唐毅，他微张着嘴唇，眼睛竟然眯缝了起来，那不急不躁的表情，让我一下就放心了不少。

“到了‘下水’那里，我把船停下来，雷在头上滚，我问他，还敢不敢再去找‘上山’的麻烦，他说那是好玩……”她的眼里满是鄙夷。

“不是‘下水’，隔那里还有一段路。”唐毅认真地纠正了鲁娜的说法。我拿起沙发上的那条浴巾递给他，他接下，抹了一把脸，就放下了。

“我告诉他，别想着能再回去好玩了！”鲁娜说着便挥动起她的双手，她的手指在使力，手背的骨节从皮下透了出来，“我抢了他的手机，能救命的东西，都给扔出去，他跟我拉扯，他可没想到我的力气也不小……我健身了这么久，可不是为了瘦身用的。”

“听到唐毅在喊我呢。那个火球砸下来，往树林那会儿，那个坏家伙，早就落到水里去了，我也在水里——”她凝望着我，就像只想对我一个人说话似的。

“你也看到了吧，就是我推的。那家伙清楚得很，只怕我还会杀了他呢！”她终于把头转向了唐毅，言语里很是不屑。唐毅点了一下头，他的神情凝重。我恍然醒悟了过来，这是一个严肃的话题，这些殊死的情绪、险恶的经历都是真实存在的。

“原本想扔出去的是另一个人。”鲁娜将手心向上摊开。在她左手的手腕上，表不见了，有一道旧伤痕，歪歪扭扭。切割留下的。我知道她说的“另一个人”是谁。

唐毅没有说话，我们不约而同地沉默着。

“那个家伙报了案，我们要怎么办呢？”我突然想起这件要紧事，看了看唐毅，又看向鲁娜，我的担忧溢于言表。

鲁娜抬起手，摸了一下我的脸，用抚慰的口吻对我说：“别担心——我每天拍摄和做笔记，除了做项目的前期工作，给自己留些纪念，也是为了留下记录。事情的前因后果，我都写得清清楚楚，不论我或者我老公，谁出了意外，都不会影响到你们的呢。”鲁娜兀自说着，好像没有意识到，我的担忧里，包含着她的因素——我对她有了真诚的怜惜。

“只是来的时候，没想到会遇到那伙人。本想大事化小，也是为了不让他们影响到我的计划，但他们偏要伸着脖子往套上来。呵，做的计划，没白做，春山的水，够那家伙喝一肚子了……”她说着，不禁笑了起来，“唐毅把那家伙捞到船上的时候，他已经晕了过去，弄醒之后，他就一直把头压下去，看都不敢看我们一下。呵，他这一辈子，都不敢再欺负人了……还有他那一伙，再欺负人之前，大概会掂量掂量，没准又遇上我这样的呢……”

这就是来自鲁娜的惩罚。谁能想到长着一张笑眯眯的脸，甜妹似的人儿，有这么缜密的心思，又这么胆大不要命呢。她一个人，对付了一伙人，一般人做不出来，也做不到。我打心底有些佩服她。见她带着一股子认真的劲儿笑着，我不禁有些想笑，特别是想到那个坏家伙被教训的样子。

“没有那么复杂，那个男的在船上打你主意，你不肯，你们拉扯着，雷打下来，船就翻了——我跟派出所这么说了。”唐毅站起身来，朝我们挥了一下手。

“好的。”鲁娜点头说道。

“去休息吧。”唐毅说着便往后边走去。鲁娜依然坐在沙发上，我已起了身，想着要不要再陪陪她呢，就这样又坐了下来。

“美佳，”鲁娜用我从未听过的一种格外郑重的语气叫了我的名字，她看着我的眼睛，慢慢地说道，“蓝光把我罩住了，整个罩住。没有任何的感觉，我就站到了一个隧道口前，嗯，就像是隧道口。那个地方，特别亮。底下，就是悬崖。还没有反应过来，就看到我了……就是，我从悬崖的顶上看到我自己呢。”

“整个人都是半透明的蓝色的，脸是红的，火球的那种红色。悬崖顶上，我的双脚翘了起来，马上就要跌落。就在落下去的前一秒，突然间，就是那么一下，我就回来了……怎么说呢，就是往前，一下翻转了过来。那不是我自己能做到的，感觉有双很大的手，从背后一把撑住，把我猛地给推了回来……”她说着，双手做出托起和推动的动作，我好像亲眼看到那个所谓的“火球”怎样击中了她，又怎样穿过了她的身体。听说的，网上看到的，那些惨烈的雷击事件从我的心头掠过，我无法用语言来形容听她讲述时的心情。憋闷，就是她说的那种感觉，在我的胸口突然涌起。

“火球飞了过去，在树林那里，铺天盖地，然后，就消失了……”她吸了口气，顿了一会儿，终于说出了她最想说的那句话，“美佳，那个，就是神明吧！”

我定定地看着她，一动不动。不由自主，连呼吸都变得很轻。我们看着彼此。在我的眼前，神秘的一幕被铺展开来。我想起雷电中我下意识地祷告，在那种巨大的伟大的威慑之下，曾经有过的充满敬畏的信仰的感情，与鲁娜是一样的吧？我没有说话。

许久之后，我向着她，轻轻地点了点头。

初夏

“叮咚咚——”我的手机响铃了，唐毅打来的。那时，我正经过山南老城区一条名叫楚江路的小路，那条路一侧是鳞次栉比的钢材店，一辆三吨叉车在店铺外倒车，几个戴着棉纱手套的雇工，吆喝着帮忙指挥着那台叉车卸货，彼此之间骂骂咧咧。另一侧是老水运公司的一溜旧宿舍楼，花花绿绿的塑料广告布从几个窗口吊下来，宿舍楼前有几株桑树，地上掉了一地的桑椹果，将水泥路面染出小团小团的紫黑颜色。哦，这个时节，春山的蔓荆子应该开花了吧，又是一年初夏了。

四年前，我就离开了春山，与唐毅，也已将近一年的时间没有任何联络了。

“喂——”

“啊，唐毅，是我呢……”

“嗯，知道的……你有一个快递包裹……”

“啊，怎么可能呢，我离开岛上那么久了，没有买什么东西啊。地址呢？上边有写寄件人的名字吗？喂，喂，唐毅？你在听吗？怎么没有声音了呢？”

“在呢，听着呢，在等你说话……我没注意，等会儿再去看一下……”

那边又沉默了下来，我也不知该怎么说下去了。还是那个不会说话的人啊。我想象着他那个说话的样子，有些想笑了。

“什么时候来春山啊?”他问道。差一点儿，我就要跟他说再见了。

“不知道呢，现在在食品厂当会计，你都好吧？多保重。”

“恭喜你！你也保重……”他慢吞吞地说道。这算是道别吧？准备放下手机时，他突然又说：“你还记得那个客人吗？鲁娜……”

鲁娜啊！她的名字一出现，我就止不住地激动。当年那夜，她可是轰动了整个春山啊。春山的水上，从来没有过那么多的渔船。

故事的结尾是这样的：那个男人被送医，住院观察了一天。鲁娜第二天早晨离岛。两人达成了和解，上山客栈没有受到任何处罚，也没有再遭到骚扰。春山至今没有任何开发行为。

“她出什么事了吗?”我不禁有些担忧了。鲁娜与我保持过两年的联系。她迅速地离了婚，不久带着堂伯去了南宁，在那里开始了新的工作和生活。后来，我们只在年节的时候彼此留言问候。

“没有。”他说。

“哦，那就好……”我放心地说道。

“是她寄来的。”他慢慢悠悠地说。

“啊，这样啊——再也不会有像她那样的人了。”我很感动，也很有些感慨。鲁娜搬去菊姨家客栈住的那晚，结清了住宿餐饮游船等等各项费用，然而，在她离开春山的那天，房间的床单下面，她放了一个信封，信封里有一沓钞票。船只并未受损，那笔钱，是出于友情的报答。担心被拒绝才悄悄放的。当我发现，拿给唐毅，他打了她的电话，之后就收下她的那份心意了。

“你，还会来春山吗？”他问道。就像知道可能很长一段日子，我们都不会见面了，这问题显得有点儿淡淡的忧伤。

鲁娜离开后，上山客栈照常营业。每天站在春山的水边，我的脸上开始挂着热忱的笑容，真心诚意的那种，不是出于勉强，为了应付而已。看着客人进进出出，有的客人在告别时会说“辛苦你们了……”“很愉快……”之类的话，还有那些来聊天的邻居们，使我觉得与人见面、相处，是十分美好的事。同时我也诧异，为何之前从未发觉呢。春山寂静依然，我是真正地喜欢上了那里。我也重新开始认真地思考自己的生活。我想，大专读的会计专业不要丢掉了，把需要的证都考到，想干的工作也能干到。我想多读一些书，去一些从未去过的地方，做一些让人惊讶的有趣的事。

还有人与人之间的牵连。从前我毫不在意的那些人与事，仿佛不经意间就成了日子里的一个结构，或者部分。只是，当时的我没有考虑到与唐毅之间也许存在着的好感，或者还有别的可能性。而且，对于唐毅来说，这种情感会慢慢消退，他会在岛上有新的遇见，一个熟悉或者陌生的女孩子在不久的将来，和他在一起，两个人勤勤恳恳地把客栈经营下去。

“会来的。”我说。电话那边的唐毅，看不到我在微笑。

“好的。”听得出，他的声音，比起从前，开朗了许多。跟母亲的关系一定也亲近多了吧。在他的心里，母亲从来都是重要的人，他只是不懂得回应，所谓的隔阂，本就不存在呢，也是多亏鲁娜。

记得道别时，鲁娜告诉我，她爸爸一生都没有利用自己的才华和曾有过的地位谋取过利益，叔叔的两个孩子，都是他匿名资助到大学毕业。他一生从未写下任何一个违背良心的数字，但屡遭不顺，最终，他成了那个样子……这应该是另外的一个故事。

我还记得，她这么对我说：“昨晚走回来，看到‘上山’的灯光时，就像做了一场大梦。不可以那样看待自己。被辜负，被欺辱，被践踏，不容得自己遭遇这些，认为这样的话，活着，没有意义。这不对。什么过不下去了，不想过下去了……都是傻念头。人就是为了把日子过下去，才来这人世一趟的。什么是有意义？活着，就是意义。不是树，不是泥土，不是其他，不以其他的形态，宇宙里，有一个我，以我存在，这就是意义。万物之中，虚无之外，有一个我，这是多么大的运气，都没有办法来形容这种运气的珍贵。这是超越了宇宙的力量所做出的恩赐，交由我来掌管，有足够的野蛮。所以，绝对不能对自己说，这有什么了不起？任何人，任何事，在这个事实面前，都是无足轻重，不堪一击。回头看，没有该不该，所有的，过去的，桩桩件件，好的，不好的，都是我的，只有得到，没有亏欠。美佳，我会记得你们。你，唐毅，邻居们。这里，真的，像家一样……”

她说的这些，许多，我都是讶异的。我想起那次我们同舟的时候，她眼里的悲伤。可是此时的她，是那么地平和，宛如千帆过尽，却又毫无沧桑。她的眼睛，跟唐毅的眼睛真是一模一样啊，那么真诚。我相信她所说的那一切。并非出于劫后余生的苟且侥幸，她曾独自穿过长长的河流，到达一个极少有人能够到达的所在。在那时那刻，我有一种莫名的冲动，她所遇见的那无比深邃、无比宽广与温厚的力量，也环绕在我的周边。如同母亲的臂膀，亘古而来。我想，我会记得。因为亲耳听说，因为那一刻，不论多久，不论经历什么，都会深感幸运。

“唐毅，鲁娜是我姐姐。”我轻轻地说道。一种感动的情绪忽然从心底涌起，我觉得有些莫名其妙，又觉得理所当然。

挂上了电话，我往桑树那儿走去，蹲下来，一颗一颗地捡拾着桑椹果，鸟儿从头顶飞过，风吹着树叶，又有新的果子掉了下来。拾了满满一捧，我抬起头，透过叶子看向天空，湛蓝的天空，真像那年春山的天空啊。我捧着小小的紫红的果子往前走。那个过去的，永远不可能再有的初夏，对于我来说，弥足珍贵。

来者何人

陈金凤提着一塑料袋山竹回家。塑料袋上印了“红心果园”四个字，字是绿色的。她刚从北正街街尾那家名叫红心果园的水果店回来。这与她上次到这家水果店的时间间隔不到24个小时。之所以会有短时间内的第二次光顾，是为了更换她头一天下午在这家店里购买的八斤山竹。昨天一到家，她便剥开了其中的四五个，她剥开第一个时还有点小心翼翼的意思，怕把紫壳里的汁液弄到果肉上，一点苦涩的东西她都不想让自己沾染到，不过，那些原本应该雪白的果肉上一道道的棕褐色纹路让她一下就泄了气。接下来的几个她都剥得有些大意，纹路倒是没有出现，但四瓣的果肉太小家子气，她剥一个便往桌面上一撂。到了第五个，半边果壳还在，她也不去捏住中间那粉色的蒂柄把肉从里边给拖出来，直把牙齿一股脑地往上边嗑过去，接着她狠狠地呸了一口口水，手里那个残缺的果子噗地掉往脚下的一小堆皮壳去。

山竹的气息沿她的齿龈往上走，整个人都泅在那些腐朽破落的酸与涩里。仿佛偏要难为自己这么一下才痛快似的，又仿佛这样才能做出判断，确信自己的决定是可行的必需的。她揣着这个到第二天的10点钟她才把桌面上那几个剥开的山竹扫到一个小小的保鲜袋里，连同“红心果园”袋子里头没有打开的那些一起，拎着往那家水果店去。她知道外头冷，十二月的天气，今年比往年还要冷得早些，她打开了空调。

南方没有供暖，南方人也很少会在冬天时日夜不休地使用空调，他们的传统是烤火，电炉架子，一床被子，捂住一双腿脚。她是土生土长的南方人，可近几年里她家夏冬两季空调从来都不关闸。她家是中央空调，效果很好，投资耗能也大。她家从家具到电器，所有东西无一不是如此，蒋胜球说过：“钱与享受是成正比的。”蒋胜球是她老公，挖沙船队的一个股东，两个月前还包揽了她生活里大大小小一切事务。单说她住的这个锦绣小区十八层的楼中楼大户型房子，从买房到装修，所有方案都是蒋胜球定的，她没插过一下手。她向来不操心，结婚十几年，水电费多少钱一个月她都不清楚，住进了这十八层江景房，至今她都没跟物业的人打过一回交道。睡觉打牌是重头戏，她不干这两样事的时候就在上网，她也不上别的网，也就是某宝、某东两个。淘衣，淘鞋，连个牙刷也在里头淘。参加网站的限量版限时抢购，她死盯着时间一秒一秒地接近，心擂得鼓一般响，手指止不住地轻轻地抖。手的抖带动了牙的抖，好几回，望着电脑屏幕，她都听到了自己嘴里跑出的咔咔牙响，那响声把打梆一样的心跳声都快淹没了。

网上抢购是陈金凤生活里唯一的狂欢。抢到手她喜不自禁，天大的好事落在自己头上一样，抢不到就沮丧得很，天字第一号的倒霉蛋，连着三两个晚上辗转反侧不能释怀。她的悲喜不由自己掌控。蒋胜球为这事说过她好多次，他说你一场麻将输赢千数千万数万的也没见你眼皮子多眨两下，倒为着这么些百十来块的小东西坐卧不宁。她嘴里一哼，说你不懂，这叫乐趣。麻将桌上的票子，从一个荷包里流到另一个荷包里，还不就是在桌边这几个故旧人的手里打转，前年打牌结下的闺蜜苏三说过她有心记了回账，一年到了头，不管手气好坏，总要输个三五万。其实也不是输，输也没输给这群牌友姊妹，都是输到了麻将馆。桌子钱，抽红水，中餐、晚餐、夜宵，都要钱。你想，天天就是这么一溜子牌立起一溜子牌伏倒，来来去去横竖不过几千万把块，能撩得起多大的劲儿？无非是个消磨，不然一双眼睛望得太阳升，望穿了才望到太阳落，日子该怎么过？蒋胜球说，原来你就是想找个刺激。

她爱穿贴身的衣服，比如针织衫之类，带 V 领的或者深 U 的，起风了，外边加层薄风衣，从不扣扣子，敞着。天透凉时，羊绒大衣长短皮草轮换，到了雪花飘，扣子也只是个衣服摆设而已。

陈小虎是蒋胜球的副手，跑上跑下鞍前马后地跟着，蒋胜球要有个风吹草动，立马消息就让陈小虎给递过来。那几个打牌的姊妹家里谁没有点桃花案？她听多了看多了，总结成一条：只要钱在，人在，男人随他在外头怎么花都行。这就是现实，哭啊闹啊争风吃醋啊抱大腿啊都没用，白白作践了自己。她想她才不会像有些女人，拿自己不当人看。蒋胜球原本只是个水运公司的小职工，公司垮了，各自结伙搞承包，从与人七拼八凑弄起一条挖沙船起家，不过六七年便赚了个盆满钵满，花花事件倒没传出过一起，她耳根清净，便不急着去操那个心。只是没想到男人的事，要么不出，一出就是大事——蒋胜球在皇家唱吧里唱着唱着就把一个二十一二岁女服务员的肚子给唱大了，他的解决方式就是让她给那女服务员腾位置，他要跟她离婚，送到省城里读私立初中的那个儿子他也不要了。

陈金凤一没哭二没闹，关上门她狠狠地给了自己两个大耳光。她问了陈小虎，陈小虎说这事早一年多就有了，我手里端着人家的碗，要服人家的管，不好多嘴的。姐，你也想通些，姐夫家大业大，好来好去一场，和和气气地分了，他记得你的好，不会短了你的钱路。她听到这话时脑子里像有一百架飞机飞过去，螺旋桨搅到了她，把她的黑色翅膀劈成了一片片，她下意识地笑出声来，又像是在嚎，她的声音也像极了一只鸦，落了毛的鸦。

被老公要了，亲弟弟又给她补了一刀，她就一傻子，全天下的人都知道的事，她最后一个知道。山竹被剥开的时候，陈金凤的心簌簌地直往下坠。她没买过山竹，还是两个月前蒋胜球带回来过，她觉得挺好吃的，像荔枝，甜，比荔枝软滑。蒋胜球知道她很喜欢荔枝，大冬天是没有荔枝卖的。谁想才过了两个多月就换了天地？她昨天走路去了那家水果店，山竹就放在一个显眼的大亮屉里，挤挤挨挨热热闹闹，争着往她的怀里涌似的。而她无从下手。她不知道如何挑选。她很讨厌选择。

她惯于静止。山竹令她迷茫，如同任何一个需要她做出抉择的时刻。水果店的女老板走了过来，听了她的疑惑，动手给她挑了起来，听她说“好吃就多买点”，山竹一个个起了飞似的往那塑料袋里跳，老板娘的手指像钢琴家的手指。

她有些生疑，老板娘的快与热情，又觉得是自己刚才无来由说出的那句“好吃就多买点”的客套话令老板娘会错了意，她本没打算买太多。她想，何苦拉拢人讨人欢心？钱是在她的口袋里，她搞反了她们的位置。她反思，她习惯了去讨好，看人眼色，顺人的心，对蒋胜球是这样，对谁都是这样。蠢，好蠢！她瞥见了老板娘嘴边那丝稍纵即逝、得逞似的笑，那笑容里头还有许多别的含义，可她不好意思打断对方，何况她并不喜欢出门，买足了回去也不是坏事，这种果子皮厚好贮存。她又安慰自己，看在她买的数量上，或者老板娘出于自己店铺的口碑考虑，至少质量靠得住。后来她的脑子就不再转动了，称重付款，临走时老板娘还往那塑料袋里多添了一颗，咧开嘴笑，很殷勤的样子。然而她的疑虑还在。

果不其然，愤怒也好，懊悔也罢，此刻山竹的杀伤力比起蒋胜球陈小虎给她的那些打击来有过之无不及。她并不是同这些没心没肺没活气的口中物生气，她是同自己生气。她总算看明白了，是她的轻信，从前她为何对蒋胜球放心，是她一边怀疑着，一边又用各种理由说服自己去信任，她从来就不是个宽容的人。能怨谁恨谁？她只管把自己怨得透透的恨得透透的。她不甘心，去换，换好的，把每一个都换了。她要自己挑自己选。她这样想着，就给蒋胜球打去了一个电话，响了很久，以为他不会接，到底还是接了。

她说今天她买山竹上了别人的当，他顿了一下，说，那你就别吃了。她说那件事你要怎么办？仿佛并不需要他的回答，她紧接着又说，你玩可以，只要人回来，人不回来也可以，名义上家还是要有这个家，道理你也听得多了，我不多讲，行还是不行，你给我个准信。那边迟迟没有出声。她的语调很冷，他听出来了，她亮出了她的底线，她料想他应该接受，所以她并不是在与他做商量。他说了一句话，让沉默的人换成了她。又让她在经历了半分钟的沉默后彻底地爆发了，好，那你就等着，我拖着你，拖得你九死一生，看法院判不判得下来！以后你也不要管我，随我怎么去下，你不要把我当个便宜的人！她说的“下”，是下流的意思。这个词原本悬在流云的高天上，现在离她近了一百步路。她在威胁他。也许并不仅仅是威胁，那是后话。

蒋胜球把电话给挂了。她把手机留在耳朵边，“嘟嘟嘟”的声音拉了好一会儿，她的那只手才放了下来。突然她发现自己生病了，嗓子很疼，臂肘，膝盖，每一块骨头的相接处，都疼。腿脚是酸的，仿佛走过了很长的路。都在突然之间发生。她往卧室里走，想着应该睡一觉，她就在醒着与睡着之间徘徊着。半夜饿极，她找东西吃，把放在收纳箱子里的东西一样一样全掏了出来，就堆在客厅的几案上。那几案已经堆了许多的东西，剪刀与指甲剪，不锈钢的空果篮，充电器，干了油的笔……她将新来旧在的东西一股脑地往中间推挤，这样看上去便很是琳琅。回到卧室，她看到挑窗的窗帘还没有拉上，她并不去拉，从前都是蒋胜球拉窗帘的。她感觉头重了一些。

外头很吵。苍茫的天涯是我的爱，绵绵的青山脚下花正开……广场上男女机械运动般的腔板又被老婆子和老头子尽情地踩踏了一遭。这些人血管里打进的鸡血是从哪里来的？鞭炮啪啦啪啦，有些人在打吆喝，喔歇——喔歇——叫得一浪一浪的，是在办喜事接新人吧？迟早要离的。卖甜酒喽，真药子发的甜酒。如今走街串巷的都带个高音喇叭，音质恶劣，嚓嚓嚓地响，录音的那条声带，仿佛也被里头尖锐的金属丝给刮擦来刮擦去，一味刷拉刷拉的。甜酒的发酵也可以用化工原料。假，现在什么都是假的了。陈金凤闭着眼睛听下来，声音像一幕幕的戏，都映在了她的眼前。她看到了这些人的一举一动，前世今生。她想，住到多少层才不会听到？蒋胜球会给那不要脸的买多少层？一股热血涌上来，她干咳着，从床上挺起身。玻璃窗外多了两根绳，悠悠地荡着。她猜想是上面的哪家住户在安装防盗窗，一边伸脚去扒拉地板上的两只拖鞋，她要去换山竹了。

将出大门时，甬道里走来两个人，跟陈金凤打了一个照面。一高一矮，高的那个很瘦削，穿牛仔裤，布料旧而粗厚，行走中把腿弯处折出好些褶子来，显得裤管里头很空。看不出具体年纪，他们都把脸给蒙了，只露出眼睛与嘴。一顶暗紫色，一顶灰色，廉价市场里随处可见的防寒针织帽。高的那个似乎略转了一下脖子，在陈金凤与他擦肩而过的时候，直觉上他并不老。

真冷。陈金凤觉得几个手指头都快冻僵了，她没打到的士，自己走回来的。进了房门，钥匙一丢，她往沙发上倒去，歇了好一会儿才拎了那袋换过的山竹往厨房去。她把那塑料袋底朝天地翻过来，紫黑的圆果子开了花似的沿着地板四处滚。除了这里，她发现这个家里已经没有别的合适的地方可以堆放新出现的东西了。到处都是东西。都是属于过去的东西，都是无用的。她也是属于过去的，她不再剥山竹。到那家水果店里，她才知道所有的山竹都差不多，颜色、大小、光泽度……她想既然如此，何苦来这一遭。她以为她能够改变那个不好的结果，然而结果从一开始就是注定的。就在她一愣神的时候，老板娘把她手里的那个袋子给接了过去，随手往另一个亮屉里一倒，她觉得老板娘手真快。容不得作他想，她一个一个地挑选起来，老板娘也不作声，坐到收银台那里去，时不时拿眼睛瞟她一下。她很挑剔，便很慢。她在那个水果店里着实待了不短的时间。

陈金凤的腿在发麻，她蹲在厨房里好久，直起腰背时，她感觉很冷，室内应有的温暖始终没有传到她的身上来。透过厨房的半扇玻璃门，她看向了安有配电器的客厅的那面墙，空调的开关分明是开着的，电也没有停。她狐疑着，往卧室去，愈走愈冷，卧室的门口，听到窸窸窣窣的响声，紧接着她便看到飘窗大开着，墙面上的那个全家福相框倒扣了下来，把枕头和貂绒毯子盖住了大半边，床头柜上的几个购物袋里还兜着她的羊绒针织面料的衫与裙——今年的最新款，那天她刚拎着回到家就得到了蒋胜球给她带来的那个好消息，一直便搁在那里没动过。如今这几个袋子被风扑着，相互地抵触与磕碰，那声响便是这么发出来的。她的心底訇的一声——进贼了。

陈金凤感觉血液争相从她的脑子里往心脏涌去，她三两步奔到衣橱边。衣橱没关，那件大红羊绒外套内侧口袋里的五千块钱正好给人掏了去吧？前几天儿子打电话来问她要零用钱，她没给他。她没心思给他，她感觉儿子对于她和蒋胜球的事不如她料想的那般上心。早知道就给了他，儿子还是儿子，到底是自己身上掉下来的一块肉，现在倒好了不相干的人。她埋怨着懊恼着，手指碰到了一沓纸，几分诧异地抠出来，胡乱数了数，似乎没少。她想绝对没少，要被拿走整个都会拿走，渣儿都不会给她剩。又扒拉开那一溜的风衣外套，壁墙里的保险柜好好的，金银细软存折单也都平安无事。她铁青着脸翻了翻床头柜的几个抽屉，心情倒不像她的脸色那般沉重了。似乎并没有什么失去。突然又记起皮草大衣来，一颗心提了上来，她跑向了另一个房间，沿墙一线的衣橱没有一个是关着柜门的，她想象她的皮草里那几件最贵的不见了，然而一眼看过去，那些皮毛拥挤如常。

陈金凤的手下意识地顺随着那些毛路，竟然觉得指尖透过来的是森森的寒意。她爱皮草，因为贵，是显身价的东西。每年跟着苏三包车奔皮草工厂直销处，在那里拿货，价钱比市面上优惠很多。她原本爱得有分寸，却又因得了便宜而失了分寸，一次两三件地收进来，喜新厌旧的心理虽在，不想再穿的却舍不得送人，几年的积攒，堆满了一柜子，而今这皮与毛却凉到了她的心坎上——她想起从前看电视，节目上有个尖脸猴腮的女人批判穿皮草的人，说是穿着动物的尸体。蒋胜球学着歪帽子赵本山那般呀呀地叫，说我们家存了一堆的死尸。她朝他啐了一口，说死尸有这么嫩软暖和的吗？她说的时候眉梢眼角里全在笑。他的幽默，她向来喜欢。她的心一阵凉似一阵。温的软的活气是人给物的，不是物给人的。从前是她追着一群死尸，现在是一群死尸来陪着她。她的活气该是丢了吧？她的心灰了半截子。

她总觉得少了，皮草或者羊绒大衣，反正就是这样的一种感觉。她到了物业那里，接待她的是个眼看就要把自己的中年给过完了的白胖子，他腆着肚子跟她说话，隔了两尺远，透着哈喇油的烟草味还是盖不住那张嘴里浓重的口臭气。她的脸扭向了一边，手指往鼻尖上攀去。这样的嫌弃，他却并未注意到，说一句便翘一下他的脚尖，在地面上打出低低的拍子来，整个人像一个来回晃动的不倒翁。他问丢了东西没，她说不知道。他又问钱丢没丢，她看着他，郑重地说，凭天良讲话，钱没丢，只是觉得少了东西，一定是少了东西。

你把少的东西理一理，确定是丢了什么值钱的，该报案就报案。他这么说着，眼睛始终看着前方。那要是暂时搞不清到底丢的是哪样东西呢？就这么着了？她追问道。搞脏你的房间没？他突然抬起眼来与她对视了。她一头雾水地摇了摇头，不知他这话从何说起。楼上那些没人住的空房里经常有人爬进去拉屎拉尿，他说着，又把眼球移向了前方，眼神里一点饶有兴趣的意味。他似乎有着另一方世界，他的那方世界其他人是进不去的。这是一个定力十足的男人。

陈金凤又回到了自己的那间风呼呼的卧室。她的耳边，她与白胖子的对话还在绕。她说除了吊在上面安装防盗窗的人，别人来不了，她出门前看到两根粗绳子挂在外面，整个房间就那个卧室的挑窗没有插闩子，那人就是这样顺着绳子降下来的。她边说边打着手势。白胖子对这些手势视而不见。他说你要早来一阵就好了，人刚走，不到五分钟。都走了，还怎么能找得到？那挂下来的绳子不是为了安装防盗窗，是给楼体安装彩色灯管，搞亮化美化。全县一盘棋，每个小区都要搞，人是县里统一安排来的，哪个公司我们都不知道。她觉得跟白胖子说话根本就是白费口舌，白胖子只是不想帮她处理这件事而已。归根到底，是她不知道丢失了什么。她看了一眼那两根绳，把窗户给关了。

陈金凤并没有多少失落，白胖了给了她安慰。白胖了本意并不是为了安慰她，她再清楚不过。她只是想找个说话的人罢了。关了那扇窗，她抓着相框的一个角，把它从床铺上给挪了开来。一回头，她的头嗡的一下，一股气流从胸口直冲嗓子眼——貂绒毯子上边挂了几块黏痰似的东西，床上来过人！实在是太让她震惊了。她到客厅的沙发上找她的手机，拽着那手机又回到卧室来，她的手指急促地划拉着掌间那块玻璃的屏，她想说，蒋胜球，有人爬到我们的床上来了，可那边无人接听。

她嗓子里的那团气变得沉甸甸的，慢慢地往她的胸腔里坠了回去，扣在耳边的那只手跟着往下落，不过她并不打算让这只手闲下来，几秒后，她又戳动起手机的屏幕来。她打下了一行字，又不间歇地点击那个发送的三角形箭头，短短两分钟，同样的一行字，就在蒋胜球的手机上至少出现了十几次。“铃叮叮叮……”她的手机叫了起来，熟悉的“狐狸叫”。那天蒋胜球说这外国来的神曲太神了，只浮浮地听了一回，满脑子都是它，他拿过她的手机就把里边那个民族女高音字正腔圆的“好日子”给换了下来，这一叫就叫了两年。果然，那个由各种怪叫组合成的声响从此就粘在了她的手机上，也粘在了她的生活里，这是一种奇妙的感觉。一件东西，一个声音，都可以是生活这架机器里的一个螺丝或者一枚齿轮，人们终将服从于它们沉潜般的存在，仿佛生来如此，非其不可一般。“哇啪啪啪啪啪泡……”叫声撞着她的耳膜也撞着她的心。

按下接听键，陈金凤的心凉飕飕的，她有一种不太好的预感，仿佛她明白，她与蒋胜球是不能好好地说话的。然而她的预感还不够盛大，蒋胜球根本没有跟她说一句话，他只是让她听另一种声音——有个女人在细细地笑，隔一会儿，笑一声。好像是被谁挠了痒似的，那种忍不住又推不开的笑。还有一个男人的声音，模模糊糊，时不时说点什么却又口齿不清。这些声音像冬日里太阳跌在树杈下的碎影子，斑驳的，摇摇的，一会儿现，一会儿又不现，真真假假地替换着。她的男人和一个传说中的女人在手机里鬼魅一般地飘远又飘近。

她的心仿佛被人猛地用一根绳子给吊了起来，死命地抽着，像条缺氧的鱼，她的头膨胀开来，眼睛凸着，身体是泡松的。她吸足了一口气，她骂了起来，不要脸的，不要脸的，脏的，臭的，烂的……她咆哮着，似乎用上的是她人生最后的一口气，在这一口气的时间里，她几乎没有喘息。蒋胜球欸，蒋胜球欸……最后她重复着这三个字，拖着一个长长的尾音。她的气快用完了，续不上来，欸的那个字眼全是虚晃的。“喊——”那个女人又笑了一声。手机这头的表演，显然在手机的那头是没有被领受的。而表演者陈金凤已经像条蛇似的滑在了床沿边。陈金凤往下滑着，她的内里全空了，只剩层皮搭在那里，胳臂微微地抖，她像被风吹着似的。

不知靠着那床沿多久，陈金凤终于想起来要把手机给关了，但不劳她费心，手机已经断了电。她的脑子里响声一片，“哈踢哈踢哈踢吼——”“拗拗拗拗拗拗拗——”“嘿，嗬嗬——”“呕！”……手机的铃声女人的笑声颠过来颠过去——蒋胜球欸，狐狸怎么叫的？狐狸就是这样叫的！蒋胜球欸——她下意识地模拟着与她男人的对话。噗的一下，一颗水珠子打在她的手腕上，她抬手看，看到自己的手在微微地抖，像个上了年纪的老人一样，又像是耗尽了手上的力，肌肉在做条件反射式的痉挛。她知道是鼻涕淌了下来，她的鼻腔里有个感觉在。她吸了一下，湿淋淋的，不久又会淌下来，鼻涕很清稀，所以不能做丝毫的收留。她的头疼炸了。

她爬回了床上，瞪着眼睛躺着。眼睛酸痛。她又从床上爬了起来，走到飘窗边，探长了身子将几个手指抵在窗户的框边上，手指尖尖一下便泛了白，而窗子纹丝未动。她抬脚踏上了窗台，亚麻的垫子陷了两个窝，垫套上边刺绣的花花草草突然便往她的两只脚下扑过来，她从没踩过这垫子，原来是这种沉沦般的感觉。她一脚沉一脚浅地踩将去，倒不是刻意，她的注意力早到了手上。她勾起双手往那扇窗的框边使劲地一扒拉，呜一下窗便大开了。高的低的房子，国营单位老宿舍三合院里那一围的樟树，江上的船，临江路面过往的车，一台皮卡摇着喇叭啊啊地唱着梭了过去……密的，小的，灰的，都在她的俯视下。风把她吹透了。一个一个的多到无法计数的窗口后边是人，苍老而黑的妇女，坠了啤酒肚子的中年男人，她仿佛看到了这样的人的脸，还有他们的眼睛，她想：以为这里有个人想寻死吧？她把脖颈一歪，鼻子里低低地哼了一下，呼地将窗户关了大半。只留一掌宽。她的鼻水又淌了下来。

“嘭——”楼上在关门，不是关，是摔，整个楼层都为之一振。楼上间或摔一次门，却从不发出其他的喧哗声，蒋胜球说是小孩子调皮搞出来的，她说不是，绝对是两个人坐在里边吵架。陈金凤觉得上边的人是不想落下个把话柄子给周边的邻居们。蒋胜球说就你会想，什么事都能往热闹的那头想。她对楼上的人有了一些反感，死要面子，把热闹这么藏着掖着，便是一种罪过了。那时她只知道她跟蒋胜球是没有反目这一说的，但凡她来了脾气，蒋胜球要么嘻嘻哈哈几句，要么把她往床上一掰——她的心又被扯了一下似的，阴阴跳跳地疼。房子像个封闭的罐头盒子，她闷在里头出不了声，只拿手去揉胸腔底下肚子上边一个小窝子的地方。她记起十来岁的时候，她吃了一筒子的盐粒子炒蚕豆，嘴里干，半壶水喝下去，不几分钟心就疼了，正是这样阴阴跳跳地疼。她的外婆说是水把豆子泡发了，在里头作胀。她的外公拿了一颗药给她吃了，一吃下去就不疼了，灵验得很，但后来成了禁药。她奇怪，这么有效的药为何会被禁，市面上这个冲剂那个颗粒的层出不穷，跟零食日杂一道摆在药店的柜台上，疗效怎么样？喃，吃不死人。现今这连食品日用品和药品都不作区分的混淆的年代。

陈金凤把她的外公外婆，死了的人匆匆地想了一遍，她想起了她那两个还在世的爹和妈，蒋胜球的事她没想过要跟他们说，七老八十了，自己都快理不清自己的日常事。她从来就不跟他们谈什么，都是些吃饱了把嘴巴一抹的人。她要管他们的老，陈小虎是不管他们的。她从床上坐了起来，她想起这套房子的房产证她一直没找到，是蒋胜球拿走了吗？又想是她以前什么时候多了下手把它挪动了位置一时找不到而已。省城那套房子比这值钱多了，那个本本不是还好好地在这里吗？蒋胜球会单挑这套来拿？买省城那房子一是因为手里有闲钱，二来也是为了给儿子陪读用，装修之后住过两天，她住不惯，人生地疏的，特别是一个人，儿子两周才放一天半的假，她不能眼巴巴地一个人，没有蒋胜球在身边的房子没有归依感。她的目光落在了被她扔到床脚边的那团貂绒被上，一角白色的黏液很浓稠，她的胸口又在发闷了，哽着她的喉管，她的双脚轻了起来。

她看到了里边网络一般的条条缕缕，现在这些条条缕缕都被牵拉着疼。从没疼过。不疼的时候，她只知道这是肉，柔软的有弹性的让人忍不住想摸摸过之后就不能不去揉与捏的肉。疼痛像触电，从一个点开始，瞬间蔓延开来。她不禁摩挲着那个地方，突然又想起药橱里应该还有止痛药，蒋胜球上次头痛时买回来的。她不像有些女人，这里痛那里痛的，她生儿子就像鸡下了个蛋似的，第二天就下地擦澡洗尿片，蒋胜球说她是“牛婆子”，她身体好得很，几乎忘记了还有痛这一回事。今天知道痛了，头、骨头、心窝子一齐上，很是热闹。她从床上下来，脚一蹬地，眼睛又往眼皮子底下的那块白色体液上瞅。她心里冷笑了一下。脑子里有个想法，不过这想法就像腊月里往窗玻璃上哈出的一口白气，还没成形就散了。她惦记着止痛药，没工夫去找寻刚才那一晃而过的想法。

药橱拉了出来，杂七杂八的瓶子与纸盒子，她拨弄着，止痛药没见到，感冒药倒就在手边上。她非要找到，仿佛怄着一口气似的。头低着，疼痛顺着太阳穴和眼睛爬成了一条线，她的眉眼起了皱，那一屉子的东西让她从里边翻到了外边来，好了，那板止痛药到底是出来了，锡皮纸封膜破了两个窟窿，是蒋胜球吃了两颗。看标注，只差半个月就到了限期，陈金凤想，怎么好像看他是不久前吃的，日子竟过得这么快？她抠了两粒在手心里，转而又把感冒药抠了一粒出来。攥着这几颗药，她往厨房去，也不兑暖了，提起那只玻璃茶盏，就着嘴子将凉白开灌下来。放下了茶盏，她把近脚边的一个山竹往一边踢去，那果子骨碌碌滚开，撞到了香槟金的橱柜门才停了下来。

她将茶几上的几袋零食拿到了沙发上，靠着靠枕，她一口一口地吃着。香的辣的软的脆的。她嚼得很用力似的，无论嘴里是个啥，牙齿每切下去一次，总有一个声音蹦起来，喀喀吱吱噗噗，像一双笨重的大靴子在雪地里跋涉时所发出的。她并不饿，吃这个行为是活着的动物都能做的。她把那几个袋子清空了。不知道为什么会笑起来，她觉得自己在笑。眼前起了潮，脑子里也起了潮，一起一伏地拍过来，她的鼻水在滴落。是眩晕，心倒是不怎么疼了。从纸筒里抽了张面巾纸，她擦着鼻子，又走向了敞开着的药橱，那里头一个暗红的大本子不是房产证吗？刚找药的时候没看到，这时却看到了。她拿起来，翻开，没错，这套房子的房产证。怎么放这里了？她又扫了一眼，把那本子合上，随手放了回去。东西就是这样，不见时总是惦着挂着抱憾着，一出现便跌了价失了值。她回到了沙发上，低头坐着，听到了一点脚步声，似有若无，但她清楚地知道有人走到了她的对面。她看到了一双鞋子，男人穿的休闲鞋，一抬头，一个男人站在影视壁前，隔着几案，微微地笑着。

“你是谁啊?”陈金凤问道。她并不惊慌，也没有愕然的表情，只是奇怪而已。男人不说话，只看着她，他脸上的微笑还在，人却似乎想要离开似的。陈金凤觉得刚才她的那句问话完全可以不问的，她一直在盼着一个人来，他来了，不是正好吗?她担心他会离开。她该说些什么，做些什么呢?不用。他看出来了。他向她走了过来。她拥住了他，她的左脸就磕在他的皮带扣上。他还在笑着，仿佛她伸出的这双臂膀不是在索求拥抱，而是在咯吱他似的。他的笑过于轻松了，她伪装着不曾在意。他俯下身来，他的身体覆盖住了她的身体。

陈金凤看到他侧过头去，低低地笑着。他是觉得很有趣，还是觉得很害羞呢?他年纪还很轻，脸皮白皙。而她没让自己表现出一点羞涩和不适，刚才她不是正头晕吗?那就让它晕下去好了。她仰面闭着眼睛，双手却扣着他的肩背。他嘿嘿地笑出声来，他知道她想要什么，她是个调皮的人。他便真的吻了下来，他的嘴唇只沾了一下，他见到她直起的脖子便又笑了。他咧开嘴笑，像个孩子。可他明明就不是孩子，他的随意里有些玩世不恭的味道，他了解她的计谋，好像是在做一次玩弄。陈金凤并不生气，她在真实与幻想的眩晕里等待着他的给予。

刹那间电闪雷鸣，这汹涌的光与火是从陈金凤的身体深处迸发出来的。她是一个轻薄的叶片，这个男人轻易便点燃了她。她燃烧着，飘荡着，成了灰，落到了浪里，躯体不在了，她的魂被浪推举着，一次又一次，向上，向上。阳光猛烈。她眯缝着眼睛，只能看到铺天盖地的白的光。我在哪里?突然间的一个激灵，她便惊醒了过来。她在沙发上。直挺挺地躺着，轻浮而又松软，是的，她已经燃烧过了。这是白天还是黑夜？那个男人呢？她把头环向四周，水晶的灯，金色的大理石墙面，织缎帘子拖在阳台上……他已经不见了。她知道他走得飞快，又轻又快。她坐了起来，双手在轻轻地颤，身子有些摇晃。她晃晃荡荡地朝卧室走去，卧室比客厅里要冷多了，她记得他是去了这个方向。飘窗开了一掌宽，风嗞嗞的，像蛇吐的芯子，外边的天色是灰白的。

陈金凤想，他是从这里来的，又是从这里走的。他是谁呢？她痴痴地站在飘窗前想着。她感觉自己顶着一个极其硕大的脑袋。如果她在去换山竹的路上停下一步就好了。只需要在大门外的那条甬道里停一下。她会接纳那个戴着紫色针织保暖头套的瘦男人向她投来的目光，她会问他，是你们把绳子挂在我的窗户外边吗？他会说是的。他会停下来跟她说一点话。他会取下他的头套，他多大的年纪，他是哪里人，这些统统都会让她知道。然而，他可能不会跟她说他挂在她的窗户外所见到的。她翻了个身，背向了他。寒冷横扫过来。在这广阔而又寂寥的天与地之间，一个温暖无比的女人就在一个连指关节都已经快要冻得硬邦邦的男人的眼前，冷与暖只隔着一层薄薄的玻璃。他垂着头，怏怏地摸着绳索往下滑，他的同伴早就站在楼底下了。他的奇遇，他的渴求，他的失落，他的气恼，他的同伴一无所知。他被询问是否绳索或者哪个装备出了故障，所以他才停在了十八层那里。他什么也没有跟同伴说。这是他们正式作业前的一番例行检测，接下来，他们就要逐层地安装灯管了。

他以为他的奇遇已经结束，但是事情的发展却唱戏一般峰回路转——他在给十九层的楼体的灯管做固定时，他的脚尖无意间蹭开了十八层的窗！他的移动全靠脚的抵蹭去完成，当他往十八层降时，他看到窗户开了，开了整整半尺宽。回想不起脚尖有过的那一点一点的松动，结果来得这么直接而又令人意外。他愣了一下，床上没有了女人，他盯牢了那张床。是她睡过的。温暖的气流一蓬一蓬地向他倒过来，他知道他没法再做移动了。他转头看了一眼他的同伴，今天那个人的手脚很利索，那边十八层的灯管已经安装了一半，而平常，他的进度远快于同伴。他停了下来，就停在这十八层的窗外，他向那边打量了几次，他的担心好像是多余的，他的同伴专注于手里的活儿。这是他们的营生。家里的几张嘴在等着吃饭，小的要念书，老的会死，烟也是要抽的。天天这样做着做着。在这之前，他也是专注的，了结了这一单就要去接下一单，一成不变的日子带走了一切多余的无用的想法。他的同伴降到了下一层，一眼都不会看向他。

他抓住窗棂把双腿伸向了窗台。腰间的那个安全扣解开了，他踩着垫子走下了飘窗。他死死地看着那张床。女人穿过的睡衣就在枕头边，他走过去把它整个提了起来，似乎有香味，他把鼻子凑近了闻，一种黏腻的气味，一点点的膻。他想起他家里的那个黄瘦的女人，除了洗发膏、肥皂和几块钱一瓶的面霜，再没有别的香气。夏天她的汗味很重，酸臭的。就是那样的一个女人，也穿睡衣，那件睡衣倒了绒，半红不白，一条睡裤却是一层薄化纤的，裤脚下露一小截里头的红秋裤。她坐一把有靠背的木椅子，把椅子背斜搭在墙墈上。他们住的是别人楼房的地下室，他们的墙墈是人行道的基脚，她歪在那里，来去的人一双双的脚就在她的头顶上踏来踏去。她操紧了胳膊，跷着二郎腿，放下面的那条腿就绞在椅子底架的那根横梁后面，脸上蜜蜜地笑，她在看手机。起初他没在意她为什么要把手机带到屋外去看，后来他发现她洗澡时把手机带到了厕所里，有一回他提前回了家，手机在充电，她人没在旁边，来了条信息，嘀咚一声响，他随手拿起瞟了一眼，垃圾短信，再随手一拨拉，他的头像被大棒子猛地敲了一下——“宝贝，乖，咱们睡了，来，亲一个!”……就是这么个女人，手机上边搭了别的男人。想她从前也算老实的，学的，现在都这样了。他没打她，那样的一个骨架子经不得几打。吵过，说要离婚，之后又还是一起。现在都这样了。

他把那件睡衣放下了，腥腥腻腻的香味熏得他晕乎乎的。他想着。他脱了鞋子，趴在了女人睡过的地方，枕头上有根长头发，他把它捻在手指间看着，看了一会儿，又把它放到了枕头底下。他把脸扎在枕头里，像只猎犬一样谨慎地嗅着。枕头里的每一根蚕丝都渗透了她的气味。多么美妙。他一直趴着。直到他感觉到了热，太热了，房间的空调很足，他想刚才可以不用把窗户都关严实。他的背上脖子上全是汗，尤其是脚，袜子没脱，他感觉里头潮得快要滴出水珠子。他坐了起来，将袜子一把揪了，往飘窗的一角扔去，他又仰在了床上。他的手机在响，来电号码让他从醉与梦里完全清醒了过来，他的同伴从十三层打来的，问他去了哪里，他被担心了。他讷讷地说方便去了，进了一个没装修的房子，就来了。他匆匆地套上鞋子，踏着垫子从窗口钻了出去，好了，他终于将人生里一段华丽的旅程走到了终点。他忘了拉上窗子，十八层的大风会把床头的相框刮落下来，会惊吓到这个女人，这些他都没有去设想。他有着与周边的人一模一样的人生，他们的人生无需设想，因为后面的一天与前面的一天没有丝毫的不同，永无改善的可能。

而这个女人呢，这个女人喝了酒一般摇晃着走向了卧室，面对一个开了一掌宽的飘窗许久，她终于低头看到了一个角落，在帘子的皱边上，有一双男人的袜子。白色的，洗过很多次，纤维都变了形，底发黑，袜口早松垮了。这双袜子的袜口上还有一个胶印的凤凰标志，蒋胜球没有这样的袜子，这样的破旧的袜子不应该出现在这个堂皇的家里。她把这两只袜子抓在手心里，抓得紧紧的，又一次踩上了窗台。她用空出的一只手慢慢地拉着窗户，直到把窗户完全拉开了。风呼啸而来。她的头发扬着，寒气把她的皮肤刺起了一个个的鸡皮疙瘩。那远与近的无数个窗口后面有一双双的眼睛，他们看向这个十八层的女人，只需要小小地往前一步，她就会掉出来，像个花盆一样砸在地面上。她的圆脸稀巴烂，粉色的脑浆迸了出来，和着暗红的血在地面上画出几笔拙劣的抽象画。警车呜嘛呜嘛地叫着，人墙围了起来，好热闹。然而这小小的一步她还需要时间去完成，她正在想，他是谁啊？

接着她觉得那是一个无需追究的问题。她刚刚翻过了她人生中最辉煌的一个篇章。在久远之前，她便隐约地知晓将有一个人出现，她亦知晓他会走到她生命中的哪一步——终因他的来临而知晓。她想，来与往，在与不在，是与不是，所能裁定与把握的，皆由个人，莫不如此。人心决定一切。站在十八层凛冽的风里，陈金凤快要变成一个哲学家了。她还会因此感觉到自己的伟大。可惜，她太爱热闹了。

海浪

一

走出诊疗大楼的一瞬，中年男人有过短短一阵恍惚，他将之归咎于太阳。七月中旬，不可直视的事物，它兀自白亮着，傍晚没有傍晚的样子。

离职之后，他还是第一次重回到这栋楼里来。他的那个刚过完十九岁生日的女儿，跳楼自杀未遂，从省城医院抢救治疗三个月后，回来做后续的康复治疗。

坐进酷热的车里，车窗外，有两三人在向他打招呼，是曾经的老同事。他向他们点头微笑。

此前有过十五年，他在这栋楼里的一个科室里工作。那是一排朝南的房间，槐树的枝干从屋顶暗红色的椽木条前伸下来，不经意间，那棵树已经长得那么高大，直到一个雷雨天，它的巨大的枝干把隔壁一间办公室的那扇镶了生铁防护栏的玻璃窗给捅穿，整个天花板都掉了下来。有一个女人，与他同事过一年。在雷雨天天花板坍塌时，像只兔子一样往他奔来。她早已不在这儿工作了，他记得她给他寄来过一封信，信上的每一个字，他都记得。

冷气才刚刚打开，温度丝毫未减，他启动了车子，向前开去。这么热的天气里，妻子仍然想要一个保温食盒，非要家里的那个，他只能去取。

二

第一天的早晨。医院门诊楼的前坪，他与那个女人擦肩而过。她抬起头来，朝他笑着，说："雨。"他感到有些错愕。他不知道她说的是什么，更不明白她怎么会那样惊喜。她的样子，就像怀揣了一个天大的好消息，忍不住非要找个陌生人分享出来不可。

他与她之间，因为她丈夫的原因而快速地熟悉。她与她丈夫是同乡，还有过短暂的同学经历。人是怕孤单的生物，彼此之间，有意或无意都在期待和寻求一种关联上的近与密，因此，任何一个可以达成目的的理由或者借口都是求之不得正中下怀。

下班的时间，他看着她从门诊楼门厅的台阶上跳着走下去，她的丈夫坐在车里等着，见到他，按下了车窗，与他打着招呼，寒暄了几句。他看着她从车窗后向他挥着手道别，这个孩子气的举动同样令他有些惊讶，也让他下意识地举起了自己的右手，几乎做出同样的动作来。他的那只手在半空中停了一秒，放下来的时候，她还在车窗后面看着他呢，鼻子差点儿磕在玻璃上，笑容从她的眼睛里一股脑地跑出来。也就是在这一瞬间，他的眼前出现了妻子紧闭双唇皱着眉头的样子。

厨房里，妻子把择好的青菜倒入锅，一个扭身，那盛菜的塑料筛篮被掷到了地上，锅铲把锅底砸得哐哐地响，嘴里碎碎地念叨着，声音不大，刚好让他听得到："我是命不好呢，命好，是这样？钱，钱没有，权，权没有，哪个像你？"妻子将炒好的菜往桌子上一扔，厉声催促孩子来吃饭。那孩子，太老实，闷嘴葫芦，在家几乎说不出一句以上的话。妻子总在怨怼，像谁欠了她的债似的。听说了一个同年的孩子跳湖自杀的新闻，她忍耐过几天，不久就恢复如常。每当妻子令他心焦时，他见到孩子低着头，写着作业，他又感到抚慰。可当他靠近孩子，想跟他说点什么，孩子头都不抬，问得急了，就点个头，或是摇个头，他只好把话硬生生地咽了回去。妻子，孩子，都与他隔膜着。三个人，谁都不像是彼此需要的人。

他看着她离开。她在跟她丈夫说话，双手扳住车座的靠背，头往前探着，就像有什么话要悄悄地说似的，兴致勃勃的眼神，就像是从来都没有秘密一样。他有些奇怪她为什么不坐副驾驶的那个座位。他看到她的那双手，皮肤很白，骨头和血管清晰可见。他有点儿好奇她说的是什么。是从不清洁耳道，被耵聍淤满了，所以上课受了影响，连带成绩也上不来的三年级男孩？眼结石大到把一张眼皮顶得泛了光的四十岁男子？还是鼻孔里插了钢珠子的不会说话的婴孩……哪一桩是妻子乐意听的呢？他如死水如微尘一般的生活，毫无讲述的可能性。

当她加了他的QQ之后，他知道为什么头一天的早晨她会站在雨里了，为什么会朝他笑着说“雨”，是她看到了车灯照耀下的雨滴，她在QQ的“日志”里写道：“今晨我看到金色的雨，它们那么轻，那么细，像是一朵朵撑开了伞冠飞翔的蒲公英种子。向你们问好啊，天上的来客们！”就是这样一个寻常不过的事物，在她的眼里却成了诗情画意，令她惊喜。

他常常在夜晚点开她的QQ日志，看看那一天里她的见闻。风雨云月，花鸟虫鸣，在她的眼里，都是不同以往的风景。偶然谈起，她告诉他，少年时她向报刊投稿，发表过一些“豆腐块”，中专毕业后参加工作不久，认识了现在的丈夫，半年后就结了婚，因为那边的父亲得了重症，希望看到孩子的婚礼。丈夫很不喜欢她的这个小爱好，她就没再动过这方面的心思了。他对她说：“你这是有基础，不是随便什么人都能把日志写得这么好的。”

她的这种文艺心，他多年之前也有过。大学时，他在校报上发表诗歌，还担任过一年编辑，后来都成为老同学聚会时的一类笑谈。他虽是在笑话自己，内心深处却并不排斥，相反，他挺看重。只是风尘之下，那些年少往事都被抛得愈来愈远，就他的生活而言，似乎也不该把它们再拾起来。没想到突然会出现这么一个人。

三

沿着一条河流往前。路边有一棵谷皮树。那棵树叶片宽大肥厚，叶面敷一层细密的绒毛，秋日结球形的果，被鸟啄了，落在地上，一个个暗红色的浆水印子。小时候，他在老家采这种叶子喂猪，在医院工作的那些年，他看着那棵树长高长大。树后的一户人家是开便民旅舍的，树是他们栽的，还是风把种子吹在那儿自个儿扎根在那里的呢？八九里长的沿江路，路边的树整齐划一，都是香樟树，单单这样的一棵，靠着滨江路与湘东路相接的那个位置，低垂的树干把叶子伸向路的那方，从来去的人头肩背上扫过去，时不时被人折了砍了，不过，很快就有新的枝叶重又伸了过来。

他又一次路过了这棵树。他眼角的余光落在那些枝与叶上。当年上下班的途中，他曾拍下这棵谷皮树，添了几行字发到 QQ，惹来同事朋友一阵调侃，说他牌场失意，这是打算拜码头转运了，他惊讶地发现，他被她影响了。他删了那条日志，除了一板一眼的工作方面必须发布的内容，他再也不发其他的东西。

有些事物，仿佛永远都在原处。当年的食堂里，他坐在靠窗的那桌，而她坐在了他的对面。从窗口端着一碗热度能烫手的汤面走过来，他明白，她是为他而来。

听她说只有面了，没有米粉，她一直都不喜欢面食，他把自己碗里的米粉拨向她的碗里。当时他的那碗米粉因为他在接电话，还没来得及动筷子呢。就是这样在他看来自然而然的一个举动，似乎把她给惹到了。她低下头，红通通的血色漫到了耳朵那儿，整个小小的耳朵在阳光下变成了透明的胡萝卜似的。他的心里噔的一下，觉得她太敏感，他不喜欢这样，显得他过于殷勤，但他神色如常，边吃边跟她说一些平常的话，孩子的学习还有老人的身体等。

“你家张总确实是很不错的，那天我遇到他了……”他突然这样说道。他用到一个崭新的称呼来谈论她的丈夫，有些奉承，也有些疏远。往后在食堂，他极少与她同桌用餐，倘若偶尔遇上，他总是会这样跟她说一句。每次她都会朝他笑起来，丈夫被夸赞，对于她来说是一件很值得开心的事。他的心里有过些许的异样，像是某种隐含的东西从哪儿窸窸窣窣地梭过去。

一个脂肪粒长在泪腺上的女病人进他诊室的那天，他看了，认为问题不大，可以自愈，病人坚持要他动刀，至于他说的手术可能会留下创口疤痕的这个问题，病人毫不松口。那是一个难缠的病人。她进来了，她说她的眼眶下面也长过这样的脂肪粒，要有耐心，她是等了一两年，成熟了，用手轻轻地一抹，就掉了，什么痕迹都没有。她无意间帮上了他的忙，打发走了那个让他厌烦透顶的病人，他忍不住跟她说起一件往事。十年之前，一个在省城做了双眼皮手术的女人到他这里来拆线，几天后便找上他，说她的双眼皮坏了，一个大一个小，因为他拆线拆得不好。毫无道理，可医院就这样被讹上了。“从那之后，我接诊时就再也没了最早的那份心……”他感到一丝落寞，为他曾经的理想，为他曾经想成为的那种人。

她专心地听着他说话。她跟他说起她当教师的父母，父母的朋友，他们住镇上，都是非常老实和善的人。她小时候家人太过看重，生怕她出一丁点意外，所以她从没有过与邻居的孩子们一起疯的经历，也没有学会游泳。她甚至从来没有下河玩过一次水，那条小河离她家不远，穿过一条小巷，越过一条堤坝就是。“河滩上有许多的小贝壳，还有云母，好好看……有一次我脱了鞋袜，在河滩上走了一回，有个小贝壳从我的脚趾缝里钻了出来，突然钻出来，就像它跳了起来一样，有趣极了！”因为太兴奋了，她说得有些喘。

她说她年少时曾经跟着一个好朋友一起去了一座新修的教堂，那是一个圣诞日，很多人同在一个食堂里吃饭，就像小时候的宴席一样，十分热闹。不相识的人们互相微笑着，边吃边聊。一个男孩朝她看了又看，她以为他认得她，她反复地想，但想不起在哪里见过。她说，那个教堂与想象里的不大一样，他们把教堂的屋顶刷成粉红色，老远就能看到。

她告诉他，在这座小城里，她最喜欢的地方，是楚江大桥。她常常在傍晚独自走去桥上。站在那儿，她能看到海。怎么能看到海呢？他觉得很奇怪。就能看到！她用一种嗔怪的语气跟他说话。他忍不住大笑。隔壁医务科的一位同事走了进来，冲他们说："我们在想是谁来了，甘主任笑得这么开心——只有这个时候，才能听到他的笑声！"他下意识地摇了摇头，不知怎样回应同事的话。她笑着看向那位同事，又看向他。

妻子走了进来，拎着两个被洗衣粉、肥皂、酱油瓶子、抽纸匣撑得爆满的塑料袋，医院附近的一个小型的超市面临倒闭，听闻了甩货打折的消息，特地过来的。妻子看着她，僵着脸，眼神狐疑。她微笑着，害羞似的，低了头，轻轻地走了出去。直到她从门口消失，妻子才将视线转过来。犀利的目光落在了他的脸上，他别过头，与同事搭讪。妻子像一座坚硬的山。他觉察到自己有了一种暗暗的期待，但他并不确定它会是什么。

门诊楼顶垮塌时，轰的一声巨响，就像挖掘机车在近边猛地铲倒一堵高墙。她跑了进来，面色苍白，满眼恐慌。"楼落下来了！"她缩着双臂，双手在胸前握成了拳。她说她算是劫后余生的人，垮塌楼顶的就是她的办公室，她刚拿着打印好的文件离开，房顶就在她身后掉了下来，断了的屋椽把她坐着的那张办公桌都给戳散了架，电脑，椅子，七零八落，没有一个完整的。少说上千斤的重量，要是迟个几秒，碎了烂了的可不就是她了吗？

"那是蛮危险的啊……"他感叹道。或许那个时候，他应该有个冲动，想要握住她的那双拳头，拍一拍她的肩膀，或者更大胆一点，他应该用手挽住她的肩膀，那么小的发着抖的肩膀。可他什么举动都没有做出来。因为她说着便笑了起来，咯咯地笑，她形容桌椅坏掉时的样子，还有她那个像只兔子一样蹦起来往他这儿蹿的样子，她被这些给逗乐了，实实在在地乐着，因自己而快乐。他觉得有些惊讶。这现世，看不见的力量暗暗袭扰较量着，人事互相牵扯羁绊，想要简单松活些都不能。因为是她，他便又觉得无须惊讶。就在那个时候，他看到了堵在自己心里的那一团莫可名状的期待。

四

很快，他与她有了一个夜晚。

医师节前夕，工会组织攀登天鹅山。小城遍地丘陵，天鹅山是其中最高的一处山丘。山上有座寺庙，历史久长，是小城的名胜之一。那天去的人不多，医院的事务日夜都有，工会活动从来只能小范围参加，见到几张新的面孔，是院里近几年入职的年轻人，被评了优秀医疗工作者，他几乎都不认识。他之所以去，是因为她也去。她原本有些犹豫，她外出极少，她丈夫也不支持她外出。可她负责院里的宣传文案工作，他说，院里安排的事还是要配合好，再说，我去呢，你跟着我，没问题。他把一句话的重音，不经意地落在了“你跟着我”这几个字上。她点头，忽而语调虔诚，好呢，要到佛祖面前，跟佛祖说谢谢的呢，想想那块天花板，真是多亏了佛祖的庇佑啊！说到这里，她做出了双手合十的动作。他看了她一眼，似乎到了她的面前，什么世事都能简单得透光——她是个已婚的女人，她应有的经历让人很怀疑她是不是在装。

“不去不行啊？给多少钱做多少事！”妻子很愤慨。该要讨好的他不去讨好，几次三番地敦促他去走走领导的门路，他从来都不听，她已经放弃了对于他前途的打算。科室绩效不好，钱没挣到几个，倒是学着周末不着家了。他是她的，他的时间也该是她的，那也是她的两天！他说，这次有局党组成员去，院里联系了区电视台跟踪拍摄，这是医院筹划的一个大活动。妻子顿了一下，把手里拿着的挂烫机的喷头往身边的沙发上丢去，喷头不好用了，她想烫的那件衣裳上被溅出了一绺绺的水印子。“好啊，听你的，你做主呢……”妻子的神情显得悲怆。他感到是他把她变成了一个悲怆的女人。

登山结束，游览完毕，在寺内斋堂晚餐。庙里饮食不沾荤腥，吃饭不得出声，人们时而窃笑，偶尔低语。她只字不言，只在与他偶然的视线相接时，浅浅地笑一下。又听话，又乖巧，是个可爱的女人，他这样想着。

“这是圈养动物，带出来，也是不容易……”院办主任指着她，跟他说着关于她的玩笑话。人事科长说，她男人好福气，说她真真是好温柔的一个人——这些饭后的闲话，在他听来，都有些许的刺耳。世上的玩笑大抵都是戴了面罩的认真，她是怪异的，没见过世面，他们就是这意思。

“这里的豆腐好好吃啊。”她终于说话，脸上扬起的绯红久久未散。除她之外，他再未见过脸红的女人。他想到他的妻子。一个深夜，妻子独自坐在客厅的沙发上编织毛衣，织几行，又拆掉，织几行，又拆掉，最后把手里那团乱哄哄的毛线一下给扽断了，全部塞到沙发边的一个小小的收纳桶里去，接着，拿起另一个毛线球来继续织着拆着——他向她微笑着，表情很满足。

“是很好吃。”他说。

“小孩子！”人事科长看了她一眼，又看向他。人们相视而笑。

“他们以为。”他默默地想着。

返程前，一台大巴出了问题，他跟她，还有一些年轻人，被暂留在山上。他们得等着新调的车来。天黑下，人们坐到了寺庙的厢房里。一个年轻人正想跟他说点什么，只见她跑过来，径直跑到他面前。她说工会余主席打电话给她，说水杯落在了那台车上，让她去拿，天黑，她有些怕。他便随她出去了。

曲廊里，每一处台阶和拐弯，她都会放慢脚步，他知道她的视力不大好。他慢下些，咝咝气息在他的耳边流动，他的嗓子是哽着的。她突然停下，对他说：“等一下……”她把手伸向空中，像是在摸索什么。他不假思索地接住她的那只手，往下走出几步。他的喉咙底下拱起了一个呛咳般的声音。他察觉到身体的某一部分，被灼了一下。

庙堂的门框里窗棂里，佛像前的烛火轻轻地摇晃，满室都是红色的光。他有了一点儿失真的感觉。他的期待暗涌，可以说是本能，也像是筹谋已久。这似乎有些荒诞。

五

一个男人站在路边向他伸出手。那人身后有一辆摩托车，不知是不是车子出了状况。他越过，丝毫没有迟疑。他发现这儿多了个小公园，大片的爬山虎沿着路边的陡坡往上攀，那是当年广播局办公楼的基脚。她曾告诉他，那栋小楼，木质的，走上去，咯咯吱吱地响。在那之后的几个月，她便离开了山南。

她的丈夫被聘到了外省的一个市规划设计院，那张注册规划师证成了金字招牌，人自然是块香饽饽，小城这两三千块一月的工资留不住他了，聘的那方开出价码，不叫工资，叫年薪，三十五万，还带房子，家属带编调动。

“谢谢你，我永远都记得你。”她给他打电话。她把话说得过于感性，他都不知如何回答她。她将她离开小城前的一段日子称之为“谷底”。她得罪了医院的领导，因为一个纪委组织的征求意见会，她犯傻似的真的给一个领导提了些意见，她说，从此就被排斥打击，单位的人见到她就像见到瘟神一般。

因为她说，他才想起一次清晨，食堂里，她在打餐的窗口待了许久。当她路过他时，旁边的那张餐桌上还有一个空位，有人说那是别人的位子，她端着手里的那只碗站在了餐桌间的过道里。他叫了她，他说："来，坐在我这里。"他原本快要吃完了，但他刻意地慢下来，与她面对着面坐着，聊了一些闲谈。她去收纳区放回碗筷时，他在餐厅的门口等着她。他们一同往外走去，她对他说谢谢，他说："谢什么？"她笑了笑，眼泪流下来。"在所有人遗弃我的时候。"是他，当着那位领导的面，陪她吃了那次早餐。他站在门口等她的那个身影，她一辈子都不会忘记。

因为她说，他才知道她曾经那么难熬。可他一直都不能理解，当时的她为何会感到那么难过。她说，她没有什么乡愁，因为她从不觉得，这里是她的家乡，但是，他就是她唯一想见的人。他见过她几次，咖啡厅里，他们大约聊两三个钟头。她总会说起，那天的食堂，连厨师大婶都在厌烦她，还有一个男同事，从她的手里抢走了一碗米粉。"他抢走了，我真不敢相信，一个大男人，他还是后到的，怎么可以那么心安理得地从一个女人的手里抢走呢？"她始终难以置信。

他记起了她所谓的"谷底"时期，她在走廊与他偶遇，她对他说："啊，我遇到你了！"当她再次遇见他时，她举着两根指头对他说："啊，一天里遇到你两次！"她笑着，十分开心。他大笑起来，又一次想起同事的那番话。她令他放松，又令他紧张。每当这个时候，山上的那夜，悄然浮现他的心头。

就像火光闪了一下。

他握着她的手，听到她在说："我应该是缺乏维生素，天一黑，就看不清路了……”她似是在解释，又有点儿局促，还挟了些歉意。庙门抬眼可见。最后的一个台阶上，她轻轻地摇了一下他的手。她在示意，他该放手了。他的心蜷成了一团。那是他的始料不及，可称之为戏剧感。

他随着她走，庙门已上锁，打算返回的当口，一个年轻的僧人出现了。僧人打开门，领着他们走出去。寺庙前的空地上，他看着她从车厢里拿出一个水杯。僧人始终与他们保持着两三步的距离。而她，忽然伫立。

“星星！”她惊叹道，“真是不可思议啊！”

“是不是每天晚上都可以看到星星？”她问僧人。

“也不是每天，有时下雨，有时有云，有月亮的时候，也看不到这么多的星星。还有起雾的时候。”僧人回答道。

“起雾的时候——像仙境一样吧？”她看着僧人，很是神往。

“像吧。”僧人说。

她仰起头，将手指往天空的方向。僧人随着她的所指从天空的一端看向另一端。他看到年轻的僧人微笑了起来。肃穆的冷清的淡漠的脸，在那一刻微笑，像一尊微笑的佛像。

“漫天的繁星，苍穹像一个水晶的球，星星从顶上流淌下来，流向我的脚下了。置身在这样透明而又璀璨的星辰里，感觉天与地没有了分别，时间好像也在一瞬间停止下来了。数不尽的尘埃降落，熠熠的辉光在我的四周，我被一条宁静而又温柔的河流包裹，我的心被轻轻地拍打着——我想起每一次独自站在大桥之上，我看到的海的波浪。我想，这一生，我都会为此停留。”他在返程的大巴上收到了她的短信。她坐在车的第一排，他坐在了末排。环绕着他的，是年轻男人们那粗重的鼻息与恣意的鼾声。

他没有回复她，就像他没有看到她的短信。当她轻轻地摇动了他，对他说：“好了……”他分明听到咣当一下，像是什么碎了。或许是幻听吧，他放开了她的手。听她十分轻松地说：“啊，就要到了！”他猜想，她这是有意还是无意，是不自知，还是欲擒故纵，她扰了他，却像是他想多了。他知道他该打断什么，可她像是捏住了他心底的一根细线。她的手，牵不住，却仿佛一直都在他的掌心之中。他感到了失落，又觉得有些可笑。他没有心情回复这样的一封来信，也不想敷衍了事。他不想敷衍她。

分明近在眼前，却没有更近一步。女人是复杂的动物，他真是搞不懂，她们到底戴着的是哪一张面具。从山上回来到她随丈夫离开小城，那些时日里，她走到他的面前，又施施然离去。他的微澜，方生方灭。

六

车路过了一个渡口。很小的一个，当年他从省城的大学放假回家时，就是在那个渡口坐的船。那时的交通慢，路也长，听水拍在船舷的声音，啪嗒，啪嗒，像一面大旗子翻来卷去。早废弃了，如同他的江那边水那边的家，酗酒的父亲，轻微精神分裂症的母亲，死去了，没有了。岸边的柳树掩盖了废弃的渡口。

“我只是有些出乎意料，一点也不伤心。”她第二次回小城的时候，告诉他，丈夫有了外遇。那个女人怀孕了，也许他们会因此而离婚。她不明白，早知如此，那个人为何还要带上她？两地分居的夫妇比比皆是。是为了炫耀吧，他的能耐，他的神气。

“我本想确信能够抵达你；尽管我的船还在时而停泊的路上。我总是才抛缆绳就又决定起航。……我坚信我的船还清醒；不过，它要是沉了，它或将很好地答复那喋喋不休的推理，那些阻止我向你抵达的海浪。”她给他念了一首诗。她说，她几乎被这里边的几个句子给迷住了，因为那层层的海浪。

“你有那样的经历吗？”她低下眼帘说道，“有一个人在自己的心上，无时无刻不想到，没有停止过向他靠近的想法……”她看着他。他的脖子僵硬，仿佛被电流击中，他的头开始摇晃，接着，他的双臂也在抖动。他的无法控制的肢体，他被触动的少年的情绪，已经替他做出了回答。

她看向窗外，微微翘起的鼻子和嘴唇，给她的面孔抹上了孩童般的稚气的部分没有改变，夕阳金黄的辉光铺过她的右眼，把那只眸子变成了琥珀的颜色，她的眼睛，黑色的，或者琥珀色的，都是清澈的。一个蛰伏已久的东西眼看着破茧而出，他激动，进而有些惶恐。他发着抖。

那天一到家，妻子怒气冲冲的。“你爸喊着痔疮复发了，上回他开那辆破三轮，腿都摔断了，才刚好，今天你弟打电话来，又要开着出门！你女儿上着上着课，无缘无故哭着就往外走，老师叫都叫不住她——都不省心，老的，少的，没有一个省心的！”她以一个自由落体的姿态把自己陷进沙发后，随手抓起一件毛衫，将它远远地抛向了电视柜。那是他的羊毛衫，早晨穿上觉得有些热，就脱下搁在那儿了。

“你呢？你的心，是被什么给吃了？那是你的吗？”妻子在冷嘲，也在热讽。只是一面，妻子便记住了她。他默默地拾起那件衣衫。过了一会儿，他开始拖地。

“晚了，我告诉你，晚了……”妻子总爱把话说得狠绝。他往外走，被问去哪儿，他说楼下，他的手里拎着一袋子垃圾。他在楼下站了一会儿，然后重又上了几层楼。妻子在阳台唤他，洗衣机前，问他，白天穿了一回的毛衣要不要洗。他接过去，说不用，再穿一天吧。就是那件被抛弃过的毛衫。

“黄局他老婆说，过些天局里会开一个会，下面医院的人事会有一些挪动，有没有份，就看这回了。”妻子的声音像是从天的高处飘下来。他们赤身相对，他身边的那个女人如同一株深根大树，强悍而又博大。女人的手臂，女人的腿弯，化作了条条枝杈，俨然全世界唯一的一株树。他，攀附着，不由自主，也是依赖。

是那次他坚持要去参加的登山活动，让妻子看出他还有提拔的想法在吧。妻子把牌局变成了人脉关系网，学习操练，结交四路。都是为了你，记得，都是为了你！这句话，妻子说了两遍。

人是会死的，他突然想。是她说过的话。她对他说，一想到人有一天是会死的，就会感觉非常荒唐——既然最终是什么都不会有的，那为什么要降临这世上？“就是，什么都不能抓住，就得要抓住什么啊……”她轻轻地叹息，少年人的那种叹息。他的耳廓边仿佛有一只蝴蝶的翅膀在抖动，又像是一声声的叹息，他感到无比虚浮。能抓住什么呢？只有那个身边的女人，他紧紧地箍住了身边的女人。女人将手伸向他的后背，一把把拧着他那里的皮肉。当他沉陷时，他再次听到一个声音，他听不清楚，那分明是她的声音。

七

车往前开，沿路都是楼盘，前面就是楚江大桥，当年投资了一个亿的大工程。很少有人会站在那座桥上，他也从来没有过。大概没人记得桥头一侧曾经多么空旷，那里有过一座孤零零的烂尾楼，当年最红火的棉麻公司的新办公楼，建到一半被搁下，一搁便是十多年。接下来，一个楼盘恍如一夜间突然冒起，一个又一个楼盘从山南的各个地方呼呼地拔地而起，张眼全是房子。她说过，她喜欢站在这桥上。

与她第二次会面后不久，他接到她的来电。她的父母去世了，因一场车祸。“我没事，你放心，亲戚邻居都在帮忙。”他从她的嗓音里看到了她，她已经老了。那才是一个正常女人的样子。她问：“你会来的吧？”这一刹那，她又回到了她自己，一般人是不会这样问的。

他到达时，追悼会已进程过半，人群把他堵在了门口，听到司仪在念她亲手写的悼词，有人开始哭泣。有人下意识地皱了一下鼻子。她从始至终没有出声，他看不到她，矮小的她，被人群湮没了。

人们随着人流往前，透过飘飞的白纸裁的帷与幛，他见到两具冰冷的棺材并列着。他看着棺材里的人，他不认识他们，但他却觉得十分的熟悉，几乎能够从那两个灰白僵硬的额头回溯她的过去曾经以及起源。

“你来了……”一个熟悉的嗓音，低低的，有点儿沙哑。她低着头，泪水从她刹那间红起的眼眶踅向红起的鼻尖。一个人的悲伤是从眼底开始蔓延汹涌的。他握住她小小的手，一时忘了松开，他的臂肘被轻轻地推了一把。后边的人要往前走，他挡了别人的路。他没有见到她的丈夫，或许是他没有注意到。

“你的事，妥了……”返程路上，妻子打来了电话。听妻子说着卫生局局长的夫人，转达那位夫人的叮嘱：“人要越发低调，莫惹祸上身，都在看着你，莫让人抓辫子。”他被提拔为医务科长，进入了医院的管理层，妻子帮他打通了那条人脉关系。妻子的嗓音踌躇低沉，他对于她来说，就是命运。他们那共生的与共赴的，从未分离的命运。

他嗯了一声，妻子又问，听到了没，他说，他听到了。他吁了口气，下意识地把头靠在车座的靠枕上。

八

车终于停了下来。他站在楚江大桥上。

这些年，他升迁至副院长，为一桩人情业务，他被纪委约谈，当时恰逢整风当口，小事成了大事，没有查出别的问题，职位却保不住。辞职后，他做了医疗器械的代理商。妻子穿着平底鞋从一尺来高的台阶上摔倒，脾脏破裂，住了半月院，恢复得挺好。孩子离家出走过一次，报了警，没寻到，两天后自己不声不响地回来了，没说去了哪儿，他们也不敢问。那孩子之后考了个三本的学校，进到大学里，竟多了些言谈，知道偶尔打打电话给他。他东奔西走，挣了些钱，曾经失去的，倒也从另一个层面上被补偿了过来，不用想着“为了你”，妻子的牌局纯粹了，也更加投入了。他的时间很满，偶尔的停留里，清静又安生的家，让他不禁有点儿恍惚，这日子，真是太好过了——可是，孩子跳了楼。

天边还有酡红的霞光，过往的几条砂石船吃水很重，江的那端，四五条挖江船正日夜不歇地运作着，东岸，望江楼公园里人头晃动，音乐隐约响起，广场舞就快跳起来了。江水使他头晕，一个浪峰推向一个浪峰，拥挤，黏稠，沉重。他听不到水声。“站在大桥上，我能看到海……”她的声音轻轻的，就在他的耳边。

追悼会之后，他去了她的城市。那是一个午后，酷热的午后。她的眼睛是肿的，连带脸也有些浮肿。她在沙发上哑着嗓子叫他的名字，他说：“你要休息，马上去休息。”他想搀她起来，她拉着他的手，说：“要是我有个孩子……”她孤危而又无助，用一种征询的眼神来看着他。他说：“不要多想。”她还是拉着他的手。

星光在她的眼底一跳，随即便熄灭了。仿佛刚刚经历过一场械斗或者狂欢，世界突然地静止，她诧异，落魄，茫然。他的心脏像是被擂上了一拳。他在她的身边蹲下来，轻轻地抱着她的肩膀。那么瘦弱的肩膀。他的手指触到了她的背脊，两片单薄的蝴蝶骨，他用手掌握住她的整个肩胛。他又开始发抖。

他走出一个梦境似的走出了那个午后的房间。自那之后，他们不曾再相见。他收到过一封她写来的信件，她在信里写到她的孩子：“小海月里有些吐奶，出月之后，体重反而下降了0.3千克，大家都笑话我这新手妈妈。”“十个月后，小海顺利地断奶，什么都吃，他的脸长得像个包子，都说要给他取个小名，就叫‘包子’。”“他总是在研究，还不会说话的时候，就什么都懂，他看着我，就在研究我，他要弄明白我所有的举动。”“刚送小海上幼儿园时，园长说从没收过这么小的孩子，试试吧，后来的事实说明，他是小班里最聪颖的孩子，后来园长可喜欢他了。”“记得小海进小学的第一天，背着书包往前走，叫他都不回头，兴冲冲的样子真是有趣啊。”……他从她的信里看到一个孩子从出生到长大。那是一个健康聪慧又孝顺的孩子。好孩子，跟他的孩子不一样。

“我一切都好。海浪依然，那个人也依然在我的心上。”这是她的信件的结尾。一个女人带着一个孩子，在一个他看不到的地方。那个女人说，有个人一直在她的心上。他知晓她为何会给他写出这样的一封信。他没有回信，她的来信也没有地址与电话。

他曾有一段时间惶惑不安。他以为她还会有下一步，他也暗自预想过，他将要怎么处理，任何一种打破平衡的关系或者情境，都让人本能地想要避免，并且难以适应。他确定，他不能放弃他的家庭。妻子盯着他，冷眼盯着。好在妻子不像从前那样，不叫嚷，也不抱怨。人到了一定的时候，就学会了妥协。与他想象的不一样，她的下一步迟迟没来。或许她又组织了一个新的家庭，或者早已把他彻底地放下——她只想要一个孩子，而已。后来他几乎不再想起。生活的好处就在于，每一天都有事情要发生，提醒你要面对的是什么样的一些人，它排除了所谓的跌宕起伏，即使不小心激起一点儿浪花，很快就会落回到寂静的水面上。

省城的附一医院，外科主任对他说，他的孩子最好的情况是下半身的瘫痪。他觉得心里的一根弦断了。他的人生从此不会再有延伸，他当时就这样想。然而，他突然就想到了她。他的另一根弦，一直在他的生命里默默伸展着，他丝毫没有费过心，在刻意的忽略有意的避开完全的隔离中野蛮地伸展。

“我还有个孩子!”看着江的波浪，他微微地颤抖。他想象了一百种情境，将过去未来纷纷纭纭的事物一览而过。他想，他要怎么对妻子讲。不用讲，他想。

他回到了车里，把车掉了个头。他要去拿那个食盒，妻子想要的，保温食盒。

九

小区入口，一个高个子的女孩向他打着手势，是七楼的邻居，楼道里偶遇过两回，他们还不曾说过话。她的车没法倒进她的车库里，只好站在路上向人求援。他帮她开了进去。

电梯口，他看着屏幕上数字的变化。昨日，他与康复科的人接洽，饭桌上，一个女孩托着腮帮子看着墙壁上的电视，不知谁说：“看她，小孩子……”那个刚刚惊醒过来似的懵懂的眼神，让她当年的脸一下敷上了面前那张年轻的脸庞。他想起与她曾经在一起的那个午后。他想到她的信，他想，要怎么才能联系到她。他的脑子里，伸出一双手，他要抓住她。那是他一生中感觉最为迫切的时刻。

手机响了一下，他抓到眼前，一条短信，来自一个陌生的号码："昨天开车去小石潭，搬了几个树根，打算做成根雕。去年发现腮腺上长了一个肿块，确诊为囊肿，顺利摘除，恢复良好。我已与那个人见面，聊天喝茶，很自然，很舒服。我们都知道，仅此而已，这样的会面不会再多。你曾经给予的关怀和帮助，我不会忘记。谢谢你，以后方便时，我们会面，再叙。"他的嗓子好像被什么哽住了。是她！他拨打这个号码，打不通，无人接听。他一遍遍地拨打。

"小海好吗？"他吸了长长的一口气，发去了一条短信。"嘀嗒——"她的回复来了，快得令他有些措手不及。此时，电梯卡顿了一下，灯黑了，咻咻地往下坠。电梯出了故障。全世界的光都消失了，声音熄灭。他被扣在一个箱笼里，又好像进入了一个女人的子宫里。

记得那个午后。他抱着她，把头靠在她的胸口，他感觉她身子突然一震。她说："哦……"她愕然的惊诧的眼神让他很糊涂，好像是第一次见到她，陌生，疏离，他很懊丧。她站起来，小小的身子，没了之前的单薄和孱弱，她很强硬，冷漠是套在强硬之上的盔甲。他惊讶，难堪，失落，惊讶失落远远多于难堪。一个女人，与他皮肉相接血肉相连地近，而一转眼，就离他这么地远。那简直是一种错觉。从一开始，她就给了他无数的错觉。

当轿厢停止滑行，厢门缓缓打开，他走出来，往东走了几步，然后，又一次按了一个向上的电梯按钮。他住的这个小区，一幢楼配两台电梯，一个坏了，另一个照常运作。

故障来得恰到好处，突然的异动让他分了一下心，之后他便不用纠结于她何时学会了开车，谁去做那些根雕，也不会因为她向他坦诚了“那个人”而感到失落或者耿耿于怀。他不必再有那种考虑，似乎自己在另一个人的生活里扮演着什么角色，不必设想另一种生活，虽然是偶然兴起般的那种想象。他不必再有承担。

他的手机响铃了，妻子问他怎么去了那么久，他说：“路上有点堵车……”妻子似乎愣了一下，想要问什么，又不愿问，就像不愿触碰到什么似的，她说：“哦，快些来！”他体谅妻子的脆弱，她们需要他，他是妻子和孩子唯一的依仗。他知道她为什么非要让他回家去拿一个过了时的不应季的食盒，那是他与她谈恋爱的时候，每逢他值通宵夜班，她做了吃的，用它带着，走很长的路，带给他。那时，他们除了爱情，一无所有。他对妻子说，就过来了。他说起电梯的故障，他知道那头没多少心思听，可他还是兀自说着。他记得昨夜，妻子睡得很安稳。孩子这样，再坏不过如此。他已经回来了。每一个人，终究都会找到一个出口。不管那个出口是怎么样的，通往的还是同一条归途。

他再次举起手机，把她的短信删除了。“没有什么小海，我没有生过孩子，我是不孕体质。”这便是她的回复。她好像是为了捉弄他。疯子，他想。女人是复杂的动物，你永远搞不懂，哪张面孔才是真正的她。

当他走出电梯，厢门关上的一瞬，他好像听到“砰——”

的一声。那是一个回声，楼顶掉下来的声音，隔了久远的时间，轻轻的，慢慢的，忽又戛然而止。他觉得莫名地忧伤。他好像终于听到了海浪的声音，那是一种被推着的声音，一个浪峰推着一个浪峰。当那声音消失时，他感到如释重负。

传说

一

自从病症消失之后，三三在院子里度过整个夜晚。

男人的呼噜声，从窗口传来。“快了，快了。”男人悄悄地说话，逃不过她的耳朵。他删掉了通讯录里的一个名字。仓促，惊慌，以为她看不到。

恍若火光闪过，她抬起头，一颗，一颗，闪着幽幽的光亮。星星！她摸了摸右臂，一条右臂挂在她的肩膀上，在上臂与手腕处，各有一只纤长的手。她们都在这儿，小桃，丽香。看到星星的眼睛，关于传说的部分，属于这三个人。

沿着梯子爬上屋顶，夜色像一张毯子，星星从头顶披挂下来。还很稀疏，忽明忽暗。等到星辰出现，顺着猎人腰带那三颗往东南方向找，那里有颗天狼星。好些年前，小桃这么教过她。

桥上的灯火，在黝黑的江面上拉出一条条褐灰色的光带，像陈年的绸。黑暗中那更深的一线，是杨树林。那林子究竟有多大，她不知道。小桃知道，小桃去过了。林子之外有什么，她也不知道。十年前，小桃从那里失踪。

林子的方向出现了一盏红色的灯，小小的一点儿，慢慢地向前移动。她屏住了呼吸，那盏灯无声无息，像一条鱼，游出一段，便隐灭了。倏地，蓝色的光在江心跳出来，映照出一片透亮的波纹。蓝色的光闪耀着，即将消失之际，猛地向上，刺入苍穹。在无尽的黑色中，掘出一条异常细窄的光的隧道。

十步远，乌黑的屋顶下，一个妇人细着嗓子唱起曲来，那是一个团脸的妇人。

她对男人说："不会很久了。我就没有什么好说对不起的，你也一样……"

"你又在胡说!"男人嚷了起来。

他把手机举了起来，煞白的光从他的脸上一闪而过："我早就跟他有了联系，他从我这里听到你，他什么都知道……"

"哟嗬——"她听到了一声嘶哑的鸟鸣。一只鸬鹚从床底下钻出来，它跳上床，两片青色的翅翼霍地振开。她愣住了。没错，青色的翅膀。"啪——"手机被掷了出去。她翻滚到床边，把手伸向那部手机。屏幕摔坏了，上边出现几线裂痕。她扭过头，看着男人。

"呃——"他下意识地说道，他伸了手臂，把手指插进她的头发里。接着，他草率地碰了碰她的脸，像是在安慰她。"嗷啊——"青翅鸟又叫了一声，它向她挪了两步，用尖长的喙叉起一条闪着光的细鳞鱼。鱼在挣扎。那条鱼落到了青石板上。刀刃举起，切入皮肉，欲将剖开一条路。

“真像摸到心脏的感觉啊……”小桃在她的耳边叹息着。房顶，淡蓝的烟雾升了起来，那里有一个人看着呢。砧上的鱼在微微地晃，树枝在风里招摇。鱼嘴虚弱地翕动着。她轻声地问：“是你啊……我要怎么称呼你？”男人突然停止了冲撞，他的眼皮往上翻，紧接着，打了一个嗝。

二

小桃作为保护者出现。几个女生围拢在三三的座位边，三三埋了脑袋，做成往课桌的抽屉里翻找什么的样子。是怕人看到她的泪水。“欺负人有趣吗？”小桃隔着许多行座位，冲她们喊道。这就是最初相识的情景。但她从不喜欢从头来回忆小桃。

小桃好多次在她的梦里出现，小桃的形象是一张纸，飘荡着，从她的手上翩然滑过，她看得清纸上的每一个字。这源自小桃给她写过的一封信。

“你记得那些日子吗？我垂着双手走路，眼前飘着七七八八的字词，杳无边界，攻城略地。向左，转个弯，再向左转弯，从林子的南面到林子的北面。你还记得那个传说吗？我已见到了那道光。而你终究会相信。即日。”

小桃的信，至今仍在她父母居住的那栋小木楼的阁楼柜橱里。起了白点的锡壶，几个白脂描花的瓷杯，朱红茶罐的裂纹上浇了一团拇指大的桐油石灰，青的黄的玻璃花盏，方斗形的木碗，擀面杖，一袋子仿真银币，裹着牛皮纸的丝绒披风……如同一个小型的墓穴，不在一个时空里的物件被收归到了一起。

“即日”后的第三天，小桃回到了小城，走过了那座桥，被人隔着江流看见。那时小桃已远嫁数年，没人知晓她为什么突然回来，又如此突然地穿过杨树林。小桃的母亲，用她留下的那部手机不停地拨打电话，逐一地询问手机通讯录里的每一个人，“你知道她去哪里了吗?”。最早接受了小桃“精神分裂症”的说法的人，正是这位母亲。所有的疑问，不过是想追究一个责任人。然而，谁都没有给出一个确切的答案。

小桃在信里说起了那些日子。在那所学校里，她们除了彼此之外，再没有其他的朋友。一旦把目光放在小桃的身上，就很难挪开。小桃爱穿紧身的裤子。黑色的，很细窄的一条，她把双腿往裤管里塞着，好似电视镜头里一条蛇蜕皮过程的回放。小腿纤瘦，大腿壮实，布料像是吸附在皮肤上，腿部的轮廓清晰可见。在当年，再没有人比得上小桃大胆。

天生的微微发亮的小麦肤色，山根高挺，鼻尖略微勾起，是一个好看的鼻子，小桃的相貌缺乏与这片土地相适应的地域特征。连眼神都不是，温柔、幽婉、青涩或者热烈……这些跟她统统沾不上边。

“那人只剩下一点儿脾气，看着还像个活人。他的脾气害了他，但我也只瞧得上他这一点……”小桃这样说起她的父亲。小桃不与“那人”说话，偶尔他推门，问句话，回答也总是漫不经心。

一张铺着蓝白格子或者紫色小碎花被单的床，床边一张书桌，桌角的蓝色玻璃瓶子里插了几朵雏菊，小衣柜正面的那面镜子锃亮。那里还有一个靠着阳台窗口的长案，案上铺着厚的白色绒毯，毯子的这处那处沾了一些墨汁与颜料，那么看着，也还好看。那是小桃平常绘画的地方——瓶子里的雏菊早已凋谢干枯，小桃说，这样的才美啊。

“只要稍微用一点力，它就被捏碎了。”小桃拿起桌上的一只玉色的小瓷碗，将它对着阳台，那里太阳的光，箭般射下来。碗很薄，口径比通宝钱币大不了半分。那是个古董，小桃有七个，一般颜色与大小。除了指间的这个，每个都装满了颜料，胡乱地搁到了墙角。看得出手指在使力，“看，有裂纹了！”小桃喃喃地说道。可她的注意力没有放在那只即将破碎的小东西上。

小桃的那只手，绕了金色的辉光，细细的汗毛也是金色的。细长的指尖，决裂的紧迫感，“嚓——”瓷碗碎掉了，碎片坠落出低低的噗嘶的声响。

“那人说，祖上的东西……他很在乎这些。”小桃把手搁在膝盖上，低头看了一眼脚边的碎片，像是一个了结。她的眼睛微微地眯了起来，忽地起身，低声唤道：“三三，来！”

小桃新买了画笔，让她去看。

就在那天，小桃跟她说起一个传说。

三

在这之前，应该先说一下礼物的来历，以便更好地理解那个传说。

小桃曾送过三三一个生日礼物，棉布发夹，交叠的几个花瓣的形状。那天，小桃还带她看了一场电影，外国电影。荧幕上，肥胖的男主角吃撑了，噗的一下将收腹带给绷开，苗条的女主角撕下了藏在她衣服里的那条收腹带，她们在空荡荡的影院里哈哈大笑。

当时还有一个人，坐在小桃的右手边，是班上的实习老师。

那年有两个年轻人来到了小城，他们是师范毕业生，来那所中学担任实习老师。两个人都教授语文，同学们不约而同地喜欢这一个，眼神清澈，有点儿腼腆，课讲得很好。课间，他和男生们在树上玩耍，在树枝上翻转，落地时发觉裤裆拉链开了，他的脸红到脖子，又很和气。孤僻的男生们像换了个人，勾住他的脖子，亲热地跟他说话。三三不自觉地看着那些男生。“人真好！”“以后再也没有这么好的老师了吧？”“老师长得真好看。”……女生们议论他，也有人主动去找他说话。她又有意无意地看向那些女生。装作不经意地翻看他批改的作文，连绵的红色波浪线，评论留在文末。她把头偏着，像是想着一件什么事情而出了神，而不是在认真地听。那时他正在课上朗读她的作文。

实习老师叫了她们的名字，坐到她的身边。他从后排走到了她的身边，就像他刚好选到了这么一个空位。他隔着她，轻声与小桃说了一句话，她下意识地往后靠。她挽着小桃的手臂，和小桃笑着，把头倾向小桃那边。散场时，往外走，他跟在她们的身后，她没有回头，没有丝毫迟疑。

天在下雨，台阶下停了辆载客的四轮小摩托车。敷了层油布外篷，拖厢内搁一条海绵弹簧板子当座位，行驶中黑烟四起。小桃把她塞进了一辆这样的车里，向司机说了目的地，飞快地关上了车厢的门。“我跟你一起走。”小桃跟他说。小桃不在意那些男生，也不在意那几个女生，却做下这么件事。“我跟你一起走。”小桃把她想说的话说了出来。轰轰的引擎声里，她兀自想象着。

实习期满，欢送会开过，保卫室玻璃窗口后竖了个牛皮纸袋。袋面上的名字：三三。她觉得诧异，那个窗口偶尔会有一两封信件，放一天，或者许多天，被人取走或者被撤走。怎会与她有关？小桃推了推她，她径直走进门卫室，取下来，启开旋好的线。

“他为什么要给你这些啊？”小桃皱着眉头问道。两本诗集，带着透明的封皮。笔是钢笔，黑色圆柱形的笔杆。小镇的店铺里没有这样的东西。他的笔迹，她认得。抱着那个纸袋，她一声不吭地往前走。

“你说你没有送他礼物！”小桃追问着。送一双母亲织的鞋垫、一盒糖糕、一个折纸灯笼……送给他礼物的那些女生们，没有得到他的回赠。所有人都给了他礼物，那些人也没有得到。

“不是都说他是个好人吗。”她平淡地说道，毫不意外的那种口气。

“他走了，不会回来……”小桃无所谓地昂了一下头。

书看过许多遍，笔写坏了。往后许多年，纸袋的封线，她没有再开启，都收在床头的抽屉里。许多时候，她听到了如游丝的呼吸，它们的呼吸。

四

小桃有个表姐，丽香，从小寄居在外祖父家，二十五岁时死去。小桃说，丽香走上桥，在桥心，被一辆车从背后撞上来。小桃很少说起这个人，一旦说起，声音会放得很轻。对于珍爱的事物，都是轻轻的，触碰一下，便不舍得。

小桃十来岁的时候独自一人走路去外祖父家。几十里远，中途遇雨。丽香独自坐在窗下，低头看书。丽香真是专心啊，一点都没察觉外面有个人一直在盯着她看。小桃用手拍了拍玻璃，丽香一抬头，十分惊讶。

“你一个人吗?”丽香把窗户打开，这么问道。应该要立马起身，打开门放小桃进来才是，一般的话，还要问问怎么来的，怎么会一个人来，但是都没有。她没有想到那些。

小桃和丽香面对面地坐着。小桃把擦了头发的那团毛巾放在桌子上，没有说来找她的理由。丽香把手里的那本书翻过一页，抬起头来，伸出一只手，放在了小桃的脸上。只是几秒，轻轻地，像是她的指尖无意间在那里耽搁了一下。丽香笑了一下，接着又低下头去看书。

“在这个位置，”小桃指了指自己的腮骨，“好像她还按在这里。她的手指有点凉，如果不是有点凉，真像被一只蝴蝶嗅了，心里咚的一下，像棉桃突然绽开了壳似的，一下子豁了出来，填到了嗓子眼里。只要一想想啊，心里就是那样暖和和的……”她的视线落在小桃的下颌，小桃的手指刚刚落过的地方。

那是一个十五六岁的春天的午后。小桃坐床沿，她坐在小桃的身边。就在那个时候，小桃跟她谈起丽香，以及一个传说。是丽香说的。传说中有一座城，古时名“琴棋望”，在水中央，只有一座长桥与外界相连。外面的人，可以走水路，也可以走桥路，他们想来就来，想走就走。但是生长在那块土地上的人们不能。琴、棋两人没有关于过去的记忆，也不能离开那里。除非掌灯人驾来了他的船——须在一个星辰之夜，等一道奇异的光出现。人们登上那条船，这是唯一的途径。否则，大祸临头，死于非命。

小桃的神秘，附着在言之凿凿的表情上，让她想起了圣诞老人。这是她所知道的更早的一个传说，只不过，比小桃的这个，显然要时髦得多。

“丽香姐真让人羡慕……”小桃轻轻地叹息着，把头转过来，“你想没想过，二十五岁之后的样子?”

“唔，没有想过。”她说。

丽香姐最后还是嫁了一个她不喜欢的人。不喜欢就是不喜欢。如果没有书，没有电视，没有报纸，丽香姐就不会希望知道更远的地方，更多的事。如果不希望那些，她就不会希望离开，也不会走上那座桥。其实，谁都不可能离开。所以，最好从一开始就不要希望。小桃说这些时，她正在看着一本画簿。小桃把手放上她的肩头，指尖带着一丝清凉，像冰一样，又微微地发烫。

她想起学校操场边的一株背阴的树，小桃曾用手掌贴着树上的青苔，摩挲着，对她说：“丽香姐说的，像是摸到了一个人的热乎乎的心脏。”小桃让她也去摸一摸。那株树，夏天开极细密的浅黄的小花。她摸了那些青苔，有些生涩，发硬的绒毛般的刺痒，仿佛触在了她的心上。如春丝如杨絮，蓬蓬松松缕缕条条，细的、柔的，翻涌着攒簇着，塞满了她的胸腔。阳光正照着阳台。门外，水泥扶栏的顶上有一束野花，小桃放在那里的。她拿着的是小桃的画簿，里边有一页，紫花地丁的花瓣，是她自己画的。

“你不要像丽香姐……”小桃忧心忡忡地看着她，“不要像她。”

小桃的小衣柜，就在正对面。那扇镜子，照出了三个人——她起身，失魂落魄地往门口走。小桃跟在她的身后，她匆匆地走。小桃的话，像一支钉锤，叩打在她的皮肉上，穿过皮肉的外壳，透进她的胸膛。是丽香吧。丽香死了。她感到了愤慨，还有恐惧。

她把头发剪了，短到别不住那个发夹。之后，她把发夹还给了小桃。小桃哦了一声，就收下了。礼物的来龙去脉一如她们的故事，利落，简单。

五

再见到小桃时，她有些惊奇，小桃来得非常突然。

“你要出嫁吗？”小桃冲着她低沉地喊了一声，“就这样，过你的这一世啊……”那一刻，小桃的眼神，与其说是凌厉不如说是颓丧，何其颓丧！

小桃斜着眼睛，用无数次斜向别人的角度来注视着她。她下意识地说：“不是啊……”转而低了一下头，轻轻地说，“是啊……”

几个月后，她收到了小桃的那封来信。三日之后，她去了阁楼。

阳光从明瓦与墙壁的两扇落地窗上穿过，在地板落下大片的影，光斑的边缘，气流蒸腾着扭来扭去，如水底石块映在水上的纹路一般。男人站在门口缩着肩膀和脖子，他的身体挡住了一部分的光。他叫她下楼吃糖糕，以为她会跟上他。

初见男人时，她将一杯热腾腾的茶递给他，下意识地将杯耳转向他，对他说："不要烫到了。"他笑了起来。在他与来客离开之后，父亲接了电话。"明天那男孩子会来。"放下听筒，父亲对她说道。

"家境好，人实在……介绍人刚才说，那边说很喜欢你。"父亲的神色，是得意的。

她都没有看清男人的长相。他离开的时候，他那挺直的背脊像株壮实的树木——他始终都像一株向阳的植物。他家的房门顶上，有一块陈旧的木匾："诗礼传家"。她被这块木匾说服了，而后，男人与她有过几次交谈，家门口的一条小河，港湾边放下的渔网，鹭鸟的尾巴……都在没有星星的夜晚。

一天深夜，她站在扶栏前，眼泪涌了出来。男人很惊讶。黑色的成片成片的屋顶，像一条条冰冷的鱼脊，夜行车的前灯，扫出错乱的黄色斑块，空气中，一股类似香气的味道。他箍住她，她莫名地感到悲伤。她哭泣起来，他非常失望。他放下了双手，垂头坐下。

"我计划好了一切，可你破坏了它！"他悲愤地说道。她向他说起了小桃所说的那个传说。他疑窦丛生，又挟了屈辱："你说谎！哪有那样的传说？"小桃的声音如鸦鸟直刺刺的翎羽霍霍地扑打着她的耳朵："就这样，过你的这一世啊……"男人的家里，没有一本书，没有报纸，他不会，也没有人谈论她在意的那些事情。

男人返回了阁楼，手里捧了一个盘子。一团糕饼扣在盘子里，他把它伸向她的鼻尖。"怎么样？"他笑着说，"香吧？"她抬眼与他对视，微笑着说："是啊，好香……"

男人催促她接下这个盘子，她端着盘子，僵直地看着他的背部，另一个女人从一具硬邦邦的躯体中脱离了出来，站在了她的对面——刚才向男人做出的那个微笑，是怎么样做出来的呢？

"咳，吃啊！"男人乐呵呵地指了指盘子。他说："怎么老站着，这孩子……"被称为"孩子"，虚弱的，无识辨的，小小的一团，白色的瘫软的蚕似的，瞬间萎缩成那个模样。她退了一步，退到了明瓦底下，那个女人黑色的影子与她的脚尖连接在了一起。她想跟他说："小桃死了。"可她说："太乱了。"

她说的是与他居住的房子，堆满了东西，有用与无用的。沙发的外套经历了两个冬天，直到又一个春日还没有被撤换清洗过，原本的淡紫黯淡了成了潮湿的灰粉。过了季节的衣服，鞋帮上干涸了黄泥的渍印子，皱巴巴的袋子，剪刀、大的小的桶、发了黄的报纸、骤停在两个页码间的书……所有的家具上都是，它们不在该在的位置。一团团绒絮趴在家具底下，每一个角落都是纺织工厂，似养了一只只灰的羊。抽屉都是贪吃的胃，再也撑不下去，一个个地豁开了嘴——新的东西压住了旧的东西，不出门的大部分时间里，她压在沙发上，把沙发上的东西压在身下，直到被什么给硌疼了，才伸手把它们拉出来，推到身边去。我算什么？属于新的东西，还是旧物？她有些恍惚。

“要做清理了，要清理……”她开始自言自语。含在嘴里的那团东西成了膏糜。男人下了楼，他说，他去拿一双筷子。

你得吃掉它！

六

三三发现自己在生病。

男人与她争辩，说看不出她有病。她坚持要治病。

她步履迟缓地走向卧室，倒在床上，一动不动。在骨里，在肉里，有一排利齿在时刻不停地咬，身体像片快要被蚀光的叶子。

她跑在一条深不见底的长廊，一次又一次地对抗恶魔们的攻击，受了伤的皮肤越来越坚硬，一副盔甲伸出了尖锐的长刺。她冷静地举起了一个钉枪似的工具，用最寒冽的极光往身体里打进一颗颗坚固的钉子。丑陋、狰狞，这样的人是我吗？看着自己的身体焚烧起来，看着自己一块一块地破碎，融化，往下滴着岩浆一样火红的炽热的血水——她从床上爬起来。

东西太多了。她把床上的衣服叠了几件，拎着它们往外走。早该清洗的，晾满冬衣的木架底下一包包打开的布袋，里头还是袜子，围巾，手套和秋衣与夏裙，说在那里晾晾潮与霉的味道，晾了多久都忘了。把冬衣抱在怀里，往哪里放？卧房早不是卧房的模样，堂屋条案上椅子上的东西横七竖八，冬衣只能再往上堆。她垂着双手，慢慢地往客厅走去，又一次靠在沙发上。

她往下滑着，背脊贴在坐垫上，下巴抵着胸骨，呼吸不顺畅。她听到女人们的响声。团脸的女人拍打着墙壁，神志失常般呐喊着，另一个女人呜了一声，想哭，却不敢哭。

圆脸女人和平头女人来过一回。平头女人低着头，一言不发地站在圆脸女人的身后。圆脸女人吐了一口唾沫，问她："小桃去了哪里，你知道的吧？"平头女人坐了下来，脖颈前倾着，圆脸女人嚷了声："嗨，说话啊……"一脚不轻不重地踹向平头女人的脚尖。平头女人穿藏青的布鞋，白的带子灰扑扑的，双腿叉开坐着，脚尖往外翻。她向平头女人摇了摇头。平头女人眼圈黑得厉害，像蒙了一块厚纱。之前她在巷道里遇见过她们几回，平头女人从不看她。

"那两个女人来找我，说小桃的事。"她跟男人说起女邻居们。

男人摇了摇头，对她的话题丝毫不感兴趣。

"我听到她们的叫声……"男人的神情变得不同寻常，他拉了一下她的手臂，让她将头靠近他。

"是在哭吗？"她说。

“疯子!”他的嘴翘了起来，做出轻蔑的表情。

女人们，她们在深夜里饮泣，哑着嗓子，长声叹息。她们的影子在炉火前徘徊不息，那些叹息声在被烟火熏黑的椽木上跳啊跳啊。她的眼前，闪现着这样的影子。男人抓住了她，在他刚才拉她一下的那个位置。

“小桃是不是看到了那只船?”她看着天花板，认真地问他，他把她抓得更紧了。

“又来了！不要再说这样的话!”他忽地放松了她，仰着头，短促地说，“睡啊。”紧接着，他转过身，一手揽住她的左耳与下颌，用大拇指刮她的脸。

她的鼻子与嘴被扯到了一边，她的面孔变了形。她看到男人的嘴唇，越来越尖锐。他越来越像，一只鸦。

“我病了。”她说。

七

男人买来了药。各种药。“是什么病?”她问道。

“脑子的病……”他攥起袋子。听到是什么崩了，还是哪里断了。似是布偶叫了一声，她感到了意外。是自己在喊吧，有点嘶哑地呜一声后便顿住，听上去，就不像是诚心想要叫喊。男人与那只袋子一齐向她扑来，一刹那，他消失了。一只黑羽的鸦张着翅膀，伸着脖子，突然扑到了她的跟前。她一点都不觉得奇怪。

她换下了拖鞋，往外走。天早就黑透，没有一个路人，很稀罕的冷清。连天的暴雨方才休歇，没有哪个闲人会选择冒着大风雨外出。

沿着江边的路走，路灯照着，风很大。她听到呼号，是狼崽吧。不像样的嚎声。顿一下，叫一声。哦，听出来了，是她自己在呼号。

往哪里去？桥，杨树林。我还从没去过，她想着。她已眺望过无数次。

她走着，想告诉那个人，我在走这样的一条路。走在荒原，苍穹浑浊，星光晦暗。桥下也是黑色的。走在螺旋台阶上，她想对他说，多么幽暗啊，只有我这样走过——你经历了我所经历的一切，为我所有的遇见而遇见，如影随形。

桥心，迅疾的车流，利用形形色色的不管不顾的匆匆忙忙的行程，创造了一个真空般的沉默世界。她的双手放在栏杆上，胳膊使劲，踮起脚，身体往前探。江水浓酽如漆块，互相推挤，停泊的航船点一盏黄色或者青色的灯。天上与地上，两者之间，桥在震颤，活像一具庞大的抽搐的身体。一些人消失了，伤情的女子，欠债的赌徒，喝醉的人，还有小桃和丽香……都是这样走上了这座桥。

她很平静。处于一个天平的支点时所具有的完美的平衡。当她转过身时，发现有人向她跑来。是男人，手里拿了一把收拢的雨伞，穿着他那件薄棉衣，针织的帽子遮住了他的头。他从不戴帽子。他说过，用不着，很丑。他向她伸出了双臂，在快要接近的时候，他收回了手。

“你在妄想。”他说，“一直都在妄想。”

“没有，就是出来走走。”她说。

他摇了摇头，他不信她。

“你总是胡说，从来就没有过什么传说……”他叹息似的说。

“我恨她们，我恨她们……”她说得太平静，不见得有恨意。

八

她和男人并排躺在床上。

她的手臂被触了一下，接着是手背。他握住她的手。他把她的手拉到了他的胸口：“想想你的妈妈，你的姐姐们，你比她们要好过得多……”他说，“这就是日子，都是这么过，想得到的，得不到的，你能怎么样呢？”她没有说话，她总是一动不动。他用悲哀贯穿了她的身体。

她带着巨大的怜悯和包容，像一个母亲。她听到了女人们的声音，断断续续的话，而后，她们大笑。没有人相信那个传说，她默默地想，我也还没有到杨树林。那就去啊。

夜幕降临时，走到桥心，站一阵，便折返。男人把她的行走当成了一件寻常事，甚至为她准备了一个小水壶，灌满水，随身携带着。“走走也就好了……”他这样说。

桥头那片黑色的林子，与黑夜融为一体。赭黄的灯光或者灰色的夜雾将林子笼罩起来，越接近，雾越浓。浓得化不开。桥灯、船灯，任何一点儿光亮都可以照得见。然而，没有一种光能穿透那片雾。这让她生出梦境一般的迷离感。往与返，起风或是下雨，如同走在一片孱弱的荒原。黑色的影子，青色的翅翼，遥远的浅近的呼喊声……只有在那座桥上，所有的幻象都不见，她随它而战栗，在高高的尘土之上，连孤独都肢解分离，散落一地，不能成形。被清算归零了的沉默世界。

她在那里遇见过一个人，颧骨高耸，身形瘦削，黑呢外套长及膝盖，顶上是黑色的窄边呢帽。见他的第一眼，她的心脏像被什么给吸住，胸腔扯得发痛。水壶脱了手，哦，她在心里惊呼了一声。

水壶坠向桥下。穿着礼服的男人越过几步，反身向她走了过来，停在她的对面，用一种甄别般的眼神打量着她，眼神冷峻。她直愣愣地看着他，几乎就在同一秒钟，他们移动了脚步，走向了与彼此相反的方向。

她在路灯下回想着那个奇怪的人，在关闭一个电脑页面时想起那个人。她看到了从门缝里窥视她的那双眼睛，清楚地看到。他的脚贴蹭着地板，几近无声，落在她灵敏异常的耳朵里，她掌握了他竭力隐藏的行迹，犹豫不决，鬼鬼祟祟，让她瞧不起。页面上，防御实验室、艺术家网、经理档案、资本控股公司……纷纷纭纭，它们仅有一个共同项。门后的那双眼睛看得出那三个字，被抹成红色或者绿色，从亿万可能的组合里跳脱出来，所指向的那个天地间的唯一。“哦——”电脑机箱的深处传来一个休克般的呻吟，如枕边人噩梦中发出的唇语。看着黑掉的屏幕，她想，古老得如同从画里走出来的人。

她用剪刀拆解一件衣服拉链的压线。男人吹着口哨，客厅的小鞋柜前，他蹲着，系鞋带，笑嘻嘻地对她说：“我去工作了。”不久之前，他用他的双手扣住过一只雀鸟。血液往他的手掌涌去，血管在搏动。他使了劲，又松手，然后再使劲。他深吸了一口气，小腿痉挛般地颤动着，咬肌轻微地抖。她记起幼时见到一只小鸟的残腿，有人依次拉动关节处细丝似的筋带，爪趾开始蜷缩。人们在笑。多么有趣啊。他低下头，牢牢地盯住了她，那是什么样的一种眼神！桥，呢帽子，黑与白影子底下的眼睛——她吭吭地咳。

她怀疑这是幻觉。男人的眼睛就在阳光下，通往院子的落地窗没有拉上窗帘，十步远，二十步远，三十步远，都是人，就在一个个窗口后边。猫般的黄色的瞳仁，狡黠，警惕，似是而非。

她剪的是男人的那件薄棉衣，拉链头坏了。裁缝说可以换根新的，但是拆线的事必须由顾客自己来干。所有人都缺乏时间。她把衣服拿回了家。剪刀的刀口慢慢地穿过去，一个个线头浮起，“三三”两字从她空空一片的视野里闪现。她继续剪着。

那个并非生命里重要的人啊，不曾相处过，哪怕多一句的言谈也没有，未曾交换彼此的隐秘。退缩在时光的另一头，那不应该成为念念不忘的人。

很久之前的一个梦醒时分，她的心脏曾猛地一跳，像是死去了很久之后突然苏醒，轰一下鼓胀开来，一颗泪珠嵌进了右眼，她对自己说："不要哭啊。"不碰它，让它慢慢干涸，此后，她会时不时伸手去摸一下。它曾在那里，就始终会在那里。

把日子打碎，每一个片段都成了一面小小的镜子，完整地照出一个人的瞬间。一个连着一个的这样的瞬间，构成在这人世间的最大的亲密。"就是你啊！"她由衷地说道，"可是，我要怎么称呼你？"

九

她走过了桥，往杨树林走。灰的天底下，草色深浓，她的裤脚满是泥泞。林子也是灰色的，枝杈嶙峋。小桃从这里消失的，她边走边想。

江那边的城，在燃放鞭炮和焚烧纸钱，正值祭奠亡者的时节。小桃不见了，已经无人提起。小桃的名字之后，是男人一个举着食指的"嘘——"的暗语。

她看了看，又看了看，开始往回走。没有什么令人讶异的事情，一如她的日子。如此平顺。像这块土地，永远是平的。

直到她的头发被挂住。

是树枝。她像被抓着背脊，整个人吊了起来。她仗着一种陡升的力量往前走着，鞋子踩进水里。俯下身子，就像想从水里看看自己的模样，她看了很久。

她听到牙齿嗑嗑嚓嚓地作响，皮肉之下，有着藤蔓般滋生着的疯疯癫癫的东西，好像随时都会破出——像成熟的棉桃，噗一下炸开。

她看到小桃的手指，阳光像放大镜，聚拢烧灼着那纤细的手指，它们延伸流动，跟血脉的走向一致。这些年来，她总觉出肩膀的疼痛，像木柴被劈开或掰开，嘶啦，嘶啦。现在，她的手臂悬在了空中，她看着它，在确定它是否真的要与身体分离。小桃的手臂吊在那里。正是那条手臂，她的手腕上，丽香的手指落在那里，像只蝴蝶落在那里。

吞下的唾沫黏稠极了，纠结在她的口腔，嗓子眼里全是致密的白色的气泡。她又见到小桃的小衣柜了。那面镜子竖起，照见一个人。脖子上横向的皱纹，塌进爪犁一样的胸腔骨骼间的皮肤。乳房也是坍塌的，像两摊变了质的溶油，没有廉耻地挂在瓦罐一样坚硬的体壁上。她眼睁睁地看过去。二十五岁过去多久了？这枯竭的身躯，像火烧了过去。散开，飘荡，如一个野地的游魂。她几次看到房门后的眼睛，忽而消逝，她轻蔑地斜看着，再转过头，看着镜子，以为达成了与她们的一个默契。

她艰难地直起佝偻着的身子，缓慢地抬起头，她听到风，正从杨树林凛冽的枝叶间穿过去。

十

男人说，他找到特效药丸了。吃吧，吃吧，吃了它就会好起来的。她张开嘴，他将它们喂进去。乏力，失重，嗜睡，日夜颠倒……她走向一个寂静的旅馆，门窗紧闭，灯光渐次熄灭。她伸出双手朝向前边，只有黑暗，空洞得无法丈量深浅的黑暗。没有那个人出现。那个穿着白色衣袍的人，有时蓄着白色的长胡子的人，有时戴着平顶帽子的人，有时还是打着赤脚的人。那个在楼梯上，客船上，台阶上，楼阁上，森林里，水流边，冰河畔，城门口……无数次出现过的人。这样的黑暗里，他没有出现。

自从在廊道，她看着自己焚烧、破碎、融解，他便没有出现。无数个不同的分身所归属的无二独一。

只有她知晓的那个人。

血丝布满了眼球。她睁着一双眼睛。男人匆匆毁掉了一个联系人，只是一瞥，她就知道不同寻常。“日期待定”。他与人做了一个契约？她闻到了一股腐败的气味，像屋角的动物发出的臭味。时间很紧，那个人依然杳无踪影。她想，倘若淡蓝的烟雾又升起，我该如何称呼他呢？

终于，等到了这一刻。桥灯、船灯以及民居的灯火，如同接到密令，霎时熄灭。隐隐的青色的天光从黑暗中透出来。蓝色的光束转动苍穹。传说中的奇异的光束！掌灯人和他的船，很快就要来了，预感在她的耳边低语。

光束收回，星辰隐退，青黑的晨幕里，她走过了青色的长桥。像走向一个老朋友一样，向杨树林走去。

院子里的躺椅上空无一人。

十一

三三站在树下，叶片很密，从叶与叶那些狭窄的罅隙里往上看。小桃那天也这样看过吧？那些猝不及防的事，它们无法被触及，注定在开头时不被察觉和在意，终究成为惘然。她有些惊讶，奇怪自己为何并不觉得悲伤。

“好了，好了……”隐约有人说话。她感觉有人用胳臂圈牢了她的脖子。旋即，一只手捂住了她的鼻子和嘴唇。这是怎么回事？高大的杨树哗啦一下从她的眼前倒塌——她看到树冠，树叶间的天空，摇晃着，忽明忽暗，像方才的星辰一样。脑子在膨胀，眼睛在膨胀，比起脖子上的疼痛与剧烈的反胃，这种爆裂般的膨胀令她更加难以忍受。

她看到了那双眼睛，是桥上的礼服男人。他没有一丝多余的表情，她感到手脚冰冷。我要死了，快要死了！她的心脏猛烈地跳动起来。随着这闪念，她堕入了黑沉沉的山谷，呼呼地堕下去，只有心脏在抗拒，它逆向而上，顶着，拼命地顶着她的脆薄的胸腔。

她落在了一艘大船上，极大的古老的木船。船长站在船头，问了声："来了？"他开启了这条船。唯一的旅客坐在甲板上，黑色的水面平静而又广袤，天顶划过一道绿色的闪电，继而是蓝色，红色，紫色——闪电如梭如织如网，下一次的都是比前一次更为明亮，阔大，热烈。从湛蓝的如洗的天幕间，到青色的云层间。闪电伴着雷声，径直地落在眼前的地面，那是一道赤色的光，整个大地为之一震。这瑰丽的壮美的苍穹！她平躺着，心里升腾出一种由衷的信仰之情，直到又一道巨大的光电落下，她与船沉入了水中。

她看到了，在庞大的古船的船舷，有一个女人，抱着一个婴儿，看着她消失的地方，满是担忧的神色。哦，是小桃。她想对她说，不要担心啊。她相信能浮起来。怀着这样的信心，她平静地沉入了深深的江水。

刹那之间，一只崭新的小船托着她破水而出，阳光穿过她的喉咙，刺入她的肺腑。她的头颅传来迸裂的疼痛，没有江水，没有古船，没有小桃，只有一个男人，他站立着，戴着礼帽，显得极其高大，仿佛从天而降。

他擎起了一块石头。

"嗵——"她的身躯一震，好像那座大桥的颤动。"嗵——"又是一下，这种熟悉的颤动，让她昏昏欲睡。

男人跪在她的身边，他抖得厉害，像是怕冷还是受到了很大的惊吓似的，他脱下了自己的衣服，盖在她的身上，他想像包裹一个婴儿一样把她藏进他的衣服里。不过，他很快就放弃了。

他叫了一声，用双手挖着刨着她身边的泥土，他的叫声从鼻腔里发出来，像狗一样。他疯狂地挖着刨着。

他想埋葬我吗？她狐疑地看着他。他还在低低地呼号，十个手指血肉模糊。他就是掌灯人？

船呢？她抬起了头，这需要一个证明。

十二

她把手慢慢地举了起来。青色的天空就在前方，不远也不近。终于，摸到了，她想。是的，通往心脏。

周边的人，脸上扬着洒脱的笑容。平头女人有一辆摩托车。团脸女人猛地一踩引擎，她飞奔而去，好一位绝尘的侠士。那些懵懂无知的，或者痛哭流涕的，抑或无所畏惧的，闯过生命里一个又一个惘然的时刻的凡夫俗子们，他们罔顾这个世界无所不在的暗语，是真正的英雄主义。

还有一些人，蹚过了一道河岸，自觉地不自觉地回了头。被他们路过的又已遗失的人与物，以及无形的那些东西，例如理想，梦境……正在流离失所，四散逃逸。此时的天空，是小桃看到的天空，杨树的枝条轻轻地摇动。

她赤脚行走在那样的一片树林里，树枝低垂，划破了她的脸和胳膊，她流着血，茫然四顾。船，传说中的船，在远远的树林的那一边，她看到了它。白色的细沙如银子一般闪闪发亮，有个身影正伫立在那儿。他的面前，那条小小的船，尖尖的船头，悬着一盏很小的红色的灯。他满含着柔情，用等待的嗓音，轻轻地说："过来，走过来。"

天很快就要亮了。

"如果看到太阳升起，我就要走到那只船上——以未经人世的婴儿一般天真的眼睛，以淬火而来的完整洁白的赤子之心……"她喃喃地说道。她的耳边，万千彩色的翅羽挥动，奏起一曲赞美诗。当中，回荡着一个浅唱低吟——"你们配得上所有的美，在这荒凉而又闪烁的土地上。"

一片白色的羽毛轻轻落下来。

"三三!"男人叫了一声。

"船在哪里?"她看着男人，嗓音朦胧。

"没有船，不要再胡思乱想了，没有什么传说!"他大声地说道。

"不，有，"她笃定地答道，"我会找到它。"

她发现自己躺在亚麻布的躺椅上，太阳正从她的头顶照下来。

归来

一

刑满释放的那天，父亲除了几个用牙膏皮敲打成的胡须夹子和一个纸箱子，什么都没有拿。纸箱是当初从看守所的民警那儿借来的，里边装满了母亲写给父亲的信。整整齐齐地，束成一小捆一小捆。一封不乱。

“你妈妈呢?”父亲问道。

“在家，妈妈说在家里等着你，她不到这里来。”我说。

“嗯，这不是什么好地方。”父亲说。

母亲曾是小学教师，父亲与人贩卖肠衣犯下诈骗案之后，她辞了职，在山南三井头的街尾开了一个小面粉店。山南与父亲所在的监狱相距甚远，母亲一周给父亲写一次信，很简短，无非是关于我或者店里的一点儿琐事。

店里不时遇到不客气的顾客，在争吵中，往往会说：“骗子！家里有个骗子，一家人就都是骗子。”母亲问他们：“我男人是骗了你爹，还是你娘，还是你摇篮里的小女儿?”像是仗了骗子父亲的势，母亲通过了一场又一场争吵甚至厮打的较量。母亲不好惹，在三井头横竖相交的四条街上，她是有名的人物。正因如此，母亲与亲戚旧识逐渐产生了很深的隔阂，不再与我们往来。生活的枝蔓一少，自然没有多的可说之处。父亲的回信更短，他的生活一成不变，乏善可陈。

见到父亲的那一刻，母亲慢慢地起身，她的手微微发抖，想去接父亲手里那个纸箱子，却没有去接。她一直在说着话，回来了啊，路上还蛮顺利的啊，没有停顿的吧……她毫不激动似的，脸上竟然有着一种客气的笑容，好像父亲是一位光顾她小店的顾客。

周边店铺的人们靠过来，问着老江回来了，母亲点着头，说是啊是啊，回来了。有个人把头伸到我耳边说话，声音却大得所有人都能听得到：“要是你哥哥也回来了，你们一家子人就齐了。”母亲的脸色突然变得很难看，她叫我，让我快些进去。

群姨走进来，问候了父亲。方才邻居们的那些话，不知父亲有没有听到。他只是朝群姨礼貌地笑了笑，好像并不知道，这是母亲唯一的朋友。父亲这个人很保守，案发前，他是山南蔬菜公司的副经理，与女下属，即使是公务上的交谈，他也会打开办公室的门，来去的人都能看得见。

母亲对群姨说：“仙辉回来了……”母亲已经好多年没有这么叫过父亲的名字。母亲又对群姨说：“他们刚才说起达礼……”母亲也已经好多年没有这么叫过哥哥的名字了。

哥哥，达礼——十六岁时跟随一位亲戚的朋友去深圳当漆工学徒，就再也没有回来。据那位朋友的传话，说是哥哥不安心做事，跟新认识的人一起去做生意，怕不是什么正经生意。那位朋友的电话，母亲打过无数遍，打到再也打不通。人们纷纷猜测，他是干了坏事，没了人身自由，或者没脸再见江东父老。

“哥哥在哪里啊？”我问母亲时，母亲摇着头说不知道。“哥哥会回来吗？”我这么问她，她便愣住了，叹息着说：“只要有个人在，会回来的吧……”其实母亲跟我一样，需要一个肯定的答案，可是，我们都仿佛永远不会得到所期盼的答案。有一天，母亲从外面回来，神情严肃，她说不要再问关于哥哥的事，这会给哥哥带来灾祸。说这话前，她跟随群姨去了一个卦卜的老人那里，得了某种启示。“达礼”这两个字，从此成为禁忌。

我还清楚地记得哥哥的样子，高高的，瘦瘦的，手掌很宽大。母亲带着我们去探望父亲，从车上下来，哥哥牵着我。天黑了，哥哥把我背在背上走着。夜晚，母亲一个人坐在关了张的小店里，身下一把带抽屉的黑漆椅子，头顶悬着橘子黄光的小白炽灯。她把双手朝上放在膝头，沉默不语，直到半夜才熄了灯，回到床上，在天还未亮时便又会起来，开始新一天的经营。母亲说她在想事情。都是哥哥带我上床休息，给我关灯。下起雨来，房子漏了，哥哥拿着脸盆、铁桶、刷牙的搪瓷杯子去接住那些雨水。嘭嘭嗵嗵的响声里，母亲还是坐在那把涂了黑色油漆的靠背椅上，因为有哥哥在忙碌着，她就不用操心。

这些年来，我时不时到江边，站在一个小渡口往青龙塔的方向看。向江水延伸的堤坳，码头边还有两个巨大的洞穴。曾经商贸往来的大船，停靠在那里。被废弃之前，那里人来人往。那时哥哥常常在傍晚带着我去江边捡鹅卵石，在我的眼里，那是十分神秘的所在。“哥哥，我们去洞里看看吧！”我央求着。哥哥看着那个方向，沉默片刻，像是在犹豫要不要去，然后他总是会说：“要回家了，妈妈会担心的，下次再去啊。”后来哥哥离家，我也从未去过。

店铺门口没有看热闹的人了，母亲的眼泪扑簌簌地流出来。群姨揩着她的泪水，轻轻地说着安慰的话。父亲拿起了扫帚，在里间扫起地来。扫到她们身边时，父亲站住，轻轻地对母亲说：“不要哭啊……”他把扫帚抓在手里，低下头，像犯了过错似的，有些沮丧，有些担忧。接着，他继续扫了起来。

晚上，母亲打了桶水，说是给父亲泡泡脚。“你爸爸回来了，我都不知道怎么办了……”母亲站在我的面前，笑得有点傻气。

达礼哥哥在哪里呢？如果他知道父亲已经回来了呢？我暗想着。失踪者，总是让人在绝望的同时对他心生希望。

二

“你爸爸不是从前的那个人了。”母亲说道。她连连地摇头。在父亲回来三个月后，她开始这么说。

父亲每天整理房间，把粉碎机之类的机械移开，所有的边边角角全部清扫一遍，窗子也擦得亮晃晃的。他搬动那些沉重的机器，分明没有多少灰尘，分明头一天还搞过卫生，可他还是会那么做。过度的清扫有时会影响母亲的工作，干扰到顾客，而且频繁的挪动对于机器来说也是不好的。母亲说不要搞了，不要搞了。父亲就像没有听到一样，过一会儿，他还是会移动店铺里的东西。

母亲向我递着眼神，悄悄地指着父亲，像是敢怒不敢言的样子。她悄悄地跟我分析父亲为何要不停地打扫，认为是他在监狱里的习惯，习惯成自然，二十多年了啊。“早知道是这个样子，何必呢?”母亲感叹说。

母亲的忍耐没有维持多久，她指责起了父亲，而母亲的所作所为，包括她提醒他吃饭，在他洗澡的时候时不时地喊他一声，问街头的那个菜贩子是不是今天找错钱给他了，叫他不要用冷水冲脚……所有这些在母亲看来分明是表达关心，却都被父亲视作了对他的压制和束缚。父亲感到非常困扰，“哪里有压迫，哪里就有反抗!”他在怒吼中道出了与母亲为敌的想法。

面粉店的日常生活，形成了这样的一种模式：父亲打扫、做饭、购买日常用品、清洗，白天的空闲里看报纸，晚上看电视，时不时用监狱里带回的牙膏皮夹子钳他的胡须。此外，就是与母亲争吵。

母亲总在争吵之后呕吐，呕吐时发出的声音，大概几条街都能听得到。好像是故意要让人家听到。她数落起桩桩件件，她在婚姻里的苦处，她年少时的可能性，这些年来对她有意思的男人们。母亲觉得自己的一生太过悲惨，因为父亲的原因。“你要犯法呢，没犯这法，我们会有这样的下场？”母亲哀怨着，父亲亏欠了我们一家人，我老大了还找不到婆家，就连哥哥的事，也是父亲的过错。

母亲还责怪父亲的胆小。对于来店里生事的人，父亲一声不吭。母亲与人针锋相对时，他也并不是挡在母亲的前面。在这几条老街上，常常会有争斗，一般男人们都会帮女人们撑腰，动起手来，都是男人们之间的事。没有父亲在身边的那些日子里，母亲是自己给自己撑腰，当父亲回来之后，她还是要独自面对糟糕的局面，因为这样她才感到了愤愤不平。人在没有依靠的时候，是不会苛求什么的。父亲回来了，反倒让母亲失去了更多的东西。

日复一日的吵闹，让我心烦意乱，有时我下意识地就走到了江边。看着远处的洞穴，我心想要是哥哥回来就好了，他就能把这个摇摇晃晃的家给顶起来。这个想法越来越迫切，我也越来越胆怯。我暗自恐惧着另一个莫名的想法，每当那个想法出现，我的心就被攥紧了，忍不住想打自己一个耳光。

在我生日的那天，父亲与母亲难得地清静了一整天。我拍打着头发和衣袖，那是整整一天里，粉碎工作落在我身上的面粉屑。潦草地吃过晚饭，躺在小床上，我的鼻子里依然塞满了面粉的气味。我想起有一年的生日，哥哥带着我走过三井头，北正街的百货大楼前，哥哥问我想买什么，我说兔子。哥哥在一个柜台买了个兔子灯，让我拿在手上。晚上我把按钮推上，灯亮了，一片小小的光透过白色的纱，哥哥说："这是从月亮上蹦下来的兔子……"我想象着月亮上，有嫦娥，有兔子，兔子蹦下来，蹦到我的怀里。这样的想象，一直延续到哥哥失踪之前。想来真像是一个梦啊，哥哥就在我的眼前，但我又感觉他那么遥远。睡吧，睡吧，我对自己说，不然我就又要哭了。我不想哭泣，周围已经够吵的了。

我的手脚猛地一抻，明白刚才做了一个噩梦。我梦见掉入了江水中，刺骨冰凉。我的耳朵流出了鲜血，嘴里也流出了鲜血，血渗进了水里，红了一片。血色的河流上，我看到了一个巨大的洞穴，就是我想让哥哥带我去的那个废弃的码头。头疼，恍惚，听到父亲的脚步声，他摇着我，对我说，达丽，达丽，你妈妈不见了。父亲有些恐慌，"没声没息就不见了……"。

我和父亲打着手电筒，找了整整半个夜晚。寻找母亲的路上，我浑身发冷，看着父亲的背影，有一声呐喊卡在我的嗓子眼里。母亲出现的一瞬间，一股热流涌向我的额头。她一个人孤零零地站在黑黢黢的渡口，浑身都湿透了，头发粘在脸上，嘴唇是乌青的。她说，她走进了水里，水往嘴里灌，她觉得有双手在托着她，把她往后推着，她就这样爬上了岸。

母亲与父亲从群姨家回来，巷尾一只狗蹿出来狂吠，差一点就咬到了她。母亲说，在她最恐惧的时候，父亲逃得远远的了。她是因为一只狗而冲动得想要自杀。父亲把母亲给抛下了吗？我感到不可思议。而父亲说，他是去找一块砖头，狗最怕砖头。

群姨听说母亲落水的事后，念叨着："大难不死，必有后福。"是母亲把自杀说成了失足，她才会这么说。而群姨是过来给我介绍工作的，她的侄儿在物业公司，现在负责了江边新建的那个名叫临江花园的小区，她向侄儿推荐我去那儿做保洁员，月工资九百，只隔着几条街的路程，能多些收入，店里也能照顾到。

三

"达丽，你打扫完了吗？"

"还没有。"

"我来接你吧。"

"不要接，我很快就回来了。"

"那，快些回来……"

在临江花园的楼道里，我接到了父亲的来电。两个月来，几乎每天都会接到父亲的电话，无非是说又与母亲吵架了，但是都会等着我回去。

听到父亲在叫我，我很诧异。不是说了会尽快回去吗？怎么跑到这里来了？我心里有些恼怒，很不耐烦地应答了他。

“我看你这么久还没回，我来看看，这里要不要我来帮你搞卫生——蛮干净啊……”父亲自言自语，沿着台阶往上走。

“跟妈妈又吵架了吗？”我问道。

“没有啊。没事做，来看下你。”他边说边向我走过来。

“没有什么事啊，那你走吧。”不知不觉，我的语气非常的生硬，“说了不要来，你来干什么？”

父亲猛地停步，他看着我，大声地说：“你不要这样跟我说话，跟你妈妈一样！”他很愤怒。估计那个时候很想揍我吧，但他克制了自己，转身便向门外走去。我有点儿蒙，父亲还是第一次冲我发火呢。

小区的保洁工作比预想中要辛苦，物业办公室、停车坪、整栋的楼梯间和电梯轿厢，我特地在上午和下午各分出两个半小时来干，体力上吃得消些，也是有意从面粉店压抑的气氛里抽个身出来。父亲这么一来，我就不得不加快速度，快些做完，快些回去。

出了小区门口，往东走，从东正街的街口折过来，远远的街尾，第一个店面那儿，低矮的、发黑的白色篷布下，围着一群人。难道又吵架了？对于他们的争吵，人们不是见怪不怪了吗？要不是与外人的争斗？

“达丽啊，达礼死了！”母亲痛哭着向我喊叫。她往后仰去。晕倒了，没人接住她。父亲呆滞地坐在母亲常坐的那把靠背椅子上。

达丽，达礼，死了？

我默念着这几个字，谐音的名字，听着就像是我死了。

哥哥死了很久了。哥哥曾经的工友，听哥哥说起过我们，途经山南时，来到了三井头，母亲的面粉小店很好找。工友说，哥哥当年很节俭，舍不得两块钱一次的公共洗浴费，说是去河边洗澡，洗过好些次，但是有一次出去后，没有再见到他。也有揣测是不是溺水，但是没有后续的消息。大家年纪都小，工厂里的人来来去去的，谁也没有谁老家的联系方式。那年头，深圳乱，什么事都有，不像现在。

我没有哭，眼泪流不出来。就像我一点都不难过。

母亲被送进了医院，清醒过来后，不停地说着哥哥小时候的事，说有一次煮粥，哥哥把那层浓稠的米油舀进她的碗里，他说：“妈妈你吃啊，你喜欢吃的呢。”又说哥哥连两块钱的澡都舍不得洗，可他寄过一张三百块钱的汇款单回来，那个最贴心的孩子啊，最懂得体谅的孩子。

这样人们就再也没法议论哥哥了。不是什么抛弃贫寒之家，不是什么不敢面对失败，更不是什么行为不正经。可是他给母亲带来了深深的歉疚，即使父亲在牢里，即使有养育我的担子，无论怎么说，母亲都没有好好地去寻找过他。

“那时是不要我去找的吧？”母亲囫囵地对来看望她的群姨问道。最初哥哥失踪的消息一传来，她开着她的那辆五轮的小农用摩托冲了出去。还没有出城，就翻到了路旁的水渠里，幸亏是冬天，不然人都会没了。她的腿断了，嘴是肿的，头也破了。因为这场车祸，群姨带着她去找了那位神秘的老人，占卜之后得到的那个启示，才让她停止了寻找。母亲当时住院了两周，折断的两颗牙齿，后来一直没有补齐。

“是的呢，那时候是这么说的呢。”群姨拍着母亲的后背，她的神情很庄重。她在证实一件对于母亲来说非常重要的事。母亲摆着手，哽咽着说：“（别）人家丢了孩子的都是拼了命去找的……”

“被淹死的怎么不是我呢！”母亲喃喃地说着。见一个人就说，见一个人就说。病友们面面相觑。母亲会不会因此而神志不清啊？我感到十分担忧。

父亲沉默不语。从不流一滴眼泪的父亲，好像天生不懂伤心。他陪伴母亲，却坐在她的病床边打起了瞌睡。嘴半张着，双眼紧闭，头歪下来，又歪下来。他走出母亲的病房，说是去给母亲拿个暖水瓶来。三个小时后，他打我的电话，问我，他要到哪里来？是要他拿什么东西？

我问他：“你在哪里？”

父亲说：“我在哪里啊……在街上，十字街这里，应该是十字街吧……”

四

“你爸爸会不会走失了?”母亲疑惑又有点慌张地问我。

父亲打从母亲住院之后，记忆就出了问题，常常在出门之后，过了好久又折返回来，问自己出门是去干什么。群姨觉得是父亲暗自伤心或者陪床劳累的缘故，过些天就会恢复的。然而母亲出了院，情绪平稳下来，之后几个月过去，他却丝毫没有缓解的迹象。这一次，父亲出门太久了，从晌午到了夜晚。会不会被车撞了?不小心跌到了路边的墈下去了?后果不堪设想。我和母亲决定分头去找。

走进一条街巷，看到小巷两边围墙上的野草，我想起小的时候，满屋子的人，我拿一条手帕，让父亲给我拧一只老鼠。父亲拧了一下，就放在手上，手帕还是摊开的。我要父亲再拧，父亲轻轻地拍了拍我的脑袋，说:“不要说话。”那个时候，父亲是在主持会议，当时他还是那个公司的领导。

父亲背着我走路。我的脚上套着母亲的棉鞋，那是冬天，我的脚生了冻疮，肿得像个馒头。父亲给我上药，背着我，那是去外婆家吗?

父亲从自行车的后座上取下一个袋子，里边有橘子，好大一个。他叫着“达礼”“达丽”，把手举起来时，哗的一下，那些橘子全在地上了，像老鼠一样顺地滚着。“袋底穿啦!”父亲举着那个破掉的袋子，一副蒙掉了的样子。

在那条巷子里，一座接着一座紧紧相邻的平房，每个门里都有一盏灯亮着。人们在笑谈着，有麻将牌碰撞的声音，孩子在哭，两个年轻人在打电话……“你爸爸不是原来的那个人了！”母亲的话，在我的耳边响起。母亲的眼泪，喊叫、低语、叹息、摇头，构成了另一个人，好像是个不存在的人一样。归来的父亲，只是一个影子在晃啊晃。

我停在一户人家厨房的窗下，一扇很小的窗，有人在说话，排气扇转动着叶片，一阵阵雾气和着面团的气味喷出来，扩散在整个夜空里。发黄的玻璃上，沾了斑斑点点黑色的油渍。我想，家啊。烟火气，人的气息，食物的气味，这种混合在一起的空气，让我想到这个字眼，再强烈不过。我蹲在这个窗口下，哭了起来。

天大亮了，我走到了十字街，母亲从西正街的街口出现。她看上去十分疲倦。“你爸爸到哪里去了？没出事吧？不得出事吧？”她接连问道。“不要乱说！”我愠怒地打断了母亲，回想她在父亲面前的咄咄逼人，我不禁感到了怨怼，还有迷信般的害怕，怕她的话招来糟糕的事。

母亲的手机就在这时振铃了，派出所的来电，告知我们，父亲坐在蔬菜公司老宿舍的楼道里。是父亲的一位老同事报的警。那位热心人早起晨练就见到他坐在那里，等她买了菜回来，他还坐在那里。出警之后，警员问他话，他低了头，不回答。

我们赶去了老宿舍。曾经那栋热火朝天的宿舍楼，如今冷冷清清的。门窗破旧，水泥栏杆里头的钢筋锈穿了，花纹全没了模样。满廊道的落叶，一根烂秃了的拖把搭在栏杆上，两只棉拖鞋看不出颜色，末尾的那间房子，房门口立了只狗，舌头伸得老长，看把戏似的看着坐在廊口台阶上的父亲，还有灰头土脸的我们。

“怎么到这里来了？跟我们回去吧……”母亲有点儿难为情地叹息着说道。父亲马上就站起身来，也不解释他为什么会来这里，对于母亲说的回去的意见完全接纳的样子。警察说父亲不肯坐他们的车回家，既然家里人来了，就没有什么事了。

“达礼那时候，睡着就打鼾，齁齁地从牙缝里露出来……小小年纪，怎么就会打鼾呢？”父亲突然谈到了达礼哥哥，我的心猛地抽紧了，父亲从未跟人谈论过哥哥，还是当着这么些陌生人。

父亲笑了起来，我看到他缺失了一颗牙齿的牙床，他因此而显得慈爱，让人联想到没牙的老婆婆——不知怎么突然会有这种联想。

“达礼现在还好吗？”那位老同事问道。

“不在了，去（世）了，去（世）了好多年了。（小时候）好听话的。跟着他妈妈，带着达丽来看我，下车还要走十里多路，他妈妈背不动了，他就背着，回去到屋都半夜了……”父亲有些感慨地说。

“哎哟，那太作孽了！只怕想都想得你们要死了，是吧？”那妇人很惊讶地看向母亲。

“有什么好想的？人过日子只能向前看，”父亲的语气十分平静，“我这一辈子从来不往后看的。”

母亲没有与那位妇人说话。父亲出事之前，天南地北地跑业务，长日不在家。这栋楼里的女邻居们时不时就跟我母亲打趣说：“住旅舍的人回来了吗？”母亲把这当做羞辱的话。自从我六岁时，母亲把家搬到三井头的面粉店里，与这些老邻居们，已是多年未见了。

三个人往回走，当年非常繁华的先锋路，充斥着一股没落的气象。街道很窄，沿线的两溜店铺装修简陋，行人也很少。看着父亲与母亲同行的背影，他们俩分开走，中间的空隙还能插进一个人。不禁想起第一次去看守所探望父亲时的情景。那时判决还没下来，我们已半年没有见到他了。等在一个连把座椅都没有的普通的小房间里，看着父亲从对面的那扇门里走进来。一位副所长取下了父亲的手铐，父亲微笑着，仿佛这并不是什么丢脸的事。

母亲的两个兄弟哭了起来，抽抽噎噎。母亲站得很直，向父亲微笑着。我看了一眼哥哥，哥哥握着我的手。父亲朝那两个人抬了一下手，严肃地说，不要这样子。接着，他问了一下家里的情况，都说挺好的。隔着三四步远，我、母亲、哥哥，没人向前一步。我不知道应该是哭，还是微笑，也没有感到难过或者不舍。哥哥抿着嘴，紧握着我的手。很久之后，我还清晰地感到哥哥的手的那种力度，是汗津津的，却毫不含糊。

如果是出于倔强，不想让外人看笑话，父亲的答话倒无不妥。只是想到回来之后的所有日子，对于哥哥，他的确是从未怀念过。不往后看的父亲，是无情的。

五

母亲在篷布底下招呼我，她的手里拿着一个竹篾制的篮盘。说是趁着天晴，把那鱼见见太阳，好储存起来留到年下。我提着一个装了鱼干的布口袋走过去，突然听到父亲惊呼一声，接着砰地一响。跑进里间一看，父亲倒在了地上，他攀梯子去打扫隔板，不小心跌倒下来。医院的检查结果是锁骨骨折，建议手术治疗。手术之后，父亲的腿失去了知觉，医生无法诊断原因，“配合做些推拿针灸，有个恢复过程的”。拿着这样的医嘱，母亲把父亲接回了家。白天用从医院借来的轮椅推着父亲去做康复，晚上为他擦背洗脚，冲一碗糖水鸡蛋给他吃。她敲着父亲的腿问：“有知觉吗？”父亲总是摇头。

“没事的，不要躁，总会好起来的！”母亲轻松地对父亲说道。“你爸爸只怕不得好起来了，怎么办啊，我就要服侍他一世了。”背着父亲，母亲很惊慌地对我这么说。而我不知如何安慰她。

第六十五天，父亲狠狠地揍了母亲。两个人都伏在地上。

“我费心费力地照顾他，说话都是细声细气，两个月，一天冲一碗溏心蛋啊！”母亲看到我，像个孩子一样爬起来，坐在地上嚎啕大哭。父亲无缘无故就朝她挥起了拳头，用他那只能动的右手。母亲说父亲准备追着她打。

“来啊，来啊！”父亲嚷着，把地面拍得啪啪响。他的眼神愤怒憎恨却又张皇失措。我想把父亲扶到轮椅上，用双手抱着他的腰。我用力抱住，转头看向母亲：“妈妈，来哦，跟我扶爸爸起来……”

“怎么得了，我怎么得了！”母亲声嘶力竭地拍打着自己的胸膛。

“来啊！来啊！”父亲还在恶狠狠地嚷着。

“妈妈，我扶不起爸爸……”我用肩膀顶在父亲右臂的腋下，看着母亲。母亲傻了一般，一动不动。

“我搞不动了……”我无能为力地说道。

六

医院里，父亲被诊断为老年痴呆症。

“他才六十一岁啊，怎么老得这么快？”母亲问医生。医生建议往省城确诊。腿瘫了，又得了个没有特效药的病，也没有经济能力再往上求诊——“治了腿再治别的，我们就在这里治。”母亲很快就把这个决定做下了。

“你去问你爸爸，他为什么要打我？”母亲突然抬起头对我说，她的眼神坚定。

我趴在父亲的床头，轻声地问他：“爸爸，你为什么要打妈妈啊？”他瞪着眼睛看着我，惊讶地说：“谁打了你妈妈？”我说：“是你。”他毫不客气地否认，接着就犹豫了：“我打了吗？我不记得了。”这就是母亲非要得到的答案。

从医院回家的路上，母亲推着父亲的轮椅，她让我给父亲戴上帽子，父亲挡着，怎么都不肯戴。临近三井头时，她高声笑着，跟经过的每一个店铺的邻居打着招呼。

夜晚，母亲走到我的小床边，靠着床头与我并排坐下，她说白天她怕邻居们看到父亲目光迟钝的样子，就想遮一下。怎么想得到呢，年轻的时候那么英明的一个人，老了竟会是这般模样。她说还以为他的腿脚哪天一起床就好了，但是现在连脑子都出了问题，听你群姨说，有个亲戚也是六十岁得了痴呆症，活到九十几岁才去世，一家人围着转，算下来，还有几十年。她说他在一天，她就服侍他一天，不与他计较了，只当做个小孩子待他了……她把双手插在大腿间，说一句话，就向前倾一下身子，就像是在自言自语。

第二天一早，母亲扎起袖子打扫房间，乐呵呵地推着父亲去医院做治疗，偶尔还与病友开玩笑。日子过了一天又一天，老顾客们都在说，你妈妈越来越爽快了。父亲安静地坐在轮椅上，有时会突然地抬起下颌来，问一声：“达丽回来了啊？”“是达丽妈妈摔了吗？”“达丽妈妈写信来了吗？”我随口便说：

“回来了。”“没有摔。”“写了。”

“一天一个溏心蛋……”

“还有几十年啦!”

面粉店里，母亲说过的话在我脑子里绕啊绕啊。看着母亲背着外人的时候，她那打扫房间的劲头，一粒灰尘都不肯让它落下，母亲仿佛成了第二个父亲。

困住父亲的，终于也困住了母亲。

七

临江花园一号电梯前，厢门敞开，灯也没亮。谁按下了上楼键没有进去，还是谁刚刚下楼来呢？这样凑巧。我走进去，轰地一下，我被狠狠地撞到，眼前黑暗一片。下意识去摸衣襟，明明知道，没带手机——我的手机早就出了问题，非常容易耗电，往往是充一夜，第二天一早才打开半个钟头就没电了。

我摸索着，触到那些凹凸不平的砖块还是石块，我都迷糊了，这是哪里啊？过了一会儿，我才清楚这突发的状况，明白自己置身何处。想起物业公司在更换中，小区尚未开盘，进出的人非常少。工作的大半年里，也遇上过其中一个电梯因故障停运了十多天的情况。每栋楼都是双电梯，有一个可以使用的电梯就足够了，物业是这样的想法。谁能想到我会被陷在这里？十天，半月，出不去了……我感到了恐惧。

我拍打着坑壁，啪啪啪的声音像打在我的心脏上，我犹豫了一下，喊了起来。喊着，喊着，我的呼吸变得很沉……头晕脑涨，眼睛疼得像有人在挖着它们似的。我的腿脚也在肿胀，跌跌撞撞，浑身不住地发抖，彻骨的寒冷中，我想到哥哥，哥哥死的时候，是这样的感觉吗？

哥哥，达礼……

嘎嗬嗬——仿佛一道沉重的巨斧从脖子上升起，刺眼的白光从长长的隧道的那端出现，一个影子近在眼前。

“达丽！”哥哥在叫我！是哥哥的声音。他急切地叫着。

电梯门在响，光线照进来了，几个人站在顶上。其中的一个，把身子趴下来，整个人跪在了门口，伸着头往下看。我看清楚她了，是母亲。“达丽！”她焦急地叫了一声。刚才也是她在叫我吗？可是，我分明听到哥哥的声音。

“动了，动了……”不知是在对我说话，还是对身边的人说话，母亲说，“万幸万幸，落到里头，五个多钟头了。”

“妈妈……”我喊了她一声。她正在激动中，顾不上听。我没再吭声。

原本，我是有一句话想对她说的。

八

很大的风，我躲进了街巷的一座房子里，整个屋子都在摇晃。我贴着墙走着，我的伞被划得稀巴烂，我的衣服被竹篱笆刮花了，一缕缕绒线挂在篱笆上。我向家跑去，我的家在蔬菜公司宿舍楼的二楼，楼道里，一个男人低着头，坐在台阶上。当我走近时，他抬起他的脸，绿色的，生了锈的脸！我害怕极了，向楼上跑去，那个人在后面追赶，我大声地呼喊着："哥哥！哥哥!"

就这样醒来。是做梦。我的泪水一瞬间流进了我的耳朵，我听到外面的雷声。砰——像谁掷下了一个巨大的铁桶。

我想打开灯，按了钮，房间里还是黑暗的。趿上鞋，我往外走去。路灯熄灭了，是雷电击中了变压器而停电了吧？风从一个个店铺的篷布下顶过来，像卷起的潮。闪电从篷布底下亮起，刹那间天地通明。巨大的光柱接连落下，一道追赶着一道，一堵红色的火焰从大地上拉起，那火焰往上升腾着，是带着尖角阁楼的老百货商场被闪电点燃了吗？整整一栋房子都在燃烧？

当火焰消失，我明白不是，那是闪电带来的火球。闪电横过苍穹，带来如同白昼的夜。远处的楼，近处的马头墙木屋檐小瓦片，清晰可见。所有的房屋与树木都化作了青色与白色，震颤着，摇动着。雨，落下来了。

轰轰隆隆，嘭嘭嗵嗵……一千种声响汇聚在我的耳边，我看着，就像我一直在等待着，衣襟湿透，而我并不觉得寒冷。

“达丽，达丽，怎么了啊？”

“打雷落雨，你站在那里！”

母亲急切而又焦虑地呼唤着我。她怎么发现我离开了房间啊？我转过身去，看着母亲向我跑来。她没有打伞。

“我做了噩梦，我放肆地喊哥哥……”我说的话，她听不清楚。“啊？”“啊？”她这样问着。周边的声响太大了。

“哥哥，我喊哥哥，达礼，我的哥哥！”我一遍遍叫着。

多少年了，我对哥哥的想念和想象，依赖和企望——哥哥是生是死，早已在长得看不到尽头的时间里将他化作一个偶像，“等到哥哥回来就好了”，每当觉得日子太辛酸，快扛不过去的时候，总是这样想。得到哥哥死讯的那刻，我感觉心里的那团火苗熄灭了。往后就是挨，一天天，一年年，失去的永远回不来了，所谓的日子啊，让我连母亲那样的任性也做不到。我寡言少语，无声无息，好像我没有悲伤，也不需要悲伤。直到这一瞬间，我肆无忌惮地朝母亲呼喊。

是那电闪雷鸣，让我感到了天地的恩慈，亘古而来的无穷无尽的天地，轻而易举便能摧毁一切的伟力，护佑我，让我好好地存活在这人世间。穿过风雨，我看到了它，它把手放在我的头顶，对我说：“我准许你渺小、懦弱，准予你悲伤的权利。”

母亲哭了起来，先是沙哑的，好像从一个很久没有被擦拭的铜壶里发出的，她的声音越来越大，她在呜呜地哭。

“我们的达礼啊！我们的达礼啊！”母亲呼唤着。在雷电与大雨里，我们像两棵孤独的树。

“怎么站在这里啊？达礼怎么了啊？”背后喊声传来，我和母亲愣住了。

我的肩背被一只臂膀搂住，是父亲。他什么时候站起来的？能走了吗？认出我和母亲了？是不是错觉啊？这惊喜太过巨大，让我不禁感到狐疑。我的腿脚不由自主地往前一步，我的头靠着了母亲的头，是父亲拉近了我们。我把头偏过去一点儿，电光轰响，父亲像一堵静默的墙。

父亲昂着头，真像他年轻的时候啊！紧紧地搂住我和母亲的臂膀，如此坚定，我感到父亲在向我们证明，他能为我们遮挡住风风雨雨。

九

去洞里！清晨时，我打定了主意。

远远的一声鸟鸣，啾哦啾哦，那是第一只醒来的鸟儿发出的，还带着梦呓般的迷蒙。店铺的门关闭着，马头墙印在紫色的天幕，墙头的几茎草叶在轻轻地摇。酒坊外那个木雕的店小二的鼻尖和下巴还挂着水滴，伞铺的篷布被掀到了一边，三井头往西正街的第一个店铺，卖竹制品的小店前竖立着的那排竹篙倒伏下来，前夜一场大风雨，许多店铺的篷布垮了。

从北正街走上滨江路，沿江麻石栏杆的缺口下，一条乱石间的小路在路基的堤塌下折转，从麻石基底的宽敞路面斜着伸向江岸。褐黄的落叶积在路口，我的鞋子触到了栏杆底下探出的几株仙桃草。在灰白的石块与拱起的混凝土上，生长着那么多低矮的植物。窃衣紫色的茎干开出了小碎花，蛇床的花苞还收敛着，看麦娘弯了毛茸茸的穗，青蒿、莲子草与早熟禾挤挤挨挨，荠菜有些颓唐，三月三早过了，没人再来采摘它们，煮成绿茵茵的“地菜水”一碗一碗喝下去了。走过去，都走过去，路消失的时候，我穿过它们，踩着它们，一一地穿过去，踩过去。这些植物在江岸连绵不绝，直到洞穴那儿。

暖水瓶的塑料外壳破了，摩托车挡风衣卷成一团，烂了锁的皮箱敞开放着，红色针织背心上都是泥土，瘪下半边的球和黑糊糊的小皮鞋是哪个孩童的？龙葵葱茏，蛇床花的白与泥胡菜的紫从益母草和牛筋草汹涌的绿里顽强地透出来，虫鸣喧闹，蚊蛾扑向我的脸。我像一头蛮牛，不顾一切地想要穿过这个草木的丛林。两个洞穴并峙在前方。

哥哥，达礼，我来这里了！我听到自己的呼吸，我的耳朵里嗡嗡作响。

一根根乳黄的树脂似的东西悬挂在洞顶上，壁上的罅隙没有生出春草，光秃秃的。对面一条鼓囊囊的裤子垂下来，就像那个自杀的人挂了下半截身体在洞口那棵大槐树的枝杈上。角落里，一把破烂的小木椅的边上有一盆早已枯死的花。我蹲了下来，草茎挡住了我，我看着远处的那座大桥，十几个桥墩立于江水之上，横跨两岸。对岸的船坞以及停靠在岸边的挖沙船都像上了一层淡淡的粉，那些机械曾经很长一段年月在江上运作着，日夜不息，现在已经停下来了。江水是蓝色的，也是粉色的，这美丽的光泽让人感觉温暖，就像那是天空向大地付出了他所忍住的全部柔情。

这就是我一直想要哥哥带我来的地方啊！我深深地吸了口气，说不出这是轻松，还是满足，是茫然，或是遗憾。

我蹲了很久，当腿脚开始酸麻，我的视线落在膝盖边靠近洞口的一个缝隙里。我感觉有东西在那里。把草拨开，一个茶色的小玻璃药瓶从缝隙里出现。胃仙-U 的纸标签还没有被沤烂，塑料盖子顶上一圈棕褐的泥渍。像是被谁故意塞进去的。

“达礼啊，去把我的胃仙-U 拿来。”母亲曾经呼唤哥哥的声音在我耳边响起，哥哥离家后，她没有这样唤过我。我伸出手，把那只瓶子抠出来，整个儿把它翻转过来——里头有一卷折叠的纸条。我的心猛地跳了起来，怦怦地敲打着胸口。像是受到了某种感召，我举起那个瓶子，用力地掷向洞壁。瓶子破了。

一个小小纸卷。我的脑子里像是全世界的钟表都在同一刻敲响。这是哥哥留下的信：

“达丽，明天哥哥就要去深圳了。你一直想来这里。我希望等到爸爸回来的时候，带着我们，一起来这里。他是一个好爸爸，我很想念他！”

我把信带回家，从不流泪的父亲用手背悄悄地擦了擦眼眶，他吸着鼻子，背过身去。母亲坐在她的靠背椅子上，她伸手向我要了那封信，放在双腿上看了一会儿。她把它拿到嘴唇上吻了又吻，然后，她说：“拿开，莫让我的眼泪水落在上面搞花了它……”接着她开始哭泣。

十

听到母亲在呼唤父亲，她说了两遍“别烫着”，叫他慢点儿吃。母亲像嘱咐一个小孩子一样。今天母亲新包了饺子。我把一袋袋粉碎好的面粉进行锁线包装，接了一位新顾客的加急订单，临时加工，不能马虎一下。大约做完这些，就是吃午饭的时候了。

“达丽，你哥哥的信放到抽屉里去吗？”母亲问我。我停下手里的活儿，往里间走去，母亲一手拿着一个许愿瓶，一手在扯我床上的床单：“趁着太阳天，快洗快晒干，不知道什么时候又下雨，这春上的天啊……”我接了过来，放在书桌上。瓶子里，是哥哥的信。找到它的第二天，我去了一趟精品店，买下了那个小小的美丽的瓶子。哥哥的信，被卷好放进去，从那天起，就放在了我的枕头旁边。

“有一件事我一直想跟你说，你落到电梯里头的那天，你爸爸一直在打瞌睡，突然头一仰，焦急地对我说，听到达礼在他耳朵边上喊你。我说他是发了神经病，不要他乱讲，他还是这么跟我说。过了饭点，你还没有回来，我想着你爸的话，就往那边赶，等物业找了人把门一打开，就见到你在里边——后来我几次想起你爸那天的样子，问他，他说不记得了……”母亲看着我，恳切地说着，她的嗓音开始打战了。我的手微微地发抖。

“达丽，达礼什么时候回来？”父亲朝我喊话。“他回来了！”我走近他，笃定地对他说道。

白渡口

红头发女人

我成了一个狂热的沐浴爱好者。我想大概是因为我遭遇了一段荒唐可笑的初恋，如果有人承认那是恋爱的话，我简直会感激涕零地想要跪在他的脚边。这时我三十二岁，有一个相恋了八年的男友，他长我几岁，是一家名叫“爱犬之家”的小店的老板。他的身份其实是一家事业单位的正式职工，那单位曾经红极一时，后来人多薪金薄，大部分人选择留编离岗自谋前程，他就是这些人里的一个。我从一个并不值得称道的学院里毕业后就经人介绍与他认识，不久，我进了一家大型国有公司分部工作，许多年里都是镇上人们眼中捧着“金饭碗”的人。是他将那个岗位的编制弄给了我。当时他有一个在人事单位掌权的姨父。

放在五年前，养宠物在这小镇上还是一桩稀罕事，但短短几年过去，这类有闲时有闲心的人越来越多，在喂养的过程中难免会因为外出或者遭遇生病事故等不可预见的情况而不得不与宠物暂且分离，我男友就从这里头发现了商机。他停止了此前的药品代理业务，参加一个为期数天的培训班后，就将工作改换为宠物狗服务。与顾客所签的合同书上除了说明每天将会进行清洗、美容、除虫、喂养、运动之外，最末还有一条：“对您的宠物进行按摩，一周内提供游泳三次，定时播放适宜的音乐，以使您的宠物身心愉悦。”而我几乎从没见过他进行过此类的举动，各种狗长时间被分别关进店里上下两排的不锈钢笼子，音乐倒是不时响起，都是我男友个人所喜欢的流行歌曲，我并不知道对于狗来说是否“适宜”。

客人们来了又走了，带走他们的狗时基本没有人就合同内容的履行情况发生过质询，毕竟以一天十元来计算的酬金对于他们来说并不昂贵。付出与所得是否对等，人们往往有着天然的计较能力，这种值得加赏的自知之明使世间少了许多无谓的论争。我男友拿着数倍于此前工作的收入，还有我工作之余的义务帮衬，厌倦了东奔西跑居无定所的他，对于这样的生活已深感满足。

当然，这并不表示小店从来都是风平浪静的，比如眼下，因为一条狗的猝死而赔付了许多的钱款，那条狗的死亡距离它的入店不过短短的四个小时，而它刚一咽气，他的主人便带来几个朋友进行指认与索赔。我男友觉得这近于胁迫，他们索要的赔偿金高得离谱，而他继而又感觉这是一个圈套，对那条狗的死因生出了更多的疑虑，那一小群人便动手对小店进行了打砸，并且威胁周边的人不可以报警。果然无人报警。我男友在他们砸坏一个红色塑料坐凳，开始捶打他的工作台时立马喊出了“我赔，我赔啰……”。按照我们之前听闻所得来的经验，如果报警的话，未等及警方到来，估计店里的一切都将被损毁殆尽，特别是笼子里的那些别人的狗，万一伤了哪里，更是吃罪不起。而对于一般的民事纠纷，警方多会以协调处理，至于协调的结果，并不会比现时赔付了结这桩事端更加乐观。

小店外围了一圈人，多是穿皮草的女人们。她们浓妆，大红嘴唇，指缝里头夹着一根烟。烟紫的狐狸毛大氅披过臀部，或者黑色的羊皮拼接灰色的狐狸毛紧身套装，领口袖口与裤口镶了厚厚的一层毛，因为是短裤，大腿上的黑色丝袜透出了肌肉的线条——无一例外地露着腿。健硕的，鼓胀的，仿佛有许多的力量与话语储蓄在那里。她们经营着各自的足浴按摩店，那些小店就在“爱犬之家”的旁边。这是一条连绵几百米的店铺街，铺面不过十来平方米一间，大的铺面由两间或者三间四间组成，比如“爱犬之家”和对面的那几个小酒店，而按摩店一般只占一个铺面，里边设两三张粉红色的单人床，内墙也以粉红色来装饰，顶上再吊一盏红色的灯，夜晚路过时，那些店面好像一只只极度缺乏睡眠的眼睛，猩红色使人介乎惊醒与倦怠之间，欲言又止一般意味重重。她们中有人做出了忧虑的神色，更多的是好奇观望，没什么好奇怪，这对于日复一日永不变更的生活来说自然是一件稀缺的乐事，然而有人却在窃笑。我不知道她为什么而发笑，彼此认识不过三五天，这个女人已几次光临“爱犬之家”，她借用过热水和洗涤剂，却从未说过谢谢。

我看着那个染了满发红发的笑着的女人，几个钟头前，我经过她的店铺时，她一个人靠墙坐在空空的铺面里，半仰着头，仿佛在认真地看着那幅粘贴在对面墙上的中医穴位图。那幅图是一个男子的身体，一半是解剖的，皮肉筋骨分明，一条条直的斜的黑色线条后面标注着穴位的名字。那些汉字看上去十分古老，被她那样地盯着，竟有一种时光错乱的感觉。她的嘴角微微地翘起，似笑非笑，而她的眼里有着一种意味深长的东西，仿佛令她的目光越过了那些古老的文字与鲜艳的骨肉，直至延伸到墙的另一方，那个唯有她所知晓的所在。那样看着，她的神情很有一种庄严的味道，让观望者的心也有所沉淀的感觉。而当她用不合时宜的笑脸出现时，与此前我对她的印象有了太大的分别。我问道：“你在笑什么？”她的笑声并未因此止住。她看了我一眼，更加大声地笑了起来。

讨厌的笑声

我讨厌那个笑声。

在许多年前我从公用电话亭里打出的一个电话里就听到过那种笑声。我匆匆地走过好几个路口，排除着路遇的一个又一个电话亭，似乎这也不合心意，那也不够理想。我期待着一个能够把我藏匿起来的电话亭，即使我明明知道，在这个小镇上，任何一个电话亭无一例外都是同一种造型，由一个金属柱座支撑起来，左右对称地安装着两部壁挂式电话，顶上各有一个极其狭小的塑料拱篷。而我如此挑剔。不如说是谨慎。我像个贼一样，不愿让人知晓我将打出一个电话，而那个电话我认为不得不打。

“嘟，嘟，嘟……”在被接听之前的那几秒钟，我捏着电话的手在微微地发抖，但我屏息静气地等待着，一点都没有放弃的意思，一次不通，还将再拨一次，我下了一个很大的决心。“喂。”那边是个女人的声音，不论是谁，我明白一定是我的这位朋友的亲友。一些杂碎的声响里，她显得格外的平静。

“您是小植的家人吧？”我问道。“是的。”她说。

“请问您是她的？”我试探着再次问道，心想非要问个明白才好往下说。

“我是她姐姐。”她像面对一个户籍警的询问一样刻板，嗓音里没有一丝起伏。

“我是小植的一个朋友，我听说她走了，心里非常悲痛……”我刻意用了“走”这个词语，在这个小镇上，“走”就是指代死亡的意思。而说到“悲痛”这两个字的时候，我的喉咙已经像被堵住了似的，嗓音是哽咽的，几乎控制不住想要流泪。

“是的。”她说。

听到这里，我庆幸电话那头是一个如此冷静的人，这个时候如果对方传递出任何一点感同身受或者安慰同情的索求表示，都会让我忘了自己想要说什么。于是我便镇定了下来，大方地说出了致电的目的。

“我听说小植走得很突然。她年纪还那么轻，脾气又好，工作什么的都好……我希望能够查一查，是什么原因让她走到了那一步。你们知道她谈了一个男朋友吗？他跟她的去世是不是有关系？”

“她自己不当心。”她极其平淡地说了这句话。

“不可能是自己不当心啊……”我急迫了起来。

“没有的事。”她有些抱怨似的说道。之前在她间或发出的“嗯”的声缝间，我感觉她还是很认真地在听，也曾被我的神秘感打动，不过，只是一会儿而已。在她强大的意志力面前，其他的力量显然都太过薄弱。

突然我就无话可说了。面对一个死去的人的至亲，我的悲伤猜疑不甘甚至于隐约的愤怒在这一刻都变得羽毛一样轻飘飘的。同一条血脉的人都毫不在意，我一个外人又在意个什么劲呢？恰好这个时候，一个哈哈哈的笑声传了过来，隔着那些叽叽喳喳窸窸窣窣的人或者物的响动，以低微而又极其强悍的方式电流一般地传导过来，直接从我的耳孔刺向了我的脑神经。是为我那位亡人故友的丧事所奔忙的人，还是她的某位亲人？我无法知晓。竟然有一种如释重负的感觉出现在我的肩膀上，让我紧缩的身躯为之一震。我说了一声“哦”，又说了两句“节哀”之类的客气话，我们就在同一时间挂了电话。

返回的时候，我下意识地勾起了脖子，回看了一眼刚才的电话亭，我想我怎么选了这样的一个位置？正好在一家小剧场的门口边。那小剧场关闭了多年，最近才重新开放，听说放一些画面模糊肢体招摇的录像带，为了招揽顾客，把剧场里头正播放的嗯嗯与嘿嘿之类软腻得冲化不开的人声同步到了场外来。为了让小植的姐姐听清楚我说的话，我的音量比寻常提高了许多。而通话期间，至少有四五个人路过我的身边。

小植死了，投湖自杀的。死之前的两月间，她给我来过几个电话。

越界

那个女人还在笑。她张嘴笑了几声，又把嘴给闭了起来，就像是咬住了笑声的尾巴一样，她的嘴角始终保持着一点儿紧张的弧度，我想她这么做并非出于顾忌。她的欢愉无人可以妨碍。有一种炯炯发光的东西蓄在她的眼睛深处，这在别的人那里从未见到。我的那声问询碰到她发着光的眼睛时似乎成了一个孩子的淘气。

“德龙没在店里?”我从卫生间哗哗的水龙头下听到有人将门给敲响了，她在门外嚷嚷，我不搭理，她便继续敲着叫唤着：“出来啰，快些出来啰……”仿佛她有紧急的事情。我胡乱擦干了身体，穿了一层内衣，光着一双脚就打开了门。是那个红头发的女人。“你洗澡真久。”她嗔怪说，又要我快点穿好衣服和鞋袜。她粗声大气地说了这许多话，好像与我关系非常亲近似的。当我站在一片狼藉的工作台前，这个女人问我，我的男友没有在店铺里是去了哪里。

“我不知道。”我说。

“哦，我到你们店里来洗个头发。”她无所谓地说。不等我做出反应，她已经径直往工作室后面的洗手间走去了。

哗哗的水声里，她问我洗发液在哪里，我不禁走近了她，把放置在头顶位置一个小小的吊橱里的那瓶洗发水递给了她。我不知道自己为什么会这么听话，就在开门的一瞬间，我的躁郁已经攀升到了心的顶点。洗手间里雾气腾腾，她的肥大的臀部正对着门口，我把头转到了工作台，突然内心空空一片，我觉得自己的身体松软了下来，仿佛置身于一片白雾之中。

“水很好，”她斜着眼睛看着我说话，嘴角起了微笑，在向我走来的时候，她正用挂在洗手间里的那条毛巾擦着湿淋淋的头发，“电吹风在哪里？”她问道，一边打量着这个乱糟糟的工作间。

“不知道……”我不想再说了。任何的话都是累赘。

“啊，在这里！”她猛地蹲下身子，一把将工作台底下的那个电吹风给拾了起来，揿下按钮，呜呜地响。从案板上掀下来的许多东西都坏了，这个倒没有坏。她把从那里吹出来的热风冲着自己空着的那只手的手心，不久又停掉了，拿着它走到工作台对面的一个白色的金属货品架前站住。架子二排摆放着一些狗链，塑料包装膜上都积了灰，最末端挂了一面小小的镜子，我男友喜欢在那里修剪鼻毛。她就站在我男友平常站着的那个位置吹着她的头发，酒红色的厚重的头发。

“看我多快，你那几根头发几根柴棍似的手脚竟那样舍得洗……寒从脚起，出来还不穿袜子，总是生病吧？”她扭头看着我，吹头发的事却也没有耽搁。

我往店外走去，实在不能忍受再待在这里的一分和一秒了。我沿着那条贴着小格子瓷砖的路往前走，来到一个丁字形的路口，这路口的一侧竖了一块巨大的条状岩石，像一块有些歪斜的碑，上面刻了几个红漆的字“岳州窑商业街”。漆色黯淡，很久没有人来打理这块碑了。一路上的小格子瓷砖浮起或者碎裂了不少，如果回头去看，远远的前边，这条所谓的商业街的入口处，连接在两边商铺顶上的拱廊式的遮阳篷早已烂穿……这是一条冷僻的街，没有淡季与旺季的区别，永远顾客寥寥。与入口处那条熙熙攘攘寸土寸金的北正街截然相反，这里租金相较而言十分低廉，所以还是吸引了一些商贩入驻，或者他们的欲望很少，有个位置能够糊口便能满足，或者他们的行当恰恰正是需要这么七弯八拐低眉避目的地方。

我想越过面前的那条四车道的路，这条路沿江而筑，同时，也是堤防。车流来往，压路车、大卡车、铁笼子装生猪的和注水箱子送鱼的车，电动车与摩托车，以及车灯壳子外面扎了破旧的红绸子篷顶安了大喇叭不停不歇地放着“东方红太阳升”，把伟人画像贴满了整个车厢的那台四轮摩托车，那台车的车主好几年前接受过本地电视台的采访，说要行遍全国，而他的足迹至今还只是在本地几条大马路上转圈圈。我看着这些车子，想起了郑施尔，他的脸比他的名字快一步出现。那张模模糊糊的脸，无论见过多少次依旧模模糊糊的脸。

最初一天

我不知道别人怎么去形容自己的那一天，我的那一天看上去如此平凡。我端着一盘子的食物走过一张张的圆形餐桌，希望寻找到一个座位，每一张桌子边都坐了就餐的人，经过了那么多的视而不见后，有道目光看向了我，我站住了，朝他微笑，他紧跟着便微笑了起来。我很少见到一个成年的男人那样微笑，他咧开的嘴唇间露出了牙齿，牙齿很白，整个面孔都因为那微笑而显得精神奕奕。那是一个比友善更为热情的目光。我依然站在那儿，用征询的眼神来看着他，他朝我点头，一边把拿着筷子的那只手搁到了桌面上，说："坐在这里啊。"

"坐在这里啊。"那个嗓音多么柔和而又自然。后来我无数次想起，会对自己说：我是多么喜欢他说这句话时的声音啊。我向他走过去，问道："我可以坐在这里吗？"

"可以啊。"他说。他稍稍侧过脸，双眼看向他左手边的那个方向，往那边轻轻地倾了一下头。他是示意我可以坐在那里。于是我笑了起来，说："嗯。"端着那盘食物，我从他的背后走过去，就在紧邻着他的那个位置上落座了。他又一次略微低过头来，似乎是为了确认我真的坐在了他的身边。而我想起还应该去舀一碗汤，又飞快地起了身，再一次从他的身后走过去，带着一只小瓷碗装的红豆汤回到了自己的座位上。我的来与去，他都用目光跟随——也许那只是他的一种习惯。

“这里人好多啊”还是“你吃得很少啊”？开场白是我说的还是由他说起的？我记得的是我在跟他说：“昨天第一天来这食堂吃饭，我是跟着我们的领导一起的，她姓曾，一位很棒的女士。我跟着她一起进门来刷了卡，看到她和我身后的那个人把每一道菜都夹了一些放进盘子里，再看看打饭的人，一个接着一个排着队走过去，好像都是把每一道菜夹了一些放进盘子里，我以为必须这么做，也就这么做了。结果，我的盘子里堆满了吃的，而我根本就吃不了那么多，想到浪费很可耻，不能那么做，我就拼命地吃下去，撑到胃都快爆掉了……”我边说边抬起头来打量着四周，再一次确认我的那位领导没有出现。

“所以你今天就吃得很少，对吧？”他微笑着说。我告诉他我很少出门，这是第一次来参加这种大型的会议，告诉他我被分到了一个陌生的组别里，昨天跟那个组别的人会面时我一句话都没有说，我认为我并不熟悉那个被错误划分的行业，而且我也不愿意像那些女孩一样为了出头露面赚取一点关注度而争着抢着去说一些泛泛的空洞的废话。我觉得昨天下午的那场讨论会非常可笑，往往在这个人发言还没有完毕的时候，另一个人已经在说话了，甚至他们会打断另一个人正在说的话，实在是鲁莽而又蛮横。我还告诉他我正在为一份报告而烦恼，因为来之前我没有接到任何的通知说要准备一份这样的报告，被告知时我心存侥幸，但是昨晚很晚我已经入睡了，这个组别的组长还跑来敲了我的房间的门，提醒我在两天之内必须提交那个报告，我真是非常非常焦虑，这种被强迫的感觉实在是不好受啊。

他慢慢地吃着自己盘子里的食物，并不看我一眼，然而他却时不时地微笑。他的笑容很短暂，好像面部的肌肉刚刚调动起来便马上平复了。但是我觉得在他那么短促的一笑，已足够灿烂。

“是第一次出门吗？”他问。听到我否定的回答后，又说：“你可以发言，也可以写报告，你很会讲话啊。”他说话总是不紧不慢，平静得好像在自言自语。我含着满嘴的蔬菜想要分辩，说明自己的确不善于演说这类事情，甚至在这个时候开始傻笑，直到感觉有尚未咀嚼的东西从嘴里落了下来，我真希望那只是个错觉。这时我注意到他没有佩戴胸牌，参加这个会议的人似乎只有他没有佩戴胸牌。

“你在哪个组？”我问道。他回答了我，同样是一个我陌生的行业类别。但我点了点头，好像我很了解似的。又问：“你叫什么名字？”他从衣兜里拿出了胸牌，把它放在我眼前的桌面上。我的目光停留在他的那张标准照上，他的脸庞轮廓分明，眉毛很长很浓密，真是一张周正的脸，我看了好几秒钟，这样我便不好意思在此继续耗费时间，因而无法仔细关注到别的部分了。我抬起了头，看着他，回忆着他姓名里的两个字——“施尔”。我想这个名字真是很特别。他把那张胸牌放回了自己的衣兜。

“你叫武攖宁?”他看了一眼我的胸牌。

“是的，我外公给我取的，意思是宁静，不受外界干扰，无论如何也不能打破的宁静，我想我能够做到，”我停止了咀嚼，看着前方，语速也慢了下来，“我天生就是一个很简单的人，也不喜欢凑热闹。”接着我又用调皮的眼光审视着他，“是不是觉得我的名字很老气啊?很多人看到都这么说，感觉像是见到了一个出土文物似的。”

“很好的名字。”他低下头，夹起一小团饭放进了嘴里。

“啊，施尔前辈，我忘了你姓什么了……”我低低地叫了一声。带着一些歉意和害羞，还有不可抑制的想要探寻的意愿，我下意识地伸出一只手撩起了自己的额发，面向着他。他愣了一下，又一次把胸牌拿了出来，放在桌面，并把它轻轻地推到了离我很近的地方。我用指尖逐一点过印在上边的三个烫金的字，小声地念道：“郑——施——尔——”在每一个字上我都拉长了发音，然后我再看着他的眼睛，对他说：“好了，我记住了，郑施尔……”我的欢喜一定从我的眸子里跳了出来。他低头，收回了自己的胸牌。

“我喜欢画画，画些工笔画那样的东西，哈，也许称不上工笔吧。现在很少画了，没有学习过。打心底还是很喜欢。”

“做喜欢的事好啊，去当个画家。”

我还想跟他说话，他已立起身，有些匆促地说："我要走了……我的司机在等我。"他从我的背后走过去，就这样离开了餐厅。

我独自一人继续吃着盘子里的食物。突然有些奇怪，这张餐桌真清静。周边座无虚席。与郑施尔用餐时也有人路过，他点头，彼此简洁地应答一两句就离开，再没有别的人在他身边坐下来。

鸟洲

"武撄宁!"我听到了一声呼喊。好久没有人这样叫我的全名了。黎丽还是一张椭圆脸，不过比起我们最后一次遇见时，她又胖了不少，眼角眉间的皱纹因为她的笑而十分明显。"啊，你还是老样子！一点都没变，一点没变！我一看到就认出来了，好多同学都认不出了，不说真认不出，一个个地发了胖，好几个都秃了头，老倌子婆婆子一样……"她一边靠近，一边自顾自地说着。还是在接到小植死讯后的几天，我遇到的她。她咋咋呼呼的样子跟现在一模一样，只是那时她的热情里多了一丝沉重。

"商小植死了！淹死的。在青湖里。我去了追悼会，我男朋友跟她男朋友有来往，我跟着我男朋友去的。"

"我也听说了……她这样死了，她男朋友什么反应?"

“他啊，一直在灵堂里，打了好几个电话非让我男朋友去送礼金，还要他邀另外几个朋友去坐夜，接连打了三个通宵的麻将，我男朋友说实在是太累人了，最后那个晚上就在夜里十二点前回来了……”

“她男朋友没说小植为什么要寻死吗？”

“她是去寻死吗？”

“不知道，猜的，好好地谈恋爱，为什么突然会死，总是他有对不起她的地方吧。”

“谁知道呢。她家里都说不报警，法医鉴定要解剖的，不想把她给剖了。她家里都没说男的一句啰唆话。都要结婚了，男的一直对她家很好，谁会想到出这样的事……”

那个时候的黎丽一心计较于小植男朋友在丧事期间那些强人所难的想法，还是一个神经很大条的姑娘。那个时候，她大概不能像今天这样注意我，发现连我自己都未能觉察到的那些异样的表情吧。她看着我惊诧地说：“你是没有睡醒吗？怎么眼睛这样没光的样子。”这可是滨江路啊。密集的车流带过一股股的风尘，没有红绿灯，车速可不慢。从前我偶尔会见到穿越这条道的人，冬天或者夏天里，穿着白色汗衫的老头儿，趿着家里大人的高跟皮凉鞋的身材瘦长的小姑娘，睁着一双惊悚的眼睛把自己套进皱皱巴巴的棉睡衣的女人，用一根银白色的金属簪子挽住花白发髻的矮个子老妇人，他们手里拎着一袋垃圾，有时是一把蒲扇，有时是空着一双手，木然地行走着，来与去都似梦游一般。他们中的某个被车给撞死了。

而今注意到我的人如果不是黎丽，大概也会看到一个梦游的年轻女子，连唇色都有些苍白，齐肩的直发，清瘦得仿佛一阵风就能吹跑，又因为那份白和瘦衬得个子极小脸皮稚气，像个刚升高中的小女孩。有没有搞错？不时会遇到这样的一句惊叹。像我这样的人，脸和身材是能骗人的。所以，当那天我站在郑施尔的身边说出自己的年龄，他低下头来看了我一眼，又把目光转回到前方，好像什么事情都没发生过。

那是我们第一次外出。风很大，我用手捋着覆在眼睛前面的那些乱发，看着几步外的细浪。我们站在青石板搭起的栈桥上，那是一个小小的渡口，在衡阳南部的一个荒岛上。那座岛屿因为栖息着许多的雀鸟而被唤作“鸟洲”，每天只有一个班次的快艇，我们午餐后被送上岛来，按照约定的近晚餐的时间在那儿等回程的船。那天我们并没有看到多少的鸟，岛上藤萝叠嶂，叶色太深，映在瓦青的天里混淆成一片。只有几株黄色的山茶花被偶然发现。我看着水拍着脚下的石头，一边搓着手背。微微发红的一片，我想是不是皮肤过敏。我说：“我过敏了。”

他看着我向他伸出的双手，这两只手的手背红彤彤的。“是你对气温很敏感，”他说，“把手放到口袋里。”我知道自己的衣服并没有口袋，还是下意识地将双手往腰际探了探。盯着他的衣襟，我问：“你可以捂着我的手吗？”

“可以啊。”他说。他的手指很长，轻易就将我的双手给完全地封锁住了。我直视着他的眼睛，说出了那句有关年龄的话，不知道为何要这样说，却并不为他的沉默而感觉尴尬。我想：他是多么冷静的一个人啊。就是在那一瞬间爱上他的吧？我总是在不停地说话，在见他的第一面时，我也说了许多的话，直到这一瞬间，我觉得不可思议，分明我是一个非常害羞的人啊。“你的太太就是那样一直昏迷，再也不会醒来了吗？”我兴致勃勃地问道。

“哦，大概吧……”他有些为难地说。被旁人提及一件不愿触碰的事情的时候才会有的那种神色又一次从他的脸上表现了出来。这是第几次这样问他了呢？记得第一次这样问起，是那次会议的最后一天的午餐之后，我与我的那位女领导一起就餐，出门时我的女领导被她的一位老相识叫住，她让我先走一步，就在回酒店的路上，他从我的身后出现，与我并肩走着，跟我说起了他的妻子。

他妻子已经昏迷七年了。先天性的脑血管瘤突然破裂。毫无征兆，那是一个周末的早晨，他像平常一样出门，在楼道下遇见了晨练归来满头大汗的她，她对他说：“祝休息日工作的人愉快啊。”然后就跑上楼去，说是要继续制作纪念册。那些册子她连续几晚做到很晚，是她规定自己必须当天完工，在周一时带去园里，那是送给学生们的礼物。她晕倒了，就在她进房间不久，直到近午间时，他打她的手机，想告诉她自己又不能回家吃饭了，而她迟迟未接。沉睡之前，她是一位高级幼师，擅长唱歌和跳舞，虽然她没有生过孩子，但是任何一位家长都会赞叹，她对孩子们的耐心和温存比起亲生的父母来有过之而无不及。

“她是一个非常善良的人。”我知道他有多爱她，也丝毫不在意她不能生育。自从知道彼此的血型不匹配，他们就不再有这样的想法了。“很开朗的，运动天才，滑冰，羽毛球，高尔夫……样样都是能手。长得很美。第一次我见到她时，是在省厅举办的文艺晚会上，她跳舞，像只蝴蝶，在那一溜的舞者里，只有她的舞步最轻盈，肢体最柔软，连同她的表情——她是真正的舞者。如果不是她那么爱孩子，执意要当幼师的话，她会成为一位著名的舞蹈家。”他说。

关于永远

从鸟洲到我的小镇，的士车程需要三个小时。我被车上的暖气包裹着，一路看着车窗外渐暗的天空，直看到路灯亮起，天地一片沧桑的昏黄。我拿出手机，敲下一行字：“今天我看到了山茶花，很喜欢，但是我没有去摘它，我知道我不能带走它。”

“你把它带在心上。”这是他的回复。仿佛见到了他打字时的神情，他用惯有的严谨的态度按下手机的键盘，每一下都很缓慢，仿佛他在做着思考。

“永远……”隔了几分钟，这样的两个字出现了。我的心怦然一响。永远，这是一个什么样的概念。

我开始跟司机说话，我们已经默然不语地在路上同行两个小时四十分钟了。他说这样的远途业务他接得不多，出车要讲诚信，他从不绕远路诓乘客，又告诉我十二点前可以到达。他问道："送你上车的是你的哥哥吧？"

"不是，"我说，"我的男朋友。"

"哦，看着比你大很多，你还在读书吧？这么小，找男朋友家里知道吗？"

司机是个热心人啊。我紧抓着手机，从收到郑施尔的回复后起，就一直抓在手心里，乐呵呵地笑说："我三十岁了。"我又听到了那声怀疑式的惊叹。但我想的是郑施尔与我相差十三岁，十三岁，真是一个非常好的距离。从前，比我大五岁的男人我便已觉得很老，而当我遇到他时，他的年龄便再恰当不过。

"看你上车好久都不说话，以为你有不舒心的事呢。"司机说道。

"没有，很开心。"

"开心就好。"

凌晨的街道十分静寂，我与司机道别后，在路边站了一会儿。空气清冽。是初冬了。在最快乐的时候沉默、在最热闹的时候逃离的人是很奇怪的吧。我想郑施尔一定无法知晓会议最后那天的晚餐之前，我站在酒店的电梯前，他从远远的廊道的那头向我走来时，向我灿烂地微笑，快到我的面前时，一边用手冲我点了几点，一边叫我的名字："樱宁！"他那么开心地想要与我说话，而我只木讷地看着他，然后低下了头。他对于我此时突然的冷淡一定会感到意外吧。那天他和我一起等着电梯，而我也在等着我的女领导，我将随那位女士在晚餐后回到我们的小镇去。

“今天就回去了吧？”

“是的。”

“到家要两个钟头吧？”

“是的。”

电梯门打开，我的领导好像掐着点一样过来了，我们一道走进了轿厢里。我知道在我身边的他低下头来看过我几次，而我装作毫不知晓。酒店的台阶上，他说了声：“再见。”声音轻得仿佛微风吹过耳边。我呆了一下，他已大步向前走去了。

他的背很直，腿很长。深蓝的羽绒服和藏青的西裤好配。我看着他的背影，就像那几天里每每偶遇时一样，那个背影简直快要让我着迷。他的脚步那样轻捷，速度快得惊人，对面走来时，分明看着还很远，不几秒就到了眼前。有一次从会场出来，在门口见到有人与他攀谈，我径直走进了七楼的电梯，平稳下降到四楼时，电梯门打开，他出现了，当他站到我的面前时，我感到非常惊奇。而他更多的是从我身后超过我，那么轻松地超过去，甚至都没有发出一丁点的鞋底与地面摩擦的声响。我曾试着小跑着，却也无法追上。

当他以飞一样的速度离开的时候，我下意识地停了下来，鼻子酸楚。我的女领导转身来叫了我一声，惊讶地问我这是要哭了吗？我说不出理由，她怜悯地叹息了一声："你还真跟个孩子一样！"她对我是非常失望的。连同那份该死的报告，她以为我能胜任，而我辜负了她。

"你结婚了吗？"黎丽问道。她的第一个孩子即将升初中，第二个孩子也已五岁半，罚了不少款，户口解决了。钱是赚不完的，还是人要紧。她这么说着。

我说还没有。她问道，还是那一个？我说是的。你谈了蛮久了！她感慨地说。怎么不急呢？不急。我们好像即将就此失去话题。突然我问道："那个……商小植刚死的那时候，她男朋友报信给你那时候的那个男朋友的时候，你知道他是怎么说的吗？"我似乎是语无伦次，她有点吃惊，同时掩饰不住自己的不悦，匆匆地说："那个时候?!"见我还在候着，就说："那么久了，你怎么还记着她？"女人们拼了命地遗忘曾经的恋人，就像是在抹杀着自己的失败纪录，她希望她的失败也被别人彻底遗忘，而这点愿望在往后的岁月里总在不经意间被摧毁，好像背在布袋里的一条毒蛇冷不丁就溜了出来咬她一口。她生气是很正常的。而我太想问了。

"谈久了不好。"黎丽说。我笑了一下。我和我男友的交往起先他家里不同意，我的家庭条件与他家所预期的相差太远，后三年里他们却反过来问了几次何时结婚，而我和他在领证的这个问题上一直都很散淡，有一部分的原因是我们在不知不觉中已经越过了那个非要用形式去固定彼此关系的阶段，另一部分原因是我们之间的分离。在经营宠物店之前的几年里，他都在外地，我们已习惯于冷淡后分开，又在分开一段之后重新复合，几乎没有争执过，我们如此平静。当然我也流过产，只是一次之后我就注意保护自己。那次流产很顺利，使用的药物，一个稍长的例假般的体验，分不出哪个血块就是未成形的婴儿，哪怕彼此一点儿都没有产生过“孩子”这件事情的需求，吃药的前一秒我也有过犹豫，吃药之后的几个小时里我也会懊悔。当血块全部排出之后，一切就都烟消云散了。

坚如磐石的生活

我和我男友心知肚明，终有一天，我们还是会结婚。这就是生活。坚如磐石的生活。信仰一般的生活。这样的观念不曾有过丝毫的游移，即使在郑施尔完全占据了我的心之后。“今天就留下来，不回去了吧。”第一次留宿，是我说的。

我们站在影院的门厅，已经是深夜，突然下起雨来。他许久没有答应，久到我以为他在拒绝我。我念叨了一句：“那个人就那么死去了……”这句话在电影放映结束时我就说过了，我很诧异影片里的一个重要角色竟然在第一部时就挂掉。那是一个系列电影。

他向我伸出手时并不看我，把我的手握在他的手里时也没有看着我，他用食指的指甲轻轻地一一挑过我的指甲，那种感觉并不是很舒服，然而我一声不吭地任他挑着，他拉起我的手举到眼前，就像举着一本打开的书似的，说："你的手很小啊。"他说得很认真，也像是在自言自语。我说："是的。"雨越下越大，许多观众从台阶上跑下去，站到了路牙边，就在那大雨里向过往的的士挥手。

我们并排躺在旅店的床上。床单洁白，我们仿佛躺在雪地里。我好想跟他说起小植。

小植是我的小学同学，她家就在我家的附近，但我从没去过她家。她长得很好看，鹅蛋脸，双眼皮，头发很黑，像个白雪公主。但是读书时没有谁说她长得好看，她学习成绩不出挑，又不活跃，毕业之后，许多同学都忘了她。就像她从来都没在那个班里一样。那时我和另一个女生交好，晚上常常去那个女生家，有两次她也去了，也是安安静静的，好像一句话都不敢说似的，就低着头坐着。

有一次我和那位女生在闲聊时谈起班里长得好看的同学，我说其实小植长得很不错的，那位女生瞪了一下眼睛，她没有从别的人那里听过这样的话。她的反应让我懊恼，每当我们说出一句与大多数人意见相左的话时，便会被视为另类。我一生都在惶恐这样的情况出现，对小植的那一点点印象正是随着这桩闲事而无形中得到了加深。后来她读医专，毕了业在镇上的一个三甲医院当护士，与一个在事业单位上班的男人谈恋爱。那个男人的单位出了名地好。直到现在还是很好。他爱吸烟，她怎么劝他都不听。她为他怀过两次孩子。

后来的这些事都是她在电话里跟我说的。第一次接到她打来的电话时我感到非常意外，完全想不到她会来电，当然也不会追问她从哪里找到我的电话号码的。我们已经至少十年没有对方的任何音讯了。她前后与我通话四次，她的第五次来电我没有接。不久她就死了。是自杀。她的家人好像一点都不悲伤，死了一个亲人，跟死掉一条狗没什么两样。

为什么要这么说呢，她的那个原本没有工作单位的姐姐小执冒名顶替了她的那个编制，一直在那家医院里工作。没有当护士，因为她没有这方面的学习经验，就一直在干后勤。她的死就这样被瞒了下来，瞒得这么巧妙。在我们那个镇上，一个有正式编制的工作岗位多么难得啊。绝对是她们家与单位串通好的结果。竟然这么多年过去了还只是一个半公开的秘密。每当我想起这些，就会觉得她是那个家里多余的人。她死了，正好成全了她姐姐，她死与不死对那个家来说一点影响都没有，她丢下的饭碗有人替她端了——不是惋惜，而是愤怒，我应该是这样的语气。

我看着大花板，低声地说："我有个同学，叫小植。死了很多年了。"郑施尔闭着眼睛，好像没有听到一般。"都不记得她了，同学，她的家人，没有人记得她……"这不是刚才的我所想的那番话，也不是那般的语气，我已经说完了，就是这样。

"你还记得她。"他说。他侧过身来，开始抚摸我。我的右臂，我的腰与胸侧，从胸侧到腋窝。他的手支着我的腋窝，并不为了将我带转，同样向他侧过身去。我闭上了眼睛，他的手指所触碰过的我的皮肤都在那瞬间感应到了细微的蓝色的电流，每一个毛孔都打开来，微微地酥麻与刺痒。他的手却很快离开了我的身体。

“你……”我等待已久，刚说了一个字，他就轻轻地摇了摇头。他在示意我不要出声。阖着双眼，他平躺着，我听着他均匀的呼吸声，感觉夜透过了窗纱，它淹没了壁灯，从墙壁上爬过来，它爬上了我的脸，我的胸口，我的双腿，把我给结结实实地覆盖住了。他是多么安静的一个人啊，整整一个夜晚，他都没有翻过一次身，没有梦呓，也没有磨牙。我怀疑他是不是睡着过。我一秒钟都没有睡着。

从此我开始了无眠。我在许多的夜晚里独自放映着我与他的电影，每一次见面之前，我都会轻松地说：“希望能见到你啊。”每一次分别时，我也会轻松地转身就走，什么都不说。我们极少见面。当我发现阻碍我们见面的并不是地理的距离，我开始找寻相见的理由，我把那些理由酝酿了千百遍，其实我越来越清晰地知晓，毫无理由。无时无刻，逛的街市，走的商店，翻动的书页，播放的电视剧，抓住的茶杯，坐着或者躺着，他如影随形，这等同于我生命里的每一刻他都不曾离过左右。然而时间往后走，我缩在等待的壳里，战战兢兢，无法在想念他的时候发去一条“想你”的消息，一次次把手机拿出来，看着那个名字许久，又把手机放下。他需要我是安静的。我开始怀疑，他已抛下了我吧，又觉得好笑，这是自以为是。我从不曾与他同行过。

那个遥望的人啊。在他对我说“再见”之前的那个下午，我从会场上知晓了他。他并不是普通的与会者，他在他所说那个组别里身份特殊分量极重，整个业界无人不知无人不晓，而他遇到了一个孤陋寡闻的我。知晓这一点时，我恍然记起我们的初遇，他放下尚未吃完的午餐匆匆离去，说他的司机在等他。我想怎么会有私人司机来这里，大会允许如此做吗？那可是规格很高、规矩也极多的一次峰会，没有什么人可以自由行动。这念头一闪而过。只是一闪而过。

然而这并不是重要的事。一点也不重要。让我暗自惊讶的无法忘怀的是他朝我招手与微笑的那个样子。几天里，每一次遇见，不论身处在一个什么样的环境里，他都会主动朝我扬起手来，从来都不敷衍，诚心诚意地，看着我，只看着我，微笑。我的工作让我之前与许多同类型的人打过交道，我已习惯于他们人后热情人前冷淡，他们心中有所忌惮，担心授人以柄，只要有一个外人在场便是举止岸然，他们会怀着一些不可告人的心思，或者也不会有多少恶意，就那样以极其熟练的手法进行角色调换。而他不是。他从各个地方遇见我，他的反应引来身边人的目光，而我只顾着高兴地回应他，并未追究那些目光里所包含的成分。

其实不用追究，社会的规则与潜规则都摆在了明处。那就是让我念念不忘的原因啊。不因他的身份，不因那些显赫的背景，不因其他。我很怕他会如此考量，我一遍一遍地对着化在空气里的每一个他说：“不是你想得这样，与那些无关。”而我也在竭力反思我是否有过误导他的言语与做法。每当这个时候，那些逝去的时刻好像一枚枚的针尖，透过日子的口袋里狠狠地往外戳。我像一个极度饥饿的觅食者，从这些清寒的光点里搜索甄别着他爱我的证据，他是爱我的吧？一想到他曾经爱过，我就被刺得碎碎地尖尖地疼。我泪流满面，往往从床上爬了起来，大半个夜晚都坐在靠近阳台的一张沙发上，沙发旁边有盏台灯，我看着灯罩边沿，那些细细的丝绒穗子，将一张张的抽纸按在眼眶底下。临近清晨时，沙发上的纸团堆成一个小小的山丘。而我的男友还在床上睡得很牢。

当我与郑施尔第一次留宿之后的那个早晨，他站在路边，把手插在口袋里，有一辆的士径直停在他的面前。他从不叫车。好像他生活里所有的一切都是不请自来，用不着他多花一点心思与气力。当我钻进的士的一瞬，我好像抵达了人生的尽头。那不是生命的尽头，是一个乐章的休止符，一个黑底白字的禁行指示牌。不，是一个渡口，除了白茫茫无从下脚的一片，什么也不会再有的人生的尽头。

沐浴者

在成为一个狂热的沐浴者之前我先是一个嗜睡者。我男友突然摇动我，或者烦躁不安地大叫一声："你还在睡啊？"我的身体总是不明原因地疼痛，不只是夜晚，整个白天随时都会感到呼吸潮湿，不敢稍重地呼气，那样很容易变成叹息，而我不分场合地就开始了流泪，抽着鼻子，喉管好像卡了一团什么东西，直到眼球布满血丝，眼皮和嘴唇都高高地肿起才罢休。从前我能随着晨光的到来而自动止住悲戚，这种控制力渐渐被磨蚀掉了。

“你又怎么了?”男友问我。他不常这样问。习以为常的定力使他飞快就顺应了身边的一切变化。见怪不怪。我说我可能得了抑郁症。那就去看医生吧，他说。我们所居住的镇上没有给人看抑郁症的医生。筹备了一些日子，是说过什么什么时候去省城啊，也就是说说。相比哭泣，我男友更乐见我的昏睡。一个哭泣的人什么事情都做不了，对于旁人来说还有些添堵。而睡就不同了，它是无碍的。我总是从头一天的晚餐之后一直睡到第二天的上午十一点钟，又在中餐之后睡下，直到下午的四点半。起初我会做梦，洞窟，车站，楼道，黄土坡地，长满荆棘的荒丘……我不断地走着，煞有介事地寻找着什么地方。后来就没有梦了，只是浑浊的一团。既不浮也不沉，我停止在一个水平线上。听不到多少声响。我男友说我从前很警醒，他稍微的一个翻身都能令我立刻醒来，现在即使是他叫我，叫的音量不够高，叫的次数不够久，我也一动不动。他开始怀疑我是假装，因为与他生气而装作睡觉。后来他必须大力拍打盖在我身上的被子，或者翻开被子摇晃我的肩膀我才会睁开眼睛。

我从没有生过他的气。无法任性和别扭，从始至今，他是那个给了我饭碗的人啊。我只是悄然入睡。睡眠带走了我的一切力量，像套娃般封在我身体里的我的灵魂停止闪动。如果我有灵魂的话，曾经一定是发光的，就像罩了一层红色的电网一样，与别的每一个活着的人一般无二。就这样睡下去吧，我这么想着。我的男友把唤醒我吃饭当成了一件例行的公事。当我好不容易恢复一些清醒的意识之后，我上卫生间，在这个部位或者那个部分会有一些疼痛。钝钝的痛感像卷了刃的刀。我以为我将睡着死去。

一周前我在睡眠里被心悸的感觉惊醒了。心脏突跳着，一下一下擂着我的胸腔。我听到楼上在放着俗气的流行歌曲，一声追着一声唱着。我摸到了手机，打开，还有电，有未接电话的短信提示，但如我所料想的一样，郑施尔的名字不在那一溜的提示名单中。我回拨了其中的一个号码，那是我的女领导打来的。手机传来彩铃声，古典钢琴曲，那是谁的手指在琴键上炫技，听得凌乱，尖厉，像刀尖猛烈地刮削着动物腿骨上的白筋红肉。对方没有接听，古典钢琴曲与流行歌曲混在一起，两者都在极尽噪闹，目的却是相互排挤，我皱起眉来，似有猫爪划拨着我的脏腑，我真想扔掉手机。这一瞬间，手机通话了。她问我怎么整整五天没有理由缺岗，准备什么时候去上班，如果下午再不来公司里就永远都不用来了。她挂掉了电话。

双臂一阵尖利而又绵密的麻木感传来，鸡皮疙瘩一瞬间从手背往肩膀上蹿过去，心拱了起来，拐成了一根手杖，直顶着喉咙。夜蔓延了过来。他在用心地倾听我的心跳。我伸出一个手指，用指尖轻轻地触着他鬓角，轻轻地触着他的脸。这个疲惫的人啊。他连呼吸都没有波澜。他不需要我做出什么反应来，他的世界是静止的，像一泓墨色的渊。我把手放了下来，看着天花板，假如天花板是一面镜子，照出的是两个多么僵硬的人，仿佛就要死去，仿佛死去已久，仿佛是一个关于孤独的契约的定格。

手机寂静无声。我还把它按在耳边。阴暗，苦闷，无可救药……种种莫可名状的情绪扑了过来，我吸着鼻子，叹气。奇怪，没有流泪，连泪水也被抽走了？不知多久后，我掀开了被子，脚步虚空地往卫生间走，鬼使神差地扳开了燃气热水器的阀门。一股水流倾泻而下，热气腾腾。我把手伸到了水下，接着是整个头顶，水沁入了我的衣服，沿着我皮肤的纹理走着，曲折或者径直地走着。我抬起头，张开嘴，水冲到了我的口腔里，冲到了我的鼻孔里，我被呛得吭吭地咳，鼻子的酸痛触动了颅底的一根引线，连带眼眶胸腔哗啦一下全都揭开了，乌蒙蒙的气体好像从胸口眼睛耳孔和嘴里随着满盈的水往外漕。打了肥皂，手指滑过皮肤，所积的污垢还有皮肤底下那些不可眼见的极其细密而又滞重的东西从毛孔里钻了出来，又被水流给冲刷到了脚下。我从头发丝搓到了每一个脚指头，关上龙头，我感到自己像一株倒伏的植物重新挺起了茎秆。然而当我套上衣服，走出浴室，一切被冲走的浊气尘垢与无以为述的所有压在我身上的东西又卷土重来。

我被压得快要迈不开脚步了。而我不得不去上班。五个工作日，去单位的路，我都带着时刻想要折返的心。下班便是淋浴，我抵制不住这冲动，每天都会提前下班。冲洗的时间越来越长，次数越来越频繁，手掌从指尖开始收缩，苍白，褶皱，沟沟壑壑，一层粉皮一层粉皮地脱。我男友说太费水了太费水了，但他放弃了劝阻我。坐在办公室，面对着电脑，我敲不出一个字来。我的领导无数次催促我快拿出报告。我对她的焦急烦恼无动于衷。她找我谈话，我懒于应答。最后她说，你去看看医生。

渡口

我并没有去医院，而是径直往“爱犬之家”走，那里的卫生间虽小，却是与我相距最近的一个可以洗浴的地方了。就这样我遇到了闹事，遇到了来洗自己红色头发的女人，遇到了小植曾经的同学。站在车流汹涌的滨江路边，我又一次站在了人生的尽头。白茫茫一片，就是我的全部所见。我迈下了人行道。一步，两步。“嗨！”一个很大的声音从我的背后响起，猝不及防，把我吓了一跳，惊愕地转过头去，是那个红头发女人。她把一个红色塑料袋伸到我的眼前，里头似乎是珊瑚绒毯子或者旧衣服之类的纺织物，“帮我分一点！”她笑着嚷道，她的手里还拎了另外一个鼓鼓囊囊的塑料袋，也是些杂七杂八的东西。

“要扔垃圾吗？”我想问她，但我没有问，这路边离我们几米远的地方就有垃圾箱，她大可将这两个袋子丢到那里。“走，到对面去。”她说，“看着车再走。”我跟着她走过马路，沿着人行道往前，走到水文站的附近，在一个很大的铁质垃圾箱前停了下来。原来她想把东西丢到这里。因为它够大够结实，所以她才非走出这么远的一段路？直到她把那铁箱的活动盖板拉起来，将两个塑料袋塞了进去，我才看到“爱心捐赠箱”这几个字，原来那不是垃圾箱。这个小镇上有了爱心箱，都不知什么时候有的。每天从这条路来去，我就像一粒无知无觉的尘土从身边的风景里滑过。

“你看到那个渡口了吗？”她指着沿路麻石栏杆的一个缺口处问我。我看到的是一个往下倾的斜坡。

“你跟我来。”她说着便往那斜坡走去。

她走路的姿势较为平稳，连肩膀都不晃动一下。没有任何一个迹象说明她有丝毫的疯疯癫癫，她的眼神与我交会，就像她发笑的那个时候看向我时一样，笃定，明亮。她不带多余的表情的脸显得十分肃穆。去哪里不是一样？我没有好奇心，只是没有必要拒绝她。拒绝也是需要心力的。

这是一个被废弃的渡口，十多年前，一座大桥横跨两岸后，这个渡口就再没有船只停泊过。斜坡的水泥地面已经破损不堪，一片泥泞。我还在睡着的上午下过一场雨，冬日里阴天的地面可没那么容易干。地面黑黝黝的，好像是因为经年的风霜无人搅扰，在这里寂寂遗落腐朽。从这条斜坡走到一个高高的墙塴的前面就到了头，实则是堤基，我们已走到了滨江路的脚底，拐过这里，再往前，是一条铺着碎石块与沙砾的小路。江水就在这条小路的那一边。

我们见到一艘非常破旧的小船搁在路边，船头上有盏老式的带玻璃罩的马灯。那灯早已属于淘汰的旧物，除了现在偏远的农村里还有遗存，在镇上的那条日杂商品老街上，还有一两个店铺会有经营。镇上的人有大年三十“送亮”的习俗，就是在那天晚上给死去的人的坟头放一盏持续亮到天明的灯。马灯到了现在，最多也就这个用途。那个灯盏锈蚀得太厉害了，估计稍微有个磕碰就得散架。船舷靠近沙石小路的这边有个缺角的石凳，凳底有些黑垢与青苔，但面上十分干净，就像常有人在此落座一般。除此之外，什么古怪的东西都没有。这也称不上古怪，不过是一些废弃物罢了。

“这个渡口不一般，”红头发女人说，“很不一般。再过两天，如果太阳刚刚落水的时候，有晚雾升起，就会看到非常特别的景象。无法解释。只有看到的人才明白，一般人是不会相信的。”

“是什么景象？”

“想看到的，最想看到的。有些人心里惦着一些事，说胡思乱想也好，说执迷不悟也好，就是心心念念放不下。这些人如果运气特别好的话，就能在那里看到自己日思夜想着的那些东西。”

“你看到过？”

“没有。我也一直想看到呢。十七年前有过一次，是听看到的人说的。好了，走吧。我要走了。”

从渡口回来之后，我在阳台边的沙发上坐了好一会儿，回想着那个红头发女人说的话。我问她叫什么名字，她说：“马蔚。”

“后天你会来吧？”

“当然，一秒都不差。倒是你，洗个澡都那么拖拉，到时可不要错过了。”

我把手机的闹钟定好了，过了一会儿又重新设置了一下，从五点到五点二十分之间每间隔五分钟响铃一次。我去了浴室。这次更久，出来时我的手脚有些发抖。

约定的日子

我从无边无涯的睡眠里醒来，混沌深处有个凿子在撬着我的身体的某一处。我男友没有来叫我。昨天晚餐时也没有叫我，我是从头一天的晚间八点钟睡到第二天的午间十二点的。起床，我有些踉踉跄跄。未老先衰，我这么想着。即使饿得厉害，还是去了浴室。无法抵制沐浴的想法。我是在用沐浴去抗拒睡眠吧，却像镇上很多戒烟的男人一样，为了戒烟，去嚼食槟榔，结果烟没有戒成，对另一样东西又上了瘾。

“小武，小武……”马蔚在叫门。边叫边拍，拍得铁门啪啪响。隔着一个客厅和一个廊道，真想象不到她是用到了什么样的音量和力道才把声音传到紧闭的浴室里来的。

她是给我送闹钟来的。一只粉红色的小闹钟，很简单的式样，似乎没有花她多少钱。“我怕你迟到，定好了，到时会响。今天五点会响一回，到时你按顶上这个鼓起来的地方，对，就是这里，按了它就会停掉闹铃，但是它又会自动跳起来，明天又会照常响。”

“谢谢你啊。我定了手机闹钟。”我感激地说。我的手还在微微地抖。

“那个靠不住，还是老办法管用。”她说，“你这个时候没到店里去，吃饭了吗？德龙那里已经吃了饭了，来了个小妹，给你们店里帮工的。昨天起就是她在做饭，很麻利，二十多岁的人能那么肯做的少。”

她把我带到了她的店里，下了碗面条，压了两个荷包蛋在碗口，说吃，吃，看你瘦的。

吃完我准备离开，她留住我，说是吃了茶再走。她在隔板后面作为厨房的那小片区域里煎姜盐茶。那是一种在湘北地区才流行的茶。把生姜捣成末，随开水将炒熟的黄豆黑豆等豆类与芝麻、盐、茶叶一起冲泡，喝时豆子芝麻都要跟着下肚，所以谓之“吃茶”。我坐在沙发上，把腿脚放在通了电的烤火灶子上。天气已经很冷了。手机此时嘀嗒一响，是微信，郑施尔发来的。

我的心好像被一把揪起，他给我发来了信息！已经失去联系很久了，四个月，还是半年？我以为他已做出了决定，永远都不再与我发生任何的交集。往上翻，是十月七日的留言。离我们上次通联的时间原来过去还不到三个月。“这段时间可好？”是他在问我。我的手指划着屏幕，只划了一下，就到了通话页的最顶端。相识两年，联系记录两页都不到。我死死地盯着那几个字，却不知道如何回复。时至今日，他的消息仍旧像从前一样肆意地拨动我的心弦。他并不知道，他的来信，他对我的留言是否作出回复，就是这样简单地动动手指头的小事就决定了我全部的悲伤与喜悦，以及数十上百天的阴与晴。

告诉他我迷上了洗澡？除此之外，我的生活里再没有别的要事了。我的心像冰凉的丝缎滑过。“谁的信息啊？”马蔚问道。她递了杯冒着白气的茶过来，递给我的时候把杯柄转向我。

“一个朋友。”我说。我的嗓子像被谁掐住了似的，发出的声音有些哑。已经如此定义了我与他的关系，我却感到十分的不舍，无可奈何，仿佛看着烈火将眼前的一切烧成灰烬。在我跌入的睡眠里不再有另一个人出现，那个有时穿着白色衣袍的，有时戴着平顶帽子的，有时还是赤着双脚的人。我心知是他，也心知我的失却。人间事都经不得多想，梦也似这般。索性连梦也省了。

从“爱犬之家”前经过，靠近卫生间的门的顶框边，一个年轻女子正伸着一只胳臂，像只壁虎似的几乎紧贴着墙壁，她应该是想要将挂在上头的那面时钟取下来。她脚下垫了一个矮凳，上身有些摇摇晃晃，另一只手里攥了块抹布。那个钟是该擦擦了，很厚的灰尘，在这个小店里，每一处都囤满了灰尘。水池有黄黑的垢渍，不锈钢的清洗台上布满了水印和狗毛。我有多久没有帮我男友为这小店做过清洁工作了呢，都记不清楚了。我们居住的那套房子也早已被各种未整理的东西和无用的杂物侵占，几乎没有了落座的地方。所有与我有关的一切都太乱了。此刻我男友走到这女子的身后，他的手臂下意识地伸了出来，是担心她会摔倒吧。我往前走着，恍恍惚惚，像翻卷在风里的一块碎纸片。

“这段时间可好？”一句话，在我的脑海里回旋又回旋。我想，郑施尔，你呢，你还是那么忙吧，你不会让自己像我这样昏睡，也不会像我这样迷恋洗澡，你也不会把自己的生活弄得一团糟。你不知道想念是什么。其实你是这么冷酷的一个人，然而我还是爱你，用这颗遇见你之前从未爱过的完整的心。

那每次一眼见到我时的他的灿烂的笑脸。当我经过几个小时的车程来到他的面前，他对服务生说：“热的姜汁。”他把那杯酽酽的姜汁亲手递给我：“樱宁，喝这个，你有些晕车的样子。”他不笑时眼里满溢柔情。“再见，樱宁。”他关上了车门，那声再见里的怅然让我怜悯。他初见到我时，我孩童一样地满怀着无知的勇气。他所喜欢的我就是这个部分吗？第一次，我没有回复他。

必然地相见

“你不愿意就拒绝啊。”

“他打我电话，要我去他那里。”

“所以你就去了，你还自己买药带了去——你怎么会这样？我不能理解，可你已经到了这一步了。”

“我一天一天地睡不着觉，这两天我连饭都吃不下了……”

“你跟家里人说吧。”

“他们知道，他们只是骂我。你说，我要怎么办呀？”

“我不好怎么说了。你也跟我打过好多电话了，说来说去就是这些。要我就了结，痛快了结。唉，看你这样活着真没意思！要不你就拖下去吧，总有一天他会跟你结婚的，不是有人那么做也达到了目的吗。”

“叮——嘀嘀嘀嘀……”闹钟，手机，同一时间响起，它们轰炸了我的大脑，像打了强心针一般，我从沙发上陡然立起。头发还没有干，就在刚才，洗完澡的我连吹风都拿不起，像一摊烂泥留滞在沙发里，耳边又一次出现了与小植最后一次的通话。去渡口。去渡口。我对自己说。

我向那里出发。沿路的枫树一片片掉叶子。岁月枯萎。

一轮红色的夕阳就在路口。我从未见过那样的夕阳，明亮，温润，再没有一丝多余的光芒，多么纯净的红色，大得令人吃惊。我每朝它走一步，它就下移一些，降落的速度以秒计算都觉仓促。我下意识地加快了脚步。还在斜坡上，它已经沉下了一半。我跑了起来，心想快些啊快些，暗暗埋怨自己的腿和脚不听使唤，大口大口喘气。一只脚踏到了水，终于，我抵达了渡口。

夕阳就在我抵达的那一瞬间完全地隐没，在它消失的地方，江水与天空同一颜色，是白色的雾气在升起。从遥远的长长的江的那一线漫过来，西边的那座大桥不见了，泊在江上的巨大的挖沙船不见了，我目不转睛地看着一处又一处迅速没过的物体，江水涌向沙岸，“哗啲——哗啲”轻轻地响。

就这些吗？再没有另外的存在，除了我与这白雾弥漫的渡口。这样想的时候，我才发觉双腿酸涩极了，是方才竭力奔跑的后果，全身软绵绵的，回去的路想来好远好远啊。我快快地走到了那只破烂的小船边，在石凳上坐了下来，背靠着船舷，垂着双手和脑袋。

“嗨，你坐在这里了，”一抬头，一个女人冲我微笑着说话，看样子她是从岸边的那条小路上过来的，“冬天坐石头凳子不好啊，容易着凉。你是个好静的性子吧？一看就斯斯文文的。我爱运动，从小滑冰啊唱歌啊跳舞啊什么都想去学。”她转过半个身子，双手在腰际合掌，然后往上伸，紧紧并拢着的指尖直抵到脖颈的位置。她的姿势很优美，柔韧得好像没有骨头。

“好久没练了，做做这个真舒服啊。整个人都感觉很放松。”她笑眯眯地看着我，“哦，这里还有一个灯。”她伸手捏住那盏马灯的提梁，把它给拎了起来，又轻轻地放下，那灯竟然没哐当一下碎掉，还被她端端正正地放回了原来的位置。我看着她做这些，只觉得她很天真。

我没有回应她。这并不表示我讨厌她，或者我在心生妒忌，她有及腰的乌黑卷发，宛如一道一道的水的波澜，应该是天生的卷曲才会有那么自然的弧度，大约因为跑动的关系，水蓝色手帕系的一个结松松地落到了及肩处，耳边几缕碎发被风轻轻地扬着，脸很清秀，身穿着的运动服也遮掩不住纤长的好身材，嗓音又这么好听，的确是个美人，而我只是太累了，思维像是结了块。

她回过头来看着我，方才那兴冲冲的笑容消失了，认真地问道：“你能听一下我跟你说的话吗？”她把身子低下来了一些，注视着我的眼睛。我看到了她的眼角那些浅浅的皱纹，给人感觉那么年轻的她年纪或许已经超过四十岁了。“你有麻烦，既然我来了，这样看着你，我也很难过。你要去工作，做自己喜欢的事情，每天跟能够带来幸福感的东西打交道。要一睁开眼睛，就有新的计划等你去完成，结束每一个任务，都会让你感觉不错，并且期待下一个任务的到来。人也一样，你要选择身边的人。生活就像你眼前的这条大江，要有陪你一起游的在你往下沉时愿意托起你的人在身边，而不是自己动弹不了还要困住你的手脚或者把你往下拉的那些人，生命不能被那样的人消耗掉。”

我怔了一下，这个女人突然之间向我说教，真有些不习惯。虽然此前我也遇到过脾气直率、爱管闲事的大叔大婶，但他们不过就是那种最平凡的热心肠罢了。眼前的这个女人似乎对我的一切了然于心，我已颓废到这样的地步，连一个陌生人都能将我看穿吗？

“你现在就站起来。”她突然低低地叫了一声。

“唔……”我被惊到，半张着嘴，呆呆地看着她。心想马上就站起来吗？

“你这个样子不行！听我的，马上起身，别再没精打采了。活着是件多么美好的事，不要辜负了能跳能跑的日子，别再干无聊的事，别再这样抱着脑袋让时间白白地流走了。要像奔跑一样地去生活啊。”她满怀担忧的神情，眉头都皱了起来。她的恳切，充满着善意，不禁被感动了。我真的站了起来。

“这样多好，不要忘掉我刚才说的那些话。我很喜欢你，非常喜欢你，”她满意地微笑起来，又恢复了那种轻松愉快的语气，“我啊，还得去个地方，所以，再见了！”

她朝我点了点头，就往那条小路跑去，一路跑着，一眨眼就折过了那道路墈。真是个充满活力的人。而我依然站在那儿，不知站了多久，也许只是一会儿，也许是很久，谁知道呢，我没有看时间，出门时把手机忘在家里了。大雾深沉。

突然地一低头，横倒着的旧马灯闯进眼里，刚刚那个穿运动服的漂亮女人不是把它立起来了吗？我有些迷惑了。是做梦了吧，坐着竟也能睡着，入睡真是越来越容易了。臂膀与后背的皮肤开始瘙痒，回去，洗澡去。我慢吞吞地移动脚步，往沙石小路那儿走，走了一小段又停了下来，转过身去，就像我有心再看一下对岸。这些不过都是我下意识的举动。

在沙石的小路的最末，江水的边缘，小植站在那儿！她留着齐耳短发，穿着缝了一排黑色纽扣的细格子的衣服，白色的布质球鞋很干净。她朝我微笑，抿着嘴笑着，是她，还是读书时候的那个样子。热泪潸然而下，小植，你知道我后来遇见过你的那个男朋友吗？那个眉骨粗大、嘴唇浅薄的男人，他的长相真丑陋，拿着一支笔在桌上指指戳戳，高高在上的神气，他正接待着的是两个前去做法规咨询的普通市民。一个身材苗条的女人带了一个背着黄色小书包的小男生进了他的办公室，那是他的妻子和孩子。他斥责他的妻子，因为她想跟他谈一点孩子学校里的事。他的眼神坚硬，他不爱她。我好想过去问问他，是不是有过一个女朋友，叫小植，因为被轻视被玩弄，投湖自杀了。这个人配不上你，他不爱任何人。你知道我有多么自卑吗？我常常想起你打来的电话，如果那天，我跟你说没什么大不了，这个世界上不止他一个男人，离开他就好了，你没干什么丢脸的事，谈过恋爱又怎样，流过孩子又怎样，丝毫不会妨碍以后遇到另一个人，一个珍惜你疼爱你的男人。这么说的话，你还会不会独自一人走到青湖去？还没有恋爱过的年少轻狂的我所说的“了结”，就是添在你背上把你压垮的最后的一根稻草吧。纯洁美丽的你，孤立无援的你！这么多年来我愤慨不已，在心里咒骂着你的家人，你的男朋友，好想跟人谈一谈你，却不敢跟任何人说起。我逃避了自己所犯下的罪孽。所以你恨我吧？你一定满怀恨意。

但是我见到小植向我挥手。她咧开嘴笑起来，高高地挥着手，仿佛在说："再见了，再见了……"她的眼神如此简单如此宁静，好像从林里跑来的一只小鹿，无忧亦无虑，不因这刹那偶遇而停留，只为奔往属于她的那无可寻觅的绿野深处，永不回头。她的身后有一艘行进中的货船，当我看到货船的时候，她的身影淡去，雾气已经消散，黄绿色的江水的那一边是乌黑的杨树林。小植消失了。我突然止住了眼泪，慢慢地举起了自己的右臂，接着挥手，高高地挥手。

我往回走，马蔚就在小路拐弯的地方，红发如火。

"你看到了吧？"她问道。我说是的。她有些激动地拉起我的手，轻轻地拍了拍，说："我就知道。"

"你呢，也看到了吧？"

"没有，我没看到，"她说，"我妈看到过，她看到了我死去多年的弟弟。我弟弟那时才十八岁，跟邻居家的一个女孩谈恋爱，双方大人之前因为建房纠纷和其他一些事已经矛盾很深了，自然都不同意。最后他们两个一起投河死了，捞起来时两只手还握在一起，分都分不开，就一起下葬的。我见到你，你就是那种被拖住了再也提不起腿脚的样子，就是我妈那时候的样子，那天她是准备去投江的，回来后她跟我说她看到了我弟弟。她活到八十三岁死的，从江边回来之后那么多年一直活得利利索索的。她只跟我说过这事。所以不是你，换作别人，我也是不会说的。你运气真的很好。我弟弟准备私奔的事是我发现告诉我妈的，两头的亲戚这才知道去车站拦住了他们，我妈妈那时有心结，深怪自己害了我弟弟。呵，要说到他去寻死，我也是对不住他的……”

“你弟弟不会怪你。”我郑重地说，这不是句随口安慰的话，我觉得我有足够的了解，几乎要将自己的隐秘向她全盘托出。

“没事，我知道呢，”她摇了摇头，笑了起来，“只怕我是不会看到的，我不像你们，没到那个时候。但我还是想看看，明年还来。”她的语气非常爽朗。如她所言，她仅仅只是想看到那番景象，那番她母亲所见的，我所见的。遇不到，也不介怀。

意想不到的事

回到我男友的房子里，还未来得及脱掉衣服，我的手机响了，黎丽打来的，她说有家书画院需要一个文案策划，代班五天，问我想不想去，那书画院的院长是她老公一位朋友的伯父，正筹备搞一个大型的书画展览，原来的那个策划突然因故无法参与了，时间紧，她老公现在四处找人未果，因为跟那个朋友业务上将有重大合作，他们特别想帮上朋友这个忙。黎丽希望我答应下来，她知道我有这个能力。“你请年休假就行，只是几天。”她恳求着。

我去单位请了假。也许是拜托者的执着我不好回绝，也许是自己的潜意识里本就有着的书画情结，就这样去了书画院。久闻其名的院长是个平易的人，和蔼的声调使人十分安心，除了那些书家画家，还有参与展览的单位代表以及相关的工作人员，事务性的碰面与公务之外偶有的交流都未让人感到不适。纸、墨与笔，画册与卷轴……曾经非常喜欢的东西重现眼前，是一种非常微妙的感觉。接手的任务很重，倦怠与焦灼时不时地袭来，每当这时我就提醒自己，在这里不会太久的，坚持一下，坚持一下。

领受的事必须负起责任，这是从前我一贯的工作态度，即使这种态度我已经丢失了一段时间。最重要的是每当我陷入迷茫状态或者打起退堂鼓时，那个穿着运动服的女人的话就从我耳边响起。我觉得不同寻常，即使那只是个梦而已。她跟小植前后出现，我为小植而来，她是为我而来。我的注意力开始集中起来，时间好像被分割成精细的一个个小块，被一条看不见的红线串联拼接成满满当当的紧密的一天。得到的赞许给了我前所未有的安慰与鼓励。这个地方很对，回去的夜路上我想着。

整个白天没有机会与我男友碰面，很晚他才从店里回来，那时我已经躺下休息了。只有一次，他突然伸手摩挲我的胳臂，他的想法我很明了，毫不犹豫地，我将臂膀从这抚触中抽离了出来，明天还要早起，我还有许多的事要做，这就是我一心所想的。他有些惊讶，我如此作为很反常，但很快他就开始拨弄他的手机。我的睡眠还没有得到恢复，总在半睡半醒之间，几个晚上他背向我，手机的光照着他的脸，卧室一片幽蓝。

第四天的清晨，我往嘴里塞了半个热乎乎的包子，快步走着。我听到了一个久未响起却永不遗忘的铃音，那是郑施尔的专属铃声。他的来电总像一个意外，从前我听到时总会一阵恍惚，以为是自己又一次出现的错觉，只要按下接听键，我的心就跳得很快，欢喜太过庞大时，就会以一种生畏的方式呈现，所以我说“喂”时，我的声音会微微颤抖，就像我的身体一样。

“你没有看到我的信息吧？”

“看到了。”

“哦……都好吗？”

“好，有什么事吗？”

“有件事……”

“等等啊，我要上车了。”

我匆匆地收线，紧跑几步，追上了通往书画院方向的六路公交车。我把一沓文稿从包里拿出来，再一次进行校对，确保不会出现任何一点纰漏。直到晚间，我才回想起他的来电，曾经以为不可错过的事物就在不经意间被错过，而我并无多少忧惧。劳累像攥紧的拳头，挤压滤除了我头脑里多余的想法，一丁点儿都不剩。我想，如果他认为必须就还会再打来的。

黎丽打来电话，说感谢我的帮忙，然而说感谢的人应该是我。我得到了一个机会——以后可以在书画院学习绘画。庆功会上有个发表感言的环节，之前我没有计划，却像受到了某种召唤似的站了起来，走到了主持台的话筒前说了这样的几句话："这几天对我来说真是非常非常难忘。如果有人问我最喜欢什么，我一定想说画画，但我说不出口，因为我从来没有进行这方面的学习。至今为止的我的人生好像一条被规尺画出的线条，它与我的兴趣我的热爱毫无关联，就连这次成为书画展览的策划工作者都像发生了一个不可思议的奇迹。坐在这里，我想的是明天我就不能再来这里了，我很想握一下画室里的笔，可直到即将离开的时候，我都没有机会去碰它一下。人的一生如果能做自己喜欢的事是最大的幸福，这样的幸福对我来说是一个梦想，它永远存在，却遥不可及。不过，我来过这里，就这样已经非常难得……"

我回到餐桌边，其他人的发言我一句都没法听入耳了，一阵强烈的烦忧从心底冒出来：我将又回到我那昏昏沉沉的冲冲洗洗的日子里去吗？头突然开始疼痛，我担心我会哭出来，霍地一下起了身，拿着会前领到的那个牛皮纸封装的工资，我打算离开。书画院的一个工作人员走到我的身边，对我说，院长想跟你谈一谈，你跟我来吧。

一个电话

我回到了自己工作的那个公司，虽然整个白天我都不得不置身于令我极其厌倦的环境里，但是一想到晚间的七点到九点可以待在书画院里，我就能勉强地支撑着过完这一天。我真的很爱画画。连续几晚被提醒着该回家了时，才意识到三个小时多么短暂，简直就是一晃而过。那个时点公交车已停止营运，我步行回去，四十多分钟的路程一趟趟地走过来既不艰难又不麻烦，因为我满脑子都是方才修习的内容，老师指出的要点和我练笔中出现的问题被我一遍又一遍地回忆着。

我男友看着他的那只手机，不时泛起微笑，对我的问话充耳不闻。我问的是你的衣服在哪里？我正在清洗自己换下的衣服，想帮他也洗一洗，于是便见到了他那副痴迷的模样。是手机游戏吧，什么时候他热衷于这个了？但我并没有打探的欲望。他走到阳台去打电话，我铺开了宣纸，我们都无意介入对方的世界。他说："一股墨臭味。"他不再侵扰我。

睡眠还是断断续续，但起床不再是件困难的事，那些从肌肉与骨骼里透出的不明原因的疼痛好像淡化了一些，困倦感也如此。给小店帮工的女孩子肤色有点黑，眸子也很黑，长相不差。就像红头发女人马蔚说的，少见的能吃苦。勤劳又不多话，温顺的孩子总是招人喜欢的。我对她印象不错，只是也没有什么交流，我不是一个很有沟通欲的人，她也不是。这些都是枝端末节。

接到郑施尔打来的电话时，我正走在回家的路上，这是他时隔半月后的再次来电。

“你在哪里?”

“我刚从书画院回来。”

“书画院?”

“是的，我在这里学习绘画，之前给他们的画展当过策划，现在成了院里的一个学生，院长今天跟我说了一些话，想想真是太激动了。他今天看到了我画的一个工笔人物的小画……说起来话就长了，啊，总之非常开心——你呢，都好吧?”

“我妻子去世了……”

这就是那天他来电想告诉我的事吗?我的心一沉，刚才那欢呼雀跃的情绪一下便烟消云散了，我为他感到难过，不单是同情。虽然她已经昏迷了七年，“只要见到她人还在那里，心里再不舒服，还是有个着落的。”听他这样说过。即使早已做好了心理准备，这样的变故还是不能坦然接受吧。

“她走得很平静，监护器上突然出现了一条直线才让医护警觉，抢救没有起效。就在几分钟之前他们还做过检查，显示一切平稳。她是一个很好的人，所以可以走得这么平静。不要难过，我没事。”

“嗯。”

“我有过预感。那天中午我看到她走到我的面前，手里举着我以前用过的一部手机，说这个她要拿走了。我一下就惊醒过来，是做梦，她怎么可能离开医院回到家里来呢？可我拉开柜子发现那只手机不见了。她出事的那天，我打电话给她那边没有接听，我就只发了一条信息，如果当时我察觉到不妥，马上赶回家的话，她不会严重到这个程度。有许多跟她同样病症的人经过手术康复了。我直到晚上才回家，她倒在地上，从早晨到傍晚！把那部手机收起来，我的心是虚的，我对不起她。我找遍了房间，每个边角，都没有再见到。”

“你能把她的照片发给我看看吗？”

像奔跑一样去生活吧

我从“爱犬之家”的门口经过，我男友和那个年轻的帮工女孩正坐在工作台前，夜很安静，小店洁净，笼子里的狗也不吵，我男友的手机横搁在台面上，听声响，他和她一起收看着的是里边一档综艺节目的视频，他们发出了一阵会心的笑声。我没有走进小店。回到我男友的房子里，洗了一个澡，我躺在床上，心头一种莫可名状的感情还在翻涌。

我向郑施尔提出了一个唐突的要求，他没有拒绝。他发来的照片让我握着手机的手微微一颤，我停步，又慢慢地走着。走出很远，我回复了一句话：“她是一个很好的人。”

“今天的电话里听出你很快乐，好像回到了最初的时候。

继续自己喜欢的事，好好地生活。”他在与我道别吧。我想说关于院长的事，他看过我的那张小画，说我很有天资，可惜晚了些，但一直画下去，也是不错的。还想说那部手机不要再找，你找不到的。然而不说也罢。我的心低沉了下去。心脏会痛，我早就知道，像从前的一次又一次，我惶恐不安，就像我始终都在等待着他的道别。我想到昨晚回来时，红头发马蔚对我说：“德龙会跟那小敏好上，他们俩看上去太好了。”我说我也这么想。

这一天的五点半与前一天一样，我从那条长着两排高大的枫树的路下走过，一阵风来，许多的枫叶往下落。我站在路边，看着前头有一片叶子从枝头飘下。它撞到了过去的一辆小车，落到了街心。摩托车过去，一颗心被提了起来，见车轮没有碾到它，不禁舒了口气。一辆两轮小车过去，庆幸它处在车轮之间，然而车速所卷起的气流让它移动了位置。我跑向了街心，在车笛声里将它拾了起来，捏住那叶柄回到了人行道。垃圾桶？口袋里？我想这片叶子应该放到哪里去呢？院长助理打来了电话，他问我，院里有个人离职了，你考虑一下，要不要来院里工作。他说我知道你现在的单位非常好，但这是院长特地交代的，所以我就发通告给你了。我说知道了，谢谢你。

我带着那片枫叶往前走，当江岸出现，我知道我要去往何处。沿着长长的麻石栏杆走着，再从一条泥泞的斜坡往下，我又站到了那条沙石小路上，江水近在咫尺。远处隐约有行船。我蹲下来，把手里的那片叶子轻轻地放到了水里，岸沿的浪头一下就把它给推了回来。我向水里走出一大步，用尽全力将这片湿淋淋的叶子抛向了更远的地方，浪头再也够不着它了，随江水东流，我想它终将远去。

突然很想告诉郑施尔，刚才我做了一件事。他会不会问：为什么单单是这片叶子，你经过的地方还有那么多的落叶？我不能把所有的落叶拾起来，一一放进这条江里，但是这片可以。她不是我的，不属于我，可我看见她怎样脱离她的枝头，怎样在空中翻转了一次，她斜着飘过的痕迹，她撞在车顶的样子……这便是理由。她就这样与我有了牵连，与其他的任何一片落叶不同。我要这样跟他说。记得家里的长辈曾经说过，镇上的人要把新生儿的胞衣装进一个陶罐，连同陶罐丢进这滔滔的江水里。

手机铃声响起，郑施尔的来电，多巧。其实我们从来都很巧。他问："你在哪里？"渡口，我说，我在渡口。他在来的路上，还有半个小时就到。他问我是否可以见面。我说好的，我有很多的话想对你说。看着枫叶漂去的方向，我想象着在我刚出生的那一天，我的家人从这个渡口乘船，他们在开阔的江心奋力地把装着我的胞衣的陶罐抛远的情景。那是一种多么美好的祝愿，希望那个孩子的人生如这宽广的江流从容畅达。

我要说的第一件事就是我认识他的妻子。她有乌黑的长发，是卷曲着的，像波浪一样。就在她去世的那天，那个下午的五点半钟，我在这渡口见到了她，她对我说过一番话，我终生都不会忘记。然后我要说的是小植，也是在那个五点半钟，夕阳落水，白雾弥漫的时分，她微笑着向我挥手。你明白你的那只手机为何会消失了吧？所以你来了。我会这么跟他说。

活着是一件多么珍贵的事，不要辜负了能跳能跑的日子。蝴蝶正飞过花间，青草所经过的冰雪的芳香，呼吸很顺畅，像奔跑一样去生活吧。那些磕磕碰碰的日子，被拖住捆住压住的日子，晦暗无光的日子，你以为你已到了白茫茫一片无从下脚的境地，所以你会孤单会消沉会颓唐，你以为你到了人生的尽头。但是请不要停止，咬着牙就是了，因为你永远不知道明天会发生什么，不知道明天将给你带来什么样的转机，只因这一刻你还在走的那一步路。回头不要紧，转一次身，赤诚地看着那些过去，好的或者坏的，流泪，或者大笑，然后，高高地挥手。每当回头的时候，不要忘了挥手，接着，再转一次身。就是这样，这是必须经历的事，没有什么要紧。我们的灵魂从出生的那一刻就被授予了向前的命令，就像那永不止息的日夜奔腾的江流，这就是我们的权利。活着，去做喜欢的事，与喜欢的人牵手，生命是一条江河，让这些神赋的美好托起余生。只管活着，好好地活着。

施尔，我就在渡口等你，这白色的渡口！

启蒙教育

一

胡志薇赤裸着身体走出浴室，越过新的旧的塑料袋、好几个空泡面盒子、开了封的高温杀菌牛奶箱子，以及透明和不透明的瓶瓶罐罐，从水泥地板上的那一小堆一小堆的衣服里拖出一条纯黑裙子。那裙子全化纤的，一点皱都不起。裙子的镶边有一个地方开了线，她还没有缝上，房间里早就没有针线了。她把自己套进这条黑裙子里就下楼了。摁了电梯往下的按钮，电子显示屏里的数字在“18”那里停了三十五秒钟，这远超正常的下降速度。没错，三十五秒，她一秒一秒数过来的。

“呃，今天出来得迟些啊……”电梯门口，小区保安把头向她伸过来。事实上，她已经三天两夜没有出门了。老男人，小个子，哈着背，一身起了皱的制服，嘴里含着半根烟，那烟像是燃着，又像是灭了。他说话时从不看人，俨然是在自言自语。这是她每次出门都会遇到的一个人。她不走大门，习惯于乘坐电梯直达负一楼，从地下车库走出去。可她并没有车。保安室设在地下车库外的电动门边。初来这里时，曾经请他帮忙看过一次水管，那水管出水很小，几乎冲不开燃气热水器。他说是正常现象，六层以上是加压水，都只有这么大的出水量。他站在她的身边，边说边点着头，他的头直往她的脖子边上凑。“听说了吗？东湖里头死了一个伢子，差三天满十六，下身赤条条的……”他的眉毛挑起，半截烟被舌头推到了嘴角，“说是夜里去耍水，他屋离那湖有一两里，热天小伢子总是贪凉，跑那么远去，送死的。湖里一年总要淹死几个人……”

“哦……”她张了下嘴。这已经足够鼓励他了。“听到报信，一家人哭得像个什么一样。他娘见了那硬翘翘的尸，直拿脑壳往树上撞，不是旁人拦着，只怕会一头撞死。”他的舌尖在舔嘴角的那根烟，眼睛斜向她，又把眼皮夹了两下，他从所描述的场景里所得到的乐趣，而他确信那些乐趣对于他的听众来说也具有同等的意义。

“嗯。”她略低了一下头，绕开他，往前走。他尾随着她。地下车库前，小区前两天新铺了柏油地面，到处是浑浊的印子，衬得那些未被践踏碾轧的地方越发油黑地突兀着。“有人说要报公安，他家才想起要报案，又听说法医要开肠剖肚，那家就说算了，别再遭二轮罪……”他的声音在她的耳边绕，带着熏臭的唾沫气味，她已走到了电动门口。门柱的显示屏上溜着一行字：“红门开，开红门……”

人行道，地砖鸡蛋黄，她默念着：“红门开，开红门……”

有一句话一直在她两只耳朵旁轮番地转，“东湖里头死了一个伢子……东湖里头死了一个伢子……”头疼。头疼欲裂。她的头颅里好像有几双手，狠狠地揪扯，把她的每一条神经往不同的方向拉。太阳穴在跳，她的心也在跳，她的心跳得太厉害了。她吞咽了两下，嘴里焦干，她还是觉得疼痛，这疼痛已经导致她失眠三天两夜了。

二

两年四个月零七天前，胡志薇没工作，在她的养母胡银香家里吃饭睡觉，那个家只有她与胡银香两个人。她从小就听胡银香说她是在出生大约一两天时被人丢在了东湖边的乱草堆里，胡银香把她抱起来，然后收养了她。那是一个夏天，她的脸上身上爬满了蚂蚁，像只小猫一样“嘤嘤”地哀号着。胡银香那天想要去投湖，她说：“也是我们两个命不该绝。”

胡银香见到耳孔里进出着蚂蚁，满头满身被咬出红色疹子的那个还在动着的小肉团时，就忘了自己是想去死的。她花了一些钱来治疗她，每天用一个陶制的擂钵捣出的米浆来喂养她，在她两岁之后，把那个擂钵捧出来给她看，告诉她是怎么鼓捣这个东西让她苟活下来的。

胡银香对她好到了极点，时刻担心她会生病，风不吹雨不淋地养着她，但她常常生病，半夜发起烧来，抱着背着往医院跑，儿科俨然成了半个家，那儿的医护对她们俩再熟悉不过。担心她被人欺负，到哪里都带上，谁说谁劝都不听，大会小会小惩小诫之后，胡银香原本稳坐国营单位营业柜台的好工作终于丢了。

胡银香摆水果摊挣钱，等到她六岁了，社区的人找上门来给她上了户口，又把她弄到了幼儿园。那个幼儿园是全封闭式教育，一周放假一次，胡银香不放心，天天跑去看，隔着铁栏杆什么也看不到。有一次提了水果给了门卫，放了进去，说五分钟的时间，必须按时出来。胡银香苍蝇似的乱撞，冒着被驱逐的危险从这个班级的门口跑到那个班级的门口，乌压压的都是小孩子，恰巧在吃饭的点上。突然听到肚子底下一个“嘤嘤”的声音，一低头，她在哭，还是那个猫一样的微弱的响动。她就坐在一排座椅上，仰头看到胡银香，眼泪珠子断了线，全掉在了桌面上的那只小小的饭碗里。胡银香蹲下来，用手帮她揩掉泪水，怎么揩都揩不完，眼泪太多了。

胡志薇记得，就是从那天起，她天天晚上回了家。不到临上课前的一分钟，胡银香是不会把她送到班上的。她离不开胡银香，胡银香也离不开她。但是她们在相亲相爱了二十三年后分开了。

三

胡志薇清楚地记得那天晚上，她们俩躺在床上，她跟胡银香说她想谈恋爱了，她说的时候轻轻地叹了口气，又摇了一下头。胡银香问那人是谁，哪里人，干什么的，她说是想，还没有。胡银香说那你一定要打开眼睛寻，不然吃亏的是自己。胡银香一副忧心忡忡的样子。这是她无数次叮嘱过胡志薇的话，从几岁说到二十几岁。

胡志薇觉得胡银香根本就不想让她谈恋爱，她是想让她这个养女陪她一辈子。这是胡志薇头一回这么想。她感觉有些愤怒。正好胡银香伸过嘴来想亲她，胡银香时常亲她，有时是并排坐在沙发上看电视，有时是蹲在地上择菜叶，或者手里提着一条新买的鱼……她只让胡银香亲到脸颊和额头，对嘴亲吻的次数因此只有寥寥可数的几次，在她最感动的时候发生过，但她已经记不起来是被胡银香的什么行为给感动了。每次在应胡银香的要求回吻她之后，她习惯性地擦自己的嘴。胡银香总在这个时候鄙夷地问："很脏吗？"她不答话。"看到你这样擦我心里不舒服。"明明有了挫败与懊丧，胡银香还是笑着。

那个晚上胡银香像往常一样突然凑过来，她的嘴噘得很长，因为皮肤过于紧缩了，毛孔粗大的下巴像一片半干的橘皮，眼睛也被牵拉着眯缝了起来。那两只眼皮上纵横了许多的褶皱，胡志薇想，好老啊，以后不能老成胡银香这个样子，她得死在老之前。她凶猛地将胡银香一推，吼道：“欸，你干什么？”胡银香痴了一两秒钟，问：“怎么了？”

胡志薇说：“不要碰我。”“为什么？”胡银香焦躁地盯着她，又一次伸出臂膀来，勾着她的脖颈，力道出奇地大。胡志薇用超乎寻常的力量阻击了这样的一次侵袭。她仰过身子，说：“很痛的。”“那我轻一点，”胡银香青了的脸色又回了暖，伸出一条胳膊，像哄个孩子似的哄着她，说，“来吧。”她抓住了猛地一甩，就像全力将一根挡在她面前的木棍子投掷出去一样，胡银香的那条胳臂快要给她折断了。但胡银香没喊疼。

胡银香的嘴唇哆嗦着，接着身子也开始哆嗦，她叉开了五根手指，给了胡志薇一巴掌。胡志薇一个鲤鱼打挺坐了起来，翻起舌尖扫了一下齿龈，又用手指抹了一下嘴唇，转过头，声调阴沉地说：“你把我搞出血来了……”她的眼里有着平静的恨意。胡银香愣了一下，忽地向她扑了过来，拉开她搭在嘴边的那只手，焦灼地问：“哪里出血了？”

胡志薇把头一扭，整个人从床上站了起来。她站得很直，坠了眼帘，双臂下垂，像一尊凛冽的雕像。胡银香仰起头脸的样子几分痴傻。她并没有再说别的话了，但是胡银香觉得她还说了很多。

她往床边踏出了一步，胡银香蹿了起来，拉住了她的一条臂膀，说：“你要走到哪里去？”又说：“不要你走！”她说得急切而又恳切，蛮横的，却又是心虚的。胡志薇想挣脱，眼神刀片一般雪亮。胡银香脸色煞白，仿佛哪里被切割到了，失了血，还很痛，她用这样的一张丑陋的脸在她的心头肉胡志薇的眼前晃来晃去，她的整个世界都在晃来晃去。“算是我错了，我错了，我不该打你的，我不该打你的……”说了对不起，说了娘女之间哪有过不去的坎，说了很多求饶的话，可她还是一言不发。她放弃了挣扎，任由胡银香攥着，手臂都被掐疼了。

胡银香突然止住，晃荡的世界停摆了。胡志薇觉得自己的身体是个管子，大管子，管子之外是无垠的空旷地带，有风从极远处来，隐隐约约藏头露尾潜流着突腾着，她等着那风来。她听风越游越近，终于呜呜呼呼地灌了进来，一股股地冲击着她灯壳子一样的空落落的身体。她觉得阵阵的凉与冷，那风里仿佛带了一层极细的沙似的，拖过去生出丝丝缕缕的疼痛，她想：好不舒服。那风继而暴烈起来，啪啪地响，在她的脚下化作了一顿震颤——胡银香在打自己的耳光。

胡银香边打边跳，一边直愣愣地看着她。她觉得有些意外，转而又觉得并不意外。胡银香双腿一软，跪了下去，嘴里念念有词。她笔直地挺立着，无声无息，不动不移，像一尊静穆的神。“哇啊——”她听到一个类似婴孩般的哭声，只一声，长长的，凌厉的，竭尽全力的。胡银香随着这一声哭喊后仰，一头倒在了床上，终于完全地消停了。

四

起了雾，胡志薇心想。她的视线仅限于周边不过几丈的距离内。前面一个光头男人在踏着他的一辆三轮车，每踏一步他的头就会随着肩背的下躬而往左右移动一下，他的寻找似乎漫无目的，而他把三轮车踩上了人行道；一个绿衣男人和一个红衣女人并排走在她的左手边，他们走在人行道外，红衣女人一脚一脚踩在临时停车位的黄线上。绿衣男人左肩挂了个包，包带似乎过长，直悬下来，咔嗒咔嗒地撞着他的膝盖，他手里推着一辆似是凤凰牌的老式载重自行车，车子半新不旧。红衣女人烫了满头绵羊卷，后颈的肉褶子显得有些松弛，他们边走边聊。红衣女人不时拿手指点着绿衣男人这个方向，拽一下斜挎小包的细带子，倾几下头，神情严峻。看上去三十有余的绿衣男人满脸的恭敬，像是在接受长辈，也许是他的母亲的训诫。来往的私家车、摩托车络绎不绝，摩托车上坐两个人或者三个人。人行道正对面走来一个戴着米色编织帽的老汉，一只手里提了两个透明的小塑料袋，包子馒头，一把葱两株菜，另外一只手的指缝里夹着一个邮政信封……所有的人心里都怀有各自的不对外人言道的事物，但她意兴阑珊。她感兴趣的事向来很少。

她瞟了一眼左手边，那边有一些老房子深卧在人行道底下，她看的并不是房子，而是太阳。太阳正吊在一幢两层楼的人字屋顶上，白刺刺的，像个冷冰冰的大功率电灯泡子，又像是颗阴森森的眼珠子。似乎非要从白雾的白里区别出来，才白得那样的陡然那样用力。恍如那日凌晨三点的遽然灯起。那时她躺在沙发上，用手挡住突来的灯光，一个宏大的黑影子劈头盖脸般地压下来。是胡银香，站得牢牢的，离她一米远——她躺着，她站着。这情景与几个小时前如出一辙，不过站的人与躺的人换了个位置而已。

胡银香头发梳得溜光的，在脑后盘了个髻，穿了条碎花裙子，底下一双已买了一些日子总舍不得穿的黑色皮革凉鞋。她的语调平和："要走也是我走。我眼睛见不得你走，那就还是我走吧。对的也是错了，错的也是错了，今后，你好自为之啊。"她有些蒙，只觉得心里头有微微的寒意。要挽留吗？她想着。但她还是什么也没说。她听到胡银香开门关门的声音，轻轻地，怕是会惊动旁人似的，才会那样轻手轻脚。胡银香像一阵风，温柔的风。

不知过了多久，她开始数天花板那作为阻隔物的塑料编织膜的红蓝白交错的条纹，数了很久，到底是红条条多还是蓝条条多，她到最后竟糊涂了。她从沙发上坐了起来，脸朝下，光滑的水泥地板上多了个水印子，吧嗒吧嗒，水印子多了起来，有些沁到了弯弯扭扭的细窄的裂缝里去。后来水印子消失了，晨光照在她穿粉红塑料拖鞋的脚趾上，斜拉出一个影子。那影子显得她的大脚趾出奇地大。"红门开，开红门……"她走着想着念着。“东湖里头死了一个伢子……”这个声音一直在她的耳边绕着。

五

她从滨江路的尽头往右拐，走上弼时街的人行道。接着她又在弼时街的尽头拐向左手边来。北正街到了，她到了目的地。头上“家家乐连锁超市”的招牌上，“乐”字掉了层红皮，“乐”是白“乐”了。她觉得刺眼。好些天前她就跟店长说了，店长说往公司里反映，多少天了，还没修改过来。店长算个什么，芝麻大的事都做不了主，“往公司里反映”这句话在他的嘴里都念融了念化了，反映之后呢，连个泡都冒不起来。公司自有公司的安排。但店长又算个人物，他管着超市里这五六个女人。谁负责哪个柜台，谁搬货，谁搞卫生，谁活儿轻谁活儿重，盘底钱货出了岔子谁负责，都由他说了算。女人们在他底下，哈巴狗似的，明白走运背时得便宜认栽都在他的一念间。她们把饭盒里的菜拨到他的碗里，把手搭在他的膀子上，说花边事件，聊八卦，接连地打哈哈。她们是极其快乐的一群，她们与他嬉闹，嗔笑着拍打着他，他去掐她们的脖子，她们啊啊地叫，他们搂作了一团，都是好玩的事。

有时店长冷不丁地往某个的肩膀上搡上一掌，不轻不重的，足够让旁人听到，那个女人笑，骂着，挤着眉眼说给另外的女人听，炫耀自己所得到的一个赏赐似的，或者跑开几步，回头又冲他喊："没洗三朝吧你，没名堂的！"那是想让所有人都听见……这些时刻，她们快意而又满足。但另一些时刻，她们又会避开他，凑到一起，说他的不是，这些时刻的发生与她们遭遇到的真正的不快紧密相连——她们中的谁受到了他的不公平对待。这群女人想用摸顺一头宠物的皮毛的办法来驯服这个男人，但她们从来都是不成功的，她们在他的掌中翻覆。他乐于此道。

她并不急着进超市去，站在台阶上，一段路耗费了她不少气力，她得缓一缓。耳边有只狗在叫。超市隔壁针纺店门口的笼子里，那狗的毛色有些发黄了，团身打着转，叫一声就拿爪子刨一下铁笼的底板。老板娘每天午间打水拖地，完了提起剩下的半桶水往铁笼里猛地一倒，狗很知趣地提脚任水冲过来，在里边打滑着。它总是在叫。

有一回，店长跟那老板娘站在各自的店门口聊天，店长说这狗脚爪子都没沾过地气，只怕是前世作了什么样的恶，这世变狗还要关一世。人畜一般同，人要快乐，狗也是要快活的。老板娘笑得嘎嘎的，好像还有话说，但有客人进了她的店，她就不再说了。

眼角的余光落在对面的那家银行。银行临街的一边，那一溜齐膝高的装饰台沿上尽是污迹，一道一道的。那上面曾经有过一个乞丐，仰卧在台板上面，嘴半张着，一条腿间或抖一下，脚踝带动地抖动，脚掌在空中划出一个隐秘的扇形来。也许他是这样驱赶苍蝇的。三十六七度的天气里，他袒着胸腹，身上披了件黑油油的棉袍，袍子的下半截已经烂透了，仿佛被犬牙咬过。他的双腿很粗壮，饱满坚实得像两个沙袋似的。那么他的臂膀同样粗壮，这是非常容易得出的道理。看不出年纪，三十岁？四十岁？五十岁？他没有头发，好像连眉毛胡须都没有，浑身没有一根毛发一条皱纹，铁塔一般酱黑腻亮的一个人。

那个乞丐似乎对钱没什么兴趣，他从不做出任何讨要金钱的暗示，当然也没有人丢钱给他。他提一个黑糊糊的缺了口的篮子，篮子里有个碰了底子的搪瓷盆，半盆的残菜剩羹，油汤油水从盆底篮底往下滴溜着，每当一个油印巩固形成后，他便往后移出一个空位，那一道道渍痕俨然是计时器，他这样数着他的人生，并不期待意外和惊奇，直到那个孩子的出现。那孩子跛了一条腿，眼睛惊悚般地瞪着，他的眼睛是有问题的，比常人要大得多。他的身体发育也出现了问题，十几岁了，身高不及一个同龄女学生的肩膀。他的家就在银行后面旧政府大院的一个宿舍楼里，老房子，是租住的。他没有上学，也很少出门，被人见到时，总是由父亲或者母亲紧拉着手走，好像没了他们，他就不会走路似的。他们永远匆匆忙忙，不会与任何人有眼神的交集。那天孩子一个人走了出来，走到了乞丐的面前，乞丐还在睡着，时不时地抖一下腿。他站了许久，看了许久，那个人睁开了眼睛，他们对视着。孩子没有说话，慢慢地伸出手，指着他的胯裆，他先不解，转而微笑，最后他们发出了同谋一般的窃笑。

孩子的母亲突然现了身，惊恐地把他从那个乞丐的身边拉开，他不肯。他掏母亲的口袋，掏出一块钱来。他不是把钱丢过去，而是抻长了手臂，眼巴巴地看着那个人，绿色的纸票子在他的手指间不停地颤。他的母亲开始骂他，他耷拉着跛腿抵抗她的拖拽。这些她都看在眼里，那时超市来了货，她拿着笔和夹板笔记册站在货车边做核对记录，那几个女人站在车边接下内装这样那样货品的大纸箱子，骂骂咧咧哼哼哈哈地往平底拖车上码，然后拉着那车往超市的仓库去，她们在她的身边佝偻蚁行。她抬头看着，看着。店长叫她，她不应。她见证了那个跛腿孩子独自出门冒险的全过程。那孩子第二天晚上死了。

六

“志志啊，你来了啊，到哪里做客去了喽？你这客就做得远啦——”胡志薇听到了尖声尖气的招呼声。一张精瘦的山羊脸出现在她的前面，那是负责塑料制品区的一个半老女人，被人叫做三三的，吧嗒吧嗒地朝她走过来。她不理她，她惯常不理人。“志志”这个称呼是这群女人给她取的，她们把这两个字发音为“止志”，她们故意的。女人们从见面的第二天就开始长短嘴地说她，她的打扮，她的姿态，以及码货时一个细微的动作。她说：“莫讲了莫讲了，我不想听！”

有天下晚班的当口，有人拍着手跺着脚辱骂她，诅咒她，说到她的上几代，她回过去一个大嘴巴子。边上的几个推推搡搡，明是拉架，暗是加奸。她的胸口被抓出了几滴血。店长过来，叫散了她们，把她给留了下来。他安慰她，说都是这样欺生的，他会关照她。她做出很感激的样子。他捉起她的一只手，她那手背上被她们粗厚的黑指甲划出了几道殷红的印子，他说真作孽啊。

他的脸变得非常严肃，五官的重心渐渐地往面部的中央凝聚，他的眼神里带着一种难以形容的险峻，他像一头狮子，视线死死地投向了她的那件挂了线的白色雪纺衫的上半部分，那里峰峦骤起。然而他在她的面前过于矮小了，因此他像狮子的部分便太少了。她心底一声轻笑，指着胸前那两个细细的血印子给他看，无辜地说："出血了。"几个红褐色的小点儿微微地颤抖着，在她的颤抖的峰峦之上。他的手突然攥紧了她的手。她猛地拉了他一把，头往他的方向靠过去，她的力大得令他惊骇，他几乎被拉得一个趔趄，明明是她想靠着他的胸膛，可她的头把他撞疼了，不是一点点疼。她像一堵倒塌的墙，生生向他砸过去。"啊，我想呕，我脑壳晕，她们打了我的头……"她干呕着，他把她给推开了。他怕她吐到他身上。

他送她回家，举止像个正人君子。她在道谢后目送他，他朝她回了一次头，他那微驼的背，叉开双腿走路的样子，都让她觉得他已十分地老，因为老而让他的所作所为十分好笑。

他在她负责的区间停留，但他的动作他的声音都被她无视了。他支吾着，她一本正经地谈下去，他有了一种颓然的表情，他在迅速地萎缩，缩成一个泥制的丸。离开仓库时她对他怀有同情心，他的弱，他所筑的神庙，他的拱顶的摧枯拉朽的倒塌。她又觉得很好笑，差点笑出声来。

她冷淡地越过山羊脸，去往她的工作区间，迎面遇上了他。他在她面前停顿了一下，问："没什么事吧？手机打不通。"她说没事。他说那就好，销掉你的两天假。他没说要扣工资，更没说要开除她，在她的意料之中。

女人们交头接耳神态紧张，其中的一个喊出一声："她凭什么只销假——都没请过假……我们谁还像过她这样？"她们开始包围那个男人，如一小股激昂的洪流。她们冲着蹲在远处一个角落里佯装摆货的山羊脸喊："三三，你早看不惯，你现在这个时候怎么不过来？"没有中间路线，她们团结了起来。上帝让女人生来就是辩论家，怨恨愤怒使她们不顾一切，她们才是王者。唯一的男人面红耳赤唾沫横飞，已经压制不住了。

七

胡志薇看着眼前激动的一群人，她又一次看到了那个午后。那时胡银香离家出走刚满一个月。三个女邻居结伙走进她的家，质问她，问胡银香去哪了，她说不知道。她很奇怪，这些人从前跟她和胡银香连泛泛之交都称不上，无非是跟胡银香短短地聊过几句天，还有借过一把剪刀，她们不在胡银香摆的摊上买水果，胡银香抠得很，从不轻易让人得她的便宜。她们前来讨伐她。从胡银香消失两天之后开始，最初是指指戳戳，后来叫住她问她话，直到找上门来。她说："关你们什么事？操什么空闲心？"整条巷子的人都来了，男的女的老的少的。人们嚷嚷着，她的耳廓边仿佛有万千的捣槌在杵。她不示弱。"算了，她没有心的，喊不醒的！"有人叹息道。

这样她就离开了家。她沿着十字街往前走，穿过东门口，在一个拐角看到墙上贴的一张褪了色的墨字小广告，有房出租。第九层，四白落地，极优惠的价钱。有人夸她有眼光，前面许多人得知这样的高层小区里还有新房子搞廉价出租都怀疑是房子晦气不干净，其实这房子是一个老女人的。那老女人七十多岁，这小区是把她的两间平头瓦屋拆了才建起来的。开发商补了她一套房子和几十万块钱。她儿女都不在本地，她就靠着那笔补偿款来养老，新房子的装修由谁出资，方案在几个子女之间转了一圈，最终也没能定下来，干脆随便收拾出来放租，倒也省了心。她带了她的那几十万往她最小的一个女儿那里去了。这老女人不是个正经人，男人死得早，一个人拖了四个孩子，自己又吃不得苦，从遮遮掩掩到大大方方地偷汉子，儿女叫完这个爸又叫那个爸，天知道她有多少个孩子爸。说的人神秘而又得意地笑着。这是大家都喜闻乐见的趣事。又说这老女人走了一世的狗屎运，没经一点风雨，老了揣了那么大一笔钱，出去了多少年从不回来看她、在外从不说自己还有个娘的儿女都争着孝敬她。钱是大爷，人是二爷，说的人一声感叹。胡志薇听他说着，就像坐公交时听车上音箱里放出的歌，似入耳又似未入耳。说话的这个人是她楼下的邻居，也是那偷汉子的老女人从前的老邻居，突然走了进来，真真一个不速之客。他来了这么一回，再没来过。她不是个好听众。

超市里女人们的声音骤雨一般，胡志薇想起她离家的那个时候，外头正下着大雨，她没有伞，雨声在巷道里轰隆轰隆的，她这辈子没见过这么大的雨。胡银香走后的那一个月里，她每个夜晚躺在沙发上，眼睁睁地看着窗户口，看着光从那里拉起又从那里撤下去，夜的凝滞止息，使她无法思考。等到太阳一高，她推着水果摊子出门，进货销货，收钱找零，该吃的吃该喝的喝，晚上七点进了门就不出门，接着看着窗户口的天光灭了又明。她认为她的生活本该这样继续下去，可是那声叹息嘭地一下把她给打败了。

“不要讲了吧，我不在这里做了！”胡志薇说了一声，声音不高也不低，四下突然安静了下来。“明明白白我的心，渴望一份真感情……”超市音响里的那首老歌又唱了起来，其实那一板一眼稳稳妥妥的歌声从来就没断过，只是人们常常会忽略它。她来的目的就是跟他们说她不干了，这自然是他们没有想到的。挑头的那个瞪着她，山羊脸望了她一眼，又望了挑头的那个一眼，眼珠子瑟瑟缩缩，最后那半截子眼光便落在了男人的身上。男人抿住了嘴，涨红到脖子的油脸上有着一种被救赎般的表情——是她救了他。

八

她从超市出来，不紧不慢地走，穿过街道，走到了银行的那线台沿前。她看了一会儿，仿佛在研究那些深褐的油渍道子，然后就在台沿的末尾一个尚未打上印记的位置坐了下来。她在手机上点下了“1”“1”“0”，她说：“喂，我要报案……”

雾还不散，她想。人行道边的枫树又掉下一片叶子来。树上的叶子倒垂，不像夏日里该有的青翠浓密。叶子的那端是迷蒙的白色。两天前的晚上，她下晚班，见到了这台沿上的乞丐，他坐着，而不是躺着。跛脚的孩子站在他的身边，那孩子伸出一只手，指着他。他抬起头来，也伸出一个指头，他们的指尖碰到了一起。坐着的那个起了身，沿着人行道往前走，孩子跟在他身后。她悄悄地跟着他们。她在还不知道为什么要跟着的情况下就跟了过去，当时她也并没有多少好奇心，好比见到别人打哈欠，自己也会打哈欠，是一种传染。人生中总有许多这样的时刻。他们走到人行道的尽头，在路口又走上了另一条路，那条路临江，夜时少有人走，何况天气太热了。他们沿着江边的栏杆走着，在栏杆与灌木相交的地方折向东边。他们一直走到了东湖。

他们很清楚该走哪条路，哪条路是不受打扰的。胡志薇小时候曾经好几次到过东湖，那时这个在 20 世纪 60 年代人工挖掘出来的大湖还是国有渔业养殖场，湖间有交错的小径，沿路是高大的水杉。东湖是渔场，也是这个小城当时唯一的一处休闲场所，不过城里的人们都在忙着讨生活，除了谈恋爱的人或者无所事事者会到那里，里边一年淹死一两个人，东湖一直都是平静的。她去时都是瞒着胡银香的，但十几岁后她就不再去那里。渔场早被废弃了，城镇在变化，想要休闲已不止那一处，不必走那么远。胡银香离开家的那个夏天东湖被填了一半用作房地产开发，留下的半块水域新铺了路，沿着那条新路往前走，路的另一边是一条高高的堤坝，这样便远离了繁华路段，走得再远些是丘陵和许多的树，那里没有人居住。

她远远地跟着，有很长的一段路她见不到他们，是她不愿被他们察觉到。路灯亮起，却没有送电。堤坝沿线的灯间隔很远，偶然照过来，路途昏暗。起了风，并不凉爽，热气往她的裙子里鼓腾，她觉得她的凉鞋的鞋底太薄，快被脚下的水泥路面给烙化了。丘陵已不远，耳边的风声杂着浪声。东湖的水在漕着岸。

没有人往这里来。除了他们三个。乞丐与跛脚孩子停了下来，林子很密，树冠尖上抹了一点堤上传来的灯光，他们窝进了丘陵地形成的一个不规整的半月形里，光线昏黄。胡志薇也停了下来，停在他们看不到的地方，不远不近。她吸了一口气，听着他们的声响，她的嗓子好像被什么给堵住了。密集的刺痒从她的小腿往膝盖上飞快地爬，瞬间就攀上了她的大腿，她怔住了。

她的脚趾蜷缩了起来，蓝色的闪电从胶漆一般浓稠的夜空里刺下来，准确地冷静地扎在她的隐匿的山巅，深深包藏着的火与岩浆瞬间汹涌澎湃，风暴与流沙呼啸在她的耳边，她不能呼吸，她的嘴张着，像一个溺水者。不，沉溺她的不是水，是电，是光，是千万道电与光的聚合与奔流。沉重的巨钟从隧道里奏出它的轰鸣“嗵——嗵——嗵”，她的胸腔塞满了不知名的气体，那些气体在巨钟最后一次的奏响中悄然消散。

九

电光消失了，四下阒然，她的身体像一个空无一物的房间，树叶，风声，一波一波的浪……眼前的一切恍若隔着一块玻璃的屏。她重回了儿时，巷道里的几个女孩藏身在路边的树间，脱了裤子，察看嫩芽一般的性别的标记。她们试探着彼此，细声地笑。她站在一艘铁船的船舷，胡银香在船舱里，她背对着舱门。船靠近了码头，一个年轻的男人踩着趸船上的一个缆绳桩看水，抬头看到她，笑起来跟她说了一句话，她朝他笑着。船再开动时，那年轻的男人来到了她的身边，邀她往他那边走一点，他让她看水面，看那水面的漩涡儿里将要开出的花朵，她专心地看着。她穿着花衣服，他戴着金丝眼镜，奶油面皮斯文相。他按着她那块突出的可爱的骨头，她久久地看着水面的漩涡。他突然地出现又突然地消失，他们离开舱门不到两尺的距离。她永远无法看到从水里开出的花朵。她走在放学的路口，风很大，沿路商铺顶上掉下一块窗户玻璃，在她面前摔个粉碎，她继续往前走。一个花白头发的老头儿径直向她走过来，在她的正对面，他的身子一低，撞着她的肩膀疾走，她的大腿被动物的爪子挠了一把似的，她被他挠了。她转过身，大声地骂，像巷道里的妇女一样，她早就在她们的吵闹里学会了许多骂人的话。

她在校门外的那条小路上远远见到了两个长头发卷边裤的小青年，他们截住了一些人，她看到他们去掏那些人的衣兜，拿走那些人的钱，她没有钱，往前走着，毫不担心。他们看着她走过去，并没有向她伸手。放学的校门口又一次见到了其中的一个，他捏着她的衣领，她随着他的牵引来到了围墙的背后。第二天他又把她带到了东湖，他们在草丛里滚，嬉戏游玩。结束之后他想站起来，踉踉跄跄地退了一步，就这么一步，他倒在了水里。他在水里扑腾，她呆呆地看，当他把头再一次从水里露出来时，他喊："我会死的！我会死的！"她突然想起来什么，向他伸出手，他够不着，她趴在岸边，往后抻着她的腿。他拽住她的脚爬上坡岸，阜扎着他的脸，他没喘气，死去了似的。他们站在黄昏的湖边，她面朝着高大的枞树，他低低地对她说着玩笑话。而她丝毫没有感到乐趣，她对他说："没有意思，一点意思都没有。"他拿手比在她的脖子上，要她说有意思，很有意思。她不说，他的汗水从眉尖滑下来。他说有一天他一定要让她说出来，不过他并没有等到这一天，他突然地不再找她，就这样失踪了。

她回想着说没有意思的那天，又模糊地记起那些更加遥远的夜晚，胡银香抚摸着她，一下一下地亲着她，像只畜物在嗅着似的。她一动也不动。胡银香以为她睡熟了。她看见她的养母全身都在抖抖索索，招摇得像片树叶。她开始探寻自己的山洞，沿着那隐蔽了亿万斯年的荒凉通道向前。她的山洞里有一块块的壁画，通道是凹凸不平的，她有点厌烦，回头看胡银香，不能理解那样的招摇。而她的世界嘣的一声响，恍若撕裂的锦断开的弦。她被吓到了，她的山洞深处原来还有一座悬空的细窄的桥，现在突然地崩塌了。

终于她不再担忧那座悬浮的桥，她的山洞在震动，浪潮一样起伏着，她感觉很新奇。她化身为另一片招摇的叶子。夜是一根藤蔓，她看不到自己的根系。她们不是叶子，她与她只是托身于这黑色的无尽的虚空里。她的心往下沉着。

她跑了起来，她在发胀，手指胀得发麻，整个头脸往四下拉扯着几乎就要绽开了，好几次她的膝盖撞到了地面，但紧接着又飘了起来，她好像看到自己成了一只充满了气体的圆滚滚的球，她还能听到訇訇的声响，那是她的心，在她的整个身子之外吊着荡着。她拖着这轻飘飘的身子进了电梯，九楼房间的门口，她感到庆幸，她的包没有丢。她用钥匙顺利打开了房门，发了好一阵的抖。后来她似乎是睡着了，两个相抵的指尖，像跳球一样的孩子，他被摇晃着，他的头掉过来又掉过去……残败的碎片在她的脑海里盘旋。她清楚这并不是睡眠。

她想起了胡银香，竭力地从这个夜晚走进另一些夜晚，而那些夜晚像寒冬里哈在玻璃窗上的那一口又一口的白气，尚未成形就散了。她的心跳一阵快又一阵慢。

十

胡志薇从银行的台沿上起身，店长从街对面走过来，他说你回去吧。她摇了摇头。他审视着她，说，你是有新地方去了？她说是的。他有些失落。她想跟他说店门上那个白色的“乐”字真不好看，又想已经说过了。她想跟他说针纺店前的那只狗，又想说了他能做些什么呢？狗是那个老板娘的。她觉得这样的想法是多余的。她的想法方生方灭。那你就走吧，他说。他又加重了语气，以后别来我的超市了，不要再来找我。他不甘，有怨气。她有些耻笑他，大尾巴狼一条，真不知道他凭什么。但她什么也没说。110很快就要来了，他们知道那个跛脚孩子不是溺死的，是被掐死的。她还会去见刑警，见孩子的父母，她要见的人还很多。她想等要见的都见完了，她应该搬回小巷去。她是不知道怎么去寻胡银香的，如果胡银香有一天回来，她没有走，她们就都不走了。她想告诉胡银香什么是快乐，快乐不是胡银香所经历的，她经历过了。她有一些东西可以教她。

她抬头去看路边的枫树，白太阳变了颜色，有些发红，雾淡了不少。她仿佛看到那蓝红条纹的塑料编织布，听到编织布上面小爪子扑棱棱地跑过来跑过去，灶台上穿过两只蟑螂，毛巾架子底下挂着一只长脚的大蜘蛛……她觉得自己如此新鲜而又完整。她想起胡银香说的话，对的也是错了，错的也是错的了。她想什么是对的，什么又是错的？有一些事已经发生了，有一些事必须发生。一个节，一个点，一个拐弯，都在它们该在的时候。她的心怦怦地跳着。

下山

一

仲夏的一个傍晚，人们围坐在屠夫家的小院里闲谈。屠夫的朋友问屠夫：“你那徒弟，什么时节下得山去啊？”朋友一边说，一边打着哈哈。

“莫说是我徒弟，我能有这号徒弟？莫烂了我的名声！”屠夫愤愤不平地应道，“跟在边上四五年了，昨日第一回拿点血刀。把猪架上屠凳，他的手打起了战，钩子挂了几回才挂到那畜生的下颌上。他的刀尖子尽戳到喉咙上，那畜生都起了躁（跳跃起来），他一脸死相。（我）对着他喊：‘扎啊，扎啊！’他还是不动，像是被定了身一般。（我）又喊：‘你快来按着，我来杀！’他鼓着眼珠子望直了，嘴巴里蹦出句：‘算了吧！’——算了，那畜生一蹿就起来了，撞得他刀一摔，差一点就飙（快速地刺）到老子的心口上！”

屠夫的妹妹接话说：“他给你拖尾、剐蹄、汆血、洗屠圈，做了这么多事，起先不是不要钱的吗？旧年就收十块钱一回了，师不师徒不徒的——总会有他嫌钱少的日子。”

“他叫什么？好大的年纪啊？”屠夫家新过门的弟媳突然出了声。她还很年轻，看什么都新鲜，在城里生长，家境富裕，经历的世事远比读的书要少，一脑门子稀奇古怪的想法。

屠夫娘说：“都喊他细妹子的……”

“呃！”朋友下意识地嚷了一声。一个男人打开了小院的栅栏门，目不斜视，伸直了脖颈往堂屋奔来。五短身材，赭褐油亮的肤色，像浸泡在酱缸里的人。一颗剃得能见到头皮的溜光的脑袋往前突着。狭眼睛，眼角耷拉，笑从下颌努力往上推，推到眼眶下边便推不动了。

“吃茶吗？”屠夫娘正在捣姜煎茶，男人嘿嘿地笑出声来，把一个塑料袋子放在凉棚下的立柱边，从袋子里掏出一只玻璃瓶子来。“哎呀，你是在哪里做了官了？不睬人了！”屠夫妹妹朝他喊道。他不作声，放了瓶子，转身就走。他从人们的眼皮底下溜过去，栅栏门外，他回过身，伸手去够内侧的门闩。“你走，你走……”屠夫妹妹朝他叫了起来，霍地挥了下手。屠夫也在朝他挥手。他像是被骇到，忙地把手缩了回去，嘿嘿地笑。

“他家在哪里啊？”弟媳问道。

“光身一个人，一个爹，死了有三十年了，一个娘，云里雾里的，一个姐姐，十八岁嫁到外乡，姐夫打工一年到头不回来，两头不走动，这样的人，还有什么家？”屠夫的妹妹说道，

“爱赌钱，罩青蛙、摸泥鳅、捉黄鳝，那就是好手喽，得个钱就丢在牌桌上，又好吃酒，横竖没人管的。”

“他为什么不成个家呢？”弟媳又问道。那位朋友指着屠夫对她说：“问他师傅，什么时候他下得山去，就成得了家了。”屠夫呸了一口，鬼师傅！人们哄笑起来。

二

一阵嗷叫惊起，新媳醒来。

叫声愈往后愈锋利，濒死的猪，嚎出“我啊”“我啊”，仿佛它就是个人了。哀鸣声声穿墙而来，在暗黑的顶端吊出一个灰白色的旋涡。年轻的女人睁眼看着，夜深处，灰白旋涡，归于沉寂。

女人走向了屠场。茅房连着猪圈，之间的一块平坦处，殷红的血水下流，曲曲折折都往墙角一块方砖大小的开口汇聚，淌向外头去。腥气臭味扑打过来，死去的猪侧在铁制的屠凳上，地下两个人，一人立着，一人蹲着，立着的是屠夫，蹲着的那个，是不被屠夫承认的徒弟。他们各自裸露着的身体，都在腾腾的雾气里。

女人走过去，徒弟起身，向她哈着腰，一条洗得半红半白的化纤内裤勉强叉在那里。女人面无表情地说：“在杀猪啊？”

“嘿嘿，在杀猪呢。”徒弟咧开嘴笑，像一位殷勤的主人招呼突然登门的客人。他盯着她看，些许难堪都没有。他在逢迎她。屠夫骂了一句，模糊得很，女人听到嚓嚓的声音，那是皮肉分离时所发出的。屠夫手里有一把短刀，刀尖游在红白处，剔剥下来的那层皮绷在猪身与人掌间，微微地颤。

“那是剐皮……”徒弟对女人说道，一边收了笑，抬起了下巴。他在为他的解说感到得意——屠场是他的地盘。

“你蛮敖（很厉害，很出色）嗒——那你来剐不咯？”屠夫呵斥道。徒弟像是被唬住了，呆了一下，勾了背，重又蹲下身去。

“杀猪？你杀得了吗？你倒是杀只猪给我看下啊？”屠夫停了手，斜眼看着徒弟。徒弟不自觉地挪动双脚，越挪越近，整个身子蜷成一团。屠夫接着把短刀一撂，从身边的一个圆木凳上抄起一把尖利的长刀来，朝他举着：“看，这个你敢拿吗？”

屠夫像尊神像。

徒弟看了一眼高高扬起的那把点血刀，旋即回过身，从木盆里捞起一截猪腿揉搓起来。他搓得着急，手掌和臂肘都在微微地颤，像是花了很大的气力。

“昨日你是吃了几口猫尿才夸口跟我说能杀的？崽啊崽，老子一条命差一点儿送到你手里！你就虼（骗）得了老子一回喽……还敢到外头讲跟着老子学徒弟，老子是能一手杀猪一手接血的，几个做得到？你莫败了老子的名声！”屠夫越说越从容了。

女人蹲在茅厕，屠夫梆硬的声音撞着她眼前的一扇薄门板，像磕了一地的玻璃碴子。“我没有再讲过了……”徒弟终于说起话来，他说话，总是从第一个字开始，音量逐渐往下落，落到最后便听不见了。屠夫没有声响，应该是一心对付那张他引以为傲的猪皮去了。

女人看到脚边，一只蛆横在灰扑扑的厕坑木板上，头尾胡乱地左右伸突，又做折滚，盲目仓皇。厕坑里头白花花的一群群，紧迫压塌，争相往浮起高处的秽物上爬，每一块高处都是扑探卷曲、延宕踯躅。她的双脚麻了。

女人经过时，徒弟悄声说：“下不得手呢……”不迟不早，说在她的脚边。她低头看他，他用一个小工具在刨刮猪蹄，像是什么事情都没有发生。他是特地说给她听的，她假装没有听到。

一个不得志的学徒，人近中年，被人像对小孩子那般地叫唤，偏偏对一个陌生的女人带着家犬似的亲近。因她是个外人？因她生了个好看的相貌？两个几乎裸全了的男人，令女人有些慌，还有羞涩。可女人认为做出羞怯的举止是失礼的，也就装作不懂得。回到屠夫家的客床上，女人开始了她的浮想。

天光了，屠场离开了人，重回原样。蛆虫还在，屠事的痕迹一干二净。

三

夏末，屠夫支了一张小床，徒弟从此夜宿于此。

午后，女人独自睡在客床上。她听到声响，呼吸声，像是沉重的叹息，像是动物的喘息，一声一声。她想，是个男人。一个男人，就在近前。她屏息等待，时间从她的耳廓的血管里流过，呼，呼，呼。时间的声音是血流一样的声音，呼吸一样的声音。她猜想，是那徒弟吧？她一动不动，其实是不知如何是好。揣了忍气吞声的心情，她装作不知晓。

屠夫娘进门，招呼了一声："细妹子啊，什么时候来的？"顿了一下，又唤女人起床。屠夫娘走了出去，那人还在屋里。屠夫娘又喊了他一声。

女人在屋檐下见到了徒弟，他与屠夫娘说话，并不拿眼看她。屠夫娘将徒弟指给女人，说他比东子（她丈夫的昵称）大五岁，她微笑着对他说："细哥。"他张着嘴，像是被她吓了一跳的样子。她的客气，是理所当然的事，他却如此惊慌。她很意外，莫名惹出心底的那一点戚戚然。

屠夫娘说："把猪脑壳剥了喽，给你师傅那边送过去吧。"凉棚底下，一道满是油渍的横梁，那里悬挂着一颗孤零零的猪头。猪的双眼，塌陷隐没。那颗头，扇子一样开着，凝固了的黑色血痂子贴在白森森的稀碎骨头上。

徒弟定定地看着那颗头，忽地直了一下背脊，头颈跟着昂了一下，像只久蜷的猫犬猛地撑起它的前肢与爪子。他把头慢悠悠地转过来，用一种心照不宣的眼神看向女人。屠夫娘似嗔似哄地努起嘴来，说："哦?"他把头转了过去，嘴角扬起一丝莫名的快意，伸手摩挲着他的那条粗壮的颈根子。接着，他默不作声地往前走，很快便走出了院子。

"教他做人都不做，怎么出得来?"屠夫娘叹息地说道。女人忖思，这个"出来"，说的是不是出师"下山"的意思。恍惚便记起他看她的那个眼神，还有她叫他时，他把眉眼低下来，讪讪地笑，那暗自欢喜的样子。尘世凉薄，没被好好对待过的人，得了一点点的好，便受宠若惊甘之如饴。女人有过职场的挫败，自知冷暖。还有她进不去的圈子。女人跟徒弟，实在很像。

四

小院里来了客人，两个熟客，一个生客。熟客们坐在院中央的靠背椅上，面生的老妇，蹲坐在堂屋外的阶沿。老妇双手攥着一根扁担，扁担的一头杵在地面上，就像随时准备倚仗它站起身似的。屠夫娘在煎茶，熟客们争相寒暄，老妇只在张望。女人望到老妇，老妇一笑，神色紧张。老妇的头极小，门齿缺了，皱纹纵横的脸如同一只豁了口的核桃。

女人问老妇："您没有喝茶吗？"一位熟客说："她不吃，你婆婆问了，她不吃的。"女人兀自将手里的那碗茶递了过去，老妇不接，攥着扁担的手指蜷曲了起来，只是憨笑。另一位熟客劝说道："快接啊，吃啊。"老妇放开扁担，用双手托了，小心翼翼，又几分的虔诚。女人柔声道："您慢慢地，不要烫了。"老妇下意识地将那碗茶托高了一点，喃喃地说："嗯……"又抖抖索索地说："哦……"老妇看着女人，眼里跳出两团小小的光。

屠夫娘说起老妇送来了马齿苋，就着露水扯下的，东西就码在了屋檐下的墙脚边，老妇就是徒弟的娘。女人忙道谢，老妇连声说："没啊，没啊……"老妇很惊讶，还有一丝的惊慌。女人记得听人说起过，老妇脑子有病，不禁悄悄地观察着。

把茶吃过，老妇起身交还茶碗，挑上一对空竹篮走出小院，举止未有异常。"他娘不是有精神病吗？"女人疑惑地问道。人们摇了摇头，一个熟客说："那样的崽，一世出不得声。"原来所谓的病，是他的没出息啊，她恍然，点了点头。

屠夫娘跟女人说，之前曾跟老妇说起马齿苋是她最喜欢的一道菜，又告知过老妇，她今天会从城里过来。老妇的家离此二十多里，靠着一双脚走来的。女人很奇怪，她与老妇并不相识，怎会如此特意。"你是喊他'哥'的人，他娘老子总要有点表示嘛……"屠夫娘呵呵地笑起来。屠夫娘的笑声使她暗生鄙夷，市侩，功利，凡此种种，她都看不起。

五

秋分后，再见面时，女人又叫了徒弟一声“细哥”。屠夫听到这声儿，将脸摇向背后，眼角一挑。女人的神情持重，对于屠夫便是一种警告，她不会漠视这个人，也不会轻贱他。屠夫立马收了那满是不屑的眼神。这番暗涌，徒弟自是感触不到。他亦步亦趋地跟着屠夫，探着脑袋，目不斜视地往前走，眼眶底下堆着笑。他径直走到凉棚底下，停住，躬下身子，往地上的那只玻璃瓶看。就是上回他来时，带来的那只瓶子。当时屠夫和妹妹驱着他，他连栅栏门都没敢闩。

屠夫叫了，徒弟不答应，只在自言自语道：“换水了吗？晓得长得大吗？”屠夫又喊了一声，他立起身，突然扭过头来看着女人，嘿地一笑。这一笑，显得很得意，因为屠夫要留他吃饭，这是从未有过的事。

“吃啊，吃啊……”饭桌前，屠夫用筷子指着菜碗说话。徒弟甩开了两个膀子，端着饭碗扒了两大口，把碗放在桌面上，细细地嚼。黄鳝，小龙虾，刁子鱼，屠夫开了一瓶酒，一人一杯。吃啊，吃啊，屠夫又说。徒弟慢条斯理地点着头，他咀着咂着，蜡黄脸偏着，露出微醺的神色。

“吃得好吧？”屠夫拿眼瞟了瞟。徒弟抿了口酒在嘴里，皱了一下眉头。徒弟从嘴里理出一根小小的刺，用指头捻了，粘在桌面上，把它粘牢了，端起酒杯，抿一口酒说道：“好，特别好！”

屠夫家的饭，屠夫娘是不上桌的，早就过了时的老传统，屠夫娘还在遵循着。一张桌子，就女人和两个男人。男人们并不与她说话，男人们的话，女人只听着。屠夫离席后，女人很快也离开了。屠夫站在屋檐下，见女人出来，问她有没有吃饱，这是客套话。女人笑了一下。她不想跟屠夫有多的话说。

离开饭桌前，女人郑重地对徒弟说了声：“慢吃啊……”他微微地点了一下头。徒弟只有在女人的面前，才不把笑堆在眼眶底下。她像是他多年的故交，多余的话，不需要。女人不介意他表现出来这种随意，这使她感受到属于她的善良和宽容。

徒弟把屠夫家的饭吃成了独席，他走时招呼都没跟女人打，离去的背影里，似有一种得胜的风姿。半晌之后，屠夫妹妹嚷嚷着进门，说见到那人坐在了街头卖爆竹的兰姑家前头，撩起一双脚杆，架着脑壳跟人讲，师傅请他家里吃饭，师傅还亲自滗酒给他吃。街坊都是明白人，都说他扯谎。他还把兰姑的孙子喊到身边，说起杀猪的事，兰姑骂他死了血（没羞耻的意思），谁认过他是徒弟，莫教坏人家的人。

“这样地说他，他会心里难过吧？”女人问道。

“咳，他啊，趋着兰姑一味地说：‘那是的，那是的……’颠着他的脑壳，提着一张脸，就是那样地笑——他晓得什么难过喽？”屠夫妹妹答得满不在乎，细微地啐了一声，“今日吃的，都是他抓来的，大大（指屠夫）是不得收钱的喽。”

屠夫留他吃饭的原因就在于此，女人抿了一下嘴，想着徒弟得意的那个时刻。

六

立冬这天，徒弟蹲在屠夫家门口的一堆鹅卵石前。女人隔着栅栏门看着他。徒弟随手捏起一颗小卵石，把它抛往空中，在这小石子尚未落地的时候，又用同一只手抓取另一颗石子，然后飞快地翻过手掌来，接住刚才抛往空中的那一颗，顿时他的手里有了两颗小石子。女人不禁瞪大了眼睛。徒弟又重复了上述的动作，直到他的手掌里同时出现四颗石子。女人在孩童时代，也曾玩过这样的游戏。她静静地看着他，好在他没有接住第五颗。他扔了那些石子，游戏结束了。

女人等着徒弟开始新一轮的游戏。徒弟的嘴里念念有词，听声韵，应该是童谣。嗓音低微，她听不清楚。女人觉得很稀奇，她从不知道这个游戏还有歌谣。她问：“细哥，你在念什么？这个还有口诀的吗？”

徒弟睃了她一眼，站了起来，把手里的一颗小石头扔回卵石堆里。他不说话，也不急着离开，低下头，一直站在那里。女人犹豫了一下，问他要不要坐坐，说着就往屋里去了。

屋里除了女人，没有别人。徒弟在她关上纱门的那刻，一把拉住了门闩。

“细哥会抓鱼，这也是一个本事呢。”女人说道。徒弟嗬嗬地笑，拿他那双猫样的黄眼珠看着她，信任而又适意地看着。从捉鱼的方法谈到需要注意的方方面面，女人发现，徒弟原本是很能说的，并非口拙之人。

徒弟边说边微微地点头，女人的每一个反应都合乎了他的心意。世上的人分两种，有话说的，没话说的。恰巧女人是让他有话要说的人。然而事实上，女人没料到徒弟有这么多的话。她的微笑，偶尔的点头，间或的哦与嗯，先是应付，再是敷衍。渐渐地，她就不耐烦了，只是不好意思打断他。终于，女人想了个法子，问了他一句别的，但凡机灵点，都知道上个话题应该结束了。可他应了一声，又兀自将她打断的话头续上。

女人托着腮，想着一些杂七杂八的事，徒弟的声音，被她屏蔽了。女人从包里掏出一本书，翻动起页来。女人的书，跟她的工作毫无关系，从来形式大于内容，多数是做做样子。有时女人也跟旁人说说书里的字句，至于对方感不感兴趣，她是不在意的。她做这些旁人不做的事，倒也不是虚荣，只是这么做了，她才心安。她常常莫名地惶恐，时有漂泊无依的错觉，一点儿风吹草动就能惊扰许久。可她只在她的心里兵荒马乱。

“细哥，你怎么怕杀猪呢?”女人突然想起什么似的，抬起头来，认真地问他。她确实是好奇的。

徒弟愣怔住，哑巴似的看着女人。“也不是怕，看不得那个眼睛……”他艰难地说道。他的眼神僵直，一副复杂的表情在他的脸上漫开，疼痛的愧疚的或者怜悯的。女人发觉了自己的唐突，不知如何是好，就不再说话了。

徒弟走的时候，女人还在看书。他轻手轻脚地出去，在门外留了个声音，还是那句：“换水了没？晓得能长大吗？”没人回应，他又在自言自语。

四下无人，女人站在凉棚下，看着棚柱脚旁的那只玻璃罐，里边有只乌龟，不及婴儿的手掌大，是徒弟捉来的。他常常去看这只瓶子，当着人们的面去看。她想起他的本事。从头到尾，他就想让人知道，他有本事。

七

除夕的白日，女人站在小菜园里。

菜地的小河边，一道陡直的土塄上，长着一溜的灌木，当中还有一株柑子树，树杈间挑着几个果子。女人指着那里，对身边的丈夫说：“啊，看那个，真想摘下来啊。”丈夫认为摘不到，她跑到了土塄边，仰头看树，向那些果子伸出手臂去。她的双臂向空中捞着，咯咯地笑。这不过是她的一个玩笑。

忽地一阵扑簌簌的声响，徒弟站在了树杈上，冲女人喊：“摘得到，摘得到的……”他往上攀缘，像只猴子。

女人担心徒弟摔下来，为了几个不值钱的柑子，惹上一场祸事，对他说快下来快下来，我不要的。他攀得更快了。摘下一个，朝她喊，让开一点，接着把一个柑子掷到她的脚边，接着是第二个，第三个……最后的那个，他朝她扬了一下，那是一树柑子里最大的一个。他攥在手里滑下了树，没有向她抛掷。她拾了地上的几个柑子，一抬头已不见他，她还想等一会儿，丈夫说回去吧。

出了园子，徒弟站在栅栏门前，把手向女人伸过来，他的掌心摊开，正是那只最大的柑子："这个给你，怕丢烂了……"她的手腾不出空，他将它叠放在了她捧着的那几个小柑子上。她向他道谢，他看着她，他的眼球好像不会转动了。丈夫说："走吧。"

丈夫不曾招呼徒弟，或者觉得尴尬，转过身，笑了一下。走出几步，丈夫沉下声对女人说："莫那么贤惠，那个人，尽做些不该做的。"女人发觉到了异样，她分明认为，刚才那双盯着她的眼睛，是单纯的。她总是后知后觉。

暮色里，远近鞭炮在响，小孩子拿出自家的散碎烟花去小院里放。花花绿绿，噼噼啪啪。一个孩子发出尖厉的声音："鬼啊，鬼！"几个孩子跑进屋来。人们赶忙吐着口水，这是山南的古老仪式，常常用以消解不吉的话。是徒弟，他悄无声息地站在栅栏门外，黑咕隆咚的，像只鬼一样。屠夫妹妹说他竟不会道个恭喜，屠夫说，骂你都轻了！屠夫娘碎碎念着，小童之言，百无禁忌，小童之言，百无禁忌。女人说："细哥，你进来坐吗？"一时再没人说话了。他，不可能坐在人们身边，一起围炉向火，谈南山说北海。

徒弟走后，小孩子们又在放炮，人们又在看电视聊天。都在做着每个年节里完全相同的事。零点过去，岁是不用守的，人们各自归家。丈夫上床歇息了，女人跟屠夫娘坐在火炉边，隐约听到有人在喊。那人压低了嗓子，喊着："欸，欸……"

女人听出是徒弟的声音。她走出去，走到栅栏边，问他："细哥，你是在叫我吗？"他嘿嘿地笑。屠夫娘挨着女人，问他："你进来吗？刚才要是喊了声恭喜，他们不得说你，就让你进来了嘛。"屠夫娘一直用手抓着栅栏门，却并不是开门的意思。他说不了，不了。莫傻着喝酒，莫跟那些鬼人耍，屠夫娘念叨道。他只看着女人笑着，女人依然觉得他那不会转动的眼睛是赤诚的。

"你要学会杀猪……"女人突然说道。他噎住了似的，上身抖了一下，像打了一个寒噤，背是佝偻的。"那是，那是！"他又笑了起来。屠夫娘轻轻地撞了一下女人的背，是在提醒她，这话说得不该，不恰当。徒弟看着女人憨笑着。

回屋时，屠夫娘对女人说，莫跟他开玩笑，那个人，开不得玩笑。女人也很纳闷，不知为何会不假思索地对那人说出那句话。到底算是同情还是祝福？那人穿着一条破旧的内裤，朝她笑着的那个样子，被她给记了起来，她的心头有东西在蠕动，是蛆虫吧？她奇怪那些恶心的事物为何会被一再地记起，这让她感觉很不舒服。

八

大年初七，屠夫娘生日。女人等在小菜园前，等着她的双亲，他们要来给亲家祝寿。徒弟在小河边帮屠夫娘挑水，女人瞥见他时，想起屠夫娘说过，河边上那块垫脚的石板松了。她朝他喊道：“你稳当些啊……”他发了愣，肩膀上一对木桶像是担不起来了，脖颈愈发前倾，腿脚也不利索，迈不大开似的。

车抵院前，徒弟凑上车门口，伸手做出搀扶的样子。女人的父亲摆开了手，母亲任他搀着，又拿好奇的眼光看着他，听他说了句什么，就笑了一下。

席间，徒弟撮着嘴，端了一杯酒，跟在屠夫与女人丈夫的身后。一个客人用筷子指着屠夫，眉开眼笑地打起趣来：“好，这酒敬得好嘞——师徒兄弟，就是恩婆（母亲，指亲生的）兄弟一样的……”屠夫回过头，皱起眉，在徒弟的肩头搡了一把，嚷道：“走开些，去吃你的酒去吧！”徒弟脸上的笑塌了下来，下意识捂着手里的酒。他又想去喝那杯酒，酒在他手里嘴前微微地抖。接着他就笑了起来，那笑依旧堆在眼眶底下。

宴席结束，女人在酒楼边的拐角见到徒弟。他半张着嘴，她朝他微笑起来，他别过头，走开了。人们都在送别她的父母，他看得见的。宴席开始之前，女人的母亲就在嘀咕，那人过来搀扶时，咧咧地说道："看到你老人家就像是我亲娘子一样。"这说法，太离谱了，除了笑一笑，不知怎么回应他。母亲还说，那个人，脑子有毛病，离他远一些。丈夫也说过，莫再那么贤惠，那个人，尽做些不该做的。可女人还是对他做出了微笑，但他扭头就走的样子，令她十分不快。

女人想着应该做出些样子给徒弟看，然而春天一过去，徒弟的小床被拆掉了，听说他去了村头新开的砖厂工作，月工资八百。他不会再来了，人们都这么说。可就在一个午后，他又推开栅栏门走了进来。女人不唤他了，他还是看着她，喉咙底下咕哝着。人们开始嗤笑起来，屠夫嚷道："赚大钱了呢，怎么还想到回来？"他唧哝了一句，声太小，没人听清。

他蹲在台阶上，伸长了手臂，拨弄着新买的一个廉价的手机，那只手里同时还握了一包尚未开封的白沙烟。屠夫的侄儿，十六岁的少年人，摸着鼻子问他："你的手机是'苹果'的吧？'苹果'几啊？"他的头半仰着，一脸愕然，屠夫妹妹掩口笑，屠夫的朋友说："烟也换了朝嗒，抽上'精白沙'了啊？"他嗯了一声，低头握紧了他手心里的那包烟。屠夫笑着问道："还新置了业哪——手机也是牌桌上赢的？那（么）堂客也讨到手了罢？这下敢（杀猪）了不？"他骤然抬头，黄眼球突起，音量拔高了："这是，呃……"他不服气，又想分说，但他还像从前一样，没有把话说完，也不敢把目光落到屠夫的身上。他把手机和烟收回口袋里，直愣愣地看着她。他看她看得恳切，信任又依恋，好像她是他的援兵，使得人们都在看向她。

屠夫的朋友笑呵呵地问女人：“你看，他这是拜的什么师？”女人大声说：“他不敢，他没得那个胆！”她像人们那样发出大笑的声音。徒弟走出栅栏门外，并没有再看向她。可她觉得，他一直在看着她。她终于做出了该有的样子，从寿宴那天，他对她扭头的那刻起，她就决定好了。

“你这一世，让他给折磨了！”屠夫的朋友拍了拍手说道。“啊，这一世，送他害了！”屠夫把头点了一下，人们大笑着。

九

秋风起，女人在屠夫家的客床上睡着了。听说徒弟拿到了低保，政府把他那间快要垮掉的房子也已经重建好，他开始享福了。还听说，他的腿断了。半夜捉鱼，从桥头栽下去，折一条腿，万幸了。女人好久没来，徒弟也再没来过。

女人听到窸窸窣窣的声响，屠夫娘怕吵醒她。猪该喂食了。她闻到猪食煮熟了的气味。徒弟来了，他从门外轻轻地走过，径直去了屠场。踩在潮湿的稻草上，猪的四个蹄子踩过的，猪的长嘴拱过的，猪就是在这些稻草上走向末路的。他把手放在猪圈的水泥围栏上，有只猪，在他拖它的时候，腾地立起，把一双前蹄搭到了这围栏上头。他拖它的一只后蹄，它嗷嗷地叫，他拖它不动，屠夫操起它的一只前蹄，它还是死死地攀在栏杆上。他们抓着它的两只前蹄用力拽，屠夫的铁钩子勾住它的咽喉，它跌下来，他们将它往屠场拖。他感觉他们是在拖一个人。

铁钩子勾在它的咽喉，它的头啪啪地甩，不像是只猪，猪只会往后退，钩子陷到肉里，他扯它的尾巴扯它的一只后蹄，猪就没了挣脱的劲头。猪侧身上了屠凳，他臂肘子压在后臀尖尖上，说时迟那时快，屠夫的点血刀嗖地扎穿了血管，血往前冲，哗哗地打到屠凳前的接血盆里，像一股子又腥又烫的红色自来水。盆里放了水，水里放了盐，屠夫的点血刀早早在水里拨动过，像鸭鹅的脚掌拨清波。猪抽动几下，只有出的气，没有进的气，猪的声儿早哑了火，猪的宿命，是一个黑黝黝的悬崖，不见底。屠夫在悬崖底下接住它，烫了毛，厚墩墩的肉身子抖啊抖。一把小弯刀，剜去了尾巴。皮肉分离了，身首分离了，一堆内脏。猪应该是这个样子。猪没有眼神做给人。然而那只猪，它在看着屠夫，看着他，啪啪地甩着头，一下看屠夫，一下看他。啊哦啊哦，它在叫，像是人在叫疼那样，啊哟啊哟——它噗的一下两只前蹄弯折落地，头往下磕，像个人在跪地祈求。屠夫钩子一提，一伸手，点血刀扎进了它的咽喉，拉盆，接血，屠夫咬着牙说："今天你是个鬼，我也把你给杀喽！"屠夫是凶神，是恶煞，它像是一个人，它在悬崖上苦苦哀求过，徒弟看到它的眼睛，不是惊慌，不是恐惧，它是不可思议，是舍不得，是放不下，是无可奈何。女人问他怎么怕杀猪，他说他怕看猪的眼睛，其实他也怕看人的眼睛。

徒弟从屠场走出来，他的手摸到了纱门的门把手，门吱地开了，徒弟的手摸到虚掩的房门的门把手，啊，呃，呃，房门一截一截地开了。年轻的女人就在他的眼前，一团身子侧躺着，被子把她的身子遮住一半。却道天凉好个秋——她跟他这么说过一句诗，再没有人像她那样跟他说过话。女人的耳朵红通通的，毛茸茸的鬓发，毛茸茸的额发，他趋近些，他闻到了女人的香气，熏熏的，软软的，一点点的甜，她打香水，女人的气味，蜜里调了油。徒弟长长地吸了一口气。

徒弟把手伸向女人的耳朵，挨到了，像过电一样，他的手指一麻，麻酥酥的滋味从他的小臂瞬间传到隐秘的角落。女人跟女人是不同的。年轻的女人一动不动，他的手在那只耳朵上压下去，手指插到她的肩窝，热烘烘的。“你在做什么！”女人瞪大了眼睛看着他，他是噩梦，也是噩梦之外的另一个噩梦。他不说话，定定地看着她。

“走开些！”女人朝他喊道。她愤怒，她厌恶。她在柑子树下伸着双臂，咯咯地笑，她做过的那个俏样子。“他不敢！他没得那个胆！”她当着人们的面冲他嘎嘎地大笑。他扯开了被子。“啊——”她叫了起来。她还喊了一句话，他听不清楚。他拽着她，往屠场拖。她落在地上，双腿扑打着地面，一个劲儿地扭。屠夫说，有人杀一头猪，那猪从屠凳上蹿了起来，从屠场跑了出去，一边跑，一边叫，跑到院里，蹿上柴火堆，木头扑啦啦地往下掉。猪蹿到了屋顶，溺了一泡。那泡尿，从瓦片上淌下来，淌到人们的脑袋上，猪得了胜，哇哇地叫。还有猪，直着颈根撞倒了杀它的人，主家好一个晦气，染一身血。

徒弟钳住了女人的脚踝，拖出了纱门，拖过了檐下，他感到有无穷的力量，他是膨胀的宇宙。她的头撞在门槛上，嘭，他听见了。她跟他说话，他似乎一句也听不入耳。猪在嚎叫。屠夫杀过的猪，一千两百五十三头。屠夫杀一头猪，就用粉笔画一笔，一个个正字画在门口的红砖上头。一个个正字从墙上浮起来，一笔一笔飘到屋顶下，敞开嘴齐齐地吼。刀尖划过，猪的皮唰地拉开了。“为什么？”屠场屋顶的白色旋涡里，翻涌出一句话来，分不清是从哪条嗓子底下掏出来的。徒弟拨开女人的眼皮，他要看着那双眼睛，再没有什么不敢的，他的宇宙在一刹那光电交错。下山喽，正是好时候！“噗——”低低的一声，悠长悠长的，徒弟觉得脖子一凉，疼痛从那儿裂开了一条口子，嘶嘶地把他裂开了。他站在悬崖，狂风呼啸，深不见底，脖子上有一把刀。被女人插进去的，他拿过一回的点血刀。

“你要我学会杀猪。”徒弟的话突起，依然从第一个字开始低下去，轻飘飘地，像在跟随着什么一起跌落，坠入悬崖。

十

“要起来了啊……”屠夫娘在喊。女人浑身湿透了，是汗水，她觉得冷飕飕的。恍惚间看到徒弟，突着脖子奔来，女人瞪大了双眼。她朝向他的微笑，她喊他“细哥”，她与他说话……她对他的怜悯，使她感到自己高尚。她以为她与周边的人不同，她总是陶醉在对于自己的想象中。她纵容了他，又对他感到了厌倦。她很任性，赤裸裸地表现她的厌倦。她应该坏一点，只要一点点，不回答屠夫朋友的问题，不那么哈哈大笑。她不许他太近，又后怕对他的疏离。混沌，盲目，仓皇，她终于明白她为何总会想起那只蛆虫了，她跟这些龌龊的事物一般无二。

纱门被推开，屠夫娘走了进来。女人的心跳像要撞破嗓子眼了似的，怦嗵怦嗵响。她揉着眼睛，问有没人来过。屠夫娘说，没有。

“那个学徒弟的人还会来吗?”女人又问。

“哪个学徒弟的人啊?”屠夫娘很奇怪地答道。

我左手一式太极拳
右手一剑刺身前
扫腿这招叫清雪
破轻功飞燕
我奇筋异脉力破天
一身正气荡人间
除暴安良我心愿
老师傅再见
……

不知谁从窗外路过，手机响着一首新出的网络歌曲，从墙壁折上天花板的阳光暗下去，猪吃空了食盆里的一锅饲料。秋日短，已是夕阳西下的时候了。

云烟

一

沐浴之前，徐莎又一次打开了手机邮箱。没有回信，她的一封去信，日期显示在一个月之前。或许都不应该称之为信，那是她写的一部小说。

小说的标题是《古老的龙》，篇幅很短，故事挺简单。主人公周婷带着孩子坐在自家的台阶上，跟父亲吵了一架，见了一个快递员，之后独自去了河边，生起一堆火，祭奠她死去的情人。

在发出之前，她给朋友看过，朋友给出的评价不好。朋友问她：为什么要写这么一部小说？这个问题像根芒刺扎到了她，她跟朋友说，她儿时的一个朋友，她妈妈邻居家的女儿——周婷，离开小镇多年，前些天突然带着一个小男孩回来了。老邻居们坐在她妈妈家的沙发上，都在说那是私生子，周婷自己都搞不清楚孩子的父亲是谁。他们还指责周婷种的那些凤尾蕨。无端端将她爸种在家门口的栀子蔷薇蝴蝶兰全给拔了，种上了井里墙底见不得光的草，好不晦气。她遇见过周婷几次，周婷从不跟她打招呼，就像根本不记得她似的。周婷也毫不搭理曾经认识过的人们，而她禁不住好奇，暗暗观察着她。

一连好些天，她下班到家不久，太阳正当昼的12点40分，准会响起一个声音："周婷，你有一个快递！"那个嗓音有些干，是个瘦得腮帮子都有些瘪塌、显出了牙床轮廓的男人。看着年纪比周婷还要小个四五岁，一根皮带松松垮垮地系在腰上，灰不灰白不白的裤子，随时像要掉到脚脖子底下去。她看着他一次次走进周婷的家，手上没有任何东西。一刻钟后，他才离开。

周婷家的那栋两层小楼，近到与她妈妈的家快要屋檐挨着屋檐。她听到周婷扯着嗓子一声声地喊着她爸"正爹""正爹"，问他怎么选在这个日光正烫的时候浇水，她担心那些凤尾蕨会被弄死。正爹不理她，举着水管，水哗哗地扫在台阶两边用墙头垒起的花坛里，蔫嗒嗒的蕨草被撞得直打战。正爹腰板挺得老直，一楼走廊的水泥立柱上，有他早前写下的一行掉了漆的蓝色大字："哪个摘老子的花死你儿"。

邻居们说，早前的城，就这三井头连起南门、西门、东门的几条街头巷尾，北门都不算——他们看不上南平街后来的邻居，那些人从乡下从外地来。他们这些老城关，才是真正的城里人。正爹也一样，跟他说得上话的街坊，也只有扳指头数得出的他们这几户老城关。栀子花被人摘掉几朵时，正爹怀疑起了老朋友们，他跳起脚大骂，写下了那行歪歪倒倒的咒语。那些花，是他在绿化办当临雇工时暗中弄来的，费了好多心思。都知道，是他正爹的宝贝疙瘩。那周婷应该是动了不少的脑筋，才说服他种下那些草的吧？

她见到他们在台阶上争吵，周婷从门口冲出来，大声朝正爹嚷着，质问他是怎么照看孩子的，她的儿子摔在了地上，都在地上睡着了。她愤慨他在乎的人只有那个“野堂客”。周婷活像一头愤怒的骡子，鼻孔微微张开。正爹扔了水管，斥骂说“子不能干父”，他的事，她没资格说三道四。他说收了她一个月两千块钱，天对天地服侍了她，服侍了她的那个小孩子，还要服侍好她的草，他不欠她什么，全是她欠了他的。正爹的眼睛突然红了，那并不是他想哭。是被她给气的。

周婷把哭泣的孩子放在了婴儿车里，顺势坐到了旁边的一把靠背椅子上。那个孩子的哭声非常短促，“啊”的一下，又接着一下，好像喘不过气来似的，听着不像一个满了三岁的孩子的哭声。

一个扁平脸的中年女人从小坡上走下来，见着这不高兴的父女俩，一脸的笑渐次收了去。正爹见了她，反身便拧了水龙头。女人领着正爹，两人一同走上了小坡。那就是周婷口中的“野堂客”，有个酒鬼丈夫，没离婚，是正爹同锅吃了好些年饭的老情人。

周婷的手机响了铃。徐莎听出来，是周婷的妈和弟弟打来的。周婷的妈，离婚后的二十年一直在外。听说周婷十五岁起就是去的她妈那边打工，弟弟初中毕业也跟了过去。两轮电话听下来，她断定，这娘仨，早就只各顾各了。弟弟似乎马上要带一个女朋友回来，周婷斥责了声称“想念女儿和外孙”的妈。那个妈，在她的产褥期每月收了她三千块的工钱，还偷过她的金首饰。

孩子一直在哭，周婷也不哄他。

就是这么一个乏善可陈的午间，让她生出了许多的浮想。她决定，她要写这个女人。

二

她猜想周婷的爱情，周婷爱过一个医生。她想象他们的相遇，像是诊室的样子。有一张窗帘，阳光艰难地从缝隙里穿过，在墙顶的那一线，晕染出蓝灰的颜色。窗帘的近处有一张窄床，白色床单，床头一盏台灯，灯罩子像个蜗牛壳。台灯的旁边有个黑漆的木质立柜，玻璃柜门一直紧闭着。“来，把下颌放到这上面来！”医生的手指在一台白色的仪器上轻轻地叩着。

周婷把下巴放在U形的托架上，医生转动一个支杆，镜头朝向她，一个蓝绿的光点移过来，她的眼睛里一整片的金光。医生离她很近，她屏住了呼吸。她尽量不作声。“看上面……”

“好的，看下面，看这个桌面，好的……”他的嗓音是轻柔的。浅褐的底子上树杈子珊瑚丛一样的枝蔓，她才知道，那就是她的眼睛。她的呼吸浅下去，担心呼出的气息不好闻。医生的身上有一股很淡的香气，不是肥皂的香，也不是香粉的香。男人也有香的。

医生问周婷，是不是用手揉过眼睛。她记不起来了，他喃喃地说：“白色的，像是油漆，你是怎么把油漆搞到眼睛里去的呢？”她实在记不起关于白色油漆的事。或许是在街边走着，那个在装修的乒乓球馆门口，架了一把人字梯，一个工人跨在上面在喷漆，就是这样路过时，飘进眼睛里，她下意识用手背去擦过吗？她这样回想着。

医生帮她挑出了那一点“白色油漆”，用针尖挑，用棉签刮，她的眼睛肿了起来。疼痛是从回家后第二个钟头开始的，她的眼睛贴了纱布，白昼的黑暗里，眼球的痛像要人的命。她无法久躺，下了床，摸着墙走，在这个时候接到了医生的电话。

医生给她送了些药，没有收她的钱，后来就时不时地见面了。她去诊室，坐在候诊的凳子上，看他给别人看病。她觉得他的白色工作服很衬他。温言细语的人。看完一个病人，他朝她看过来，笑一下。他的皮肤很白，挽起的袖口露出的手肘，有时比看病的女人的脸还要白。

诊室隔壁的那间休息室的病床上，床的弹簧咯吱咯吱地响，医生的鼻息在周婷的耳边，他的嗓子里发出低微的声音，但他从不叫出声来。隐忍得让她怜惜。她的腿折起来，膝盖几乎挨着他的脸，她折成这小小的一团，令她感觉到自己的娇弱。“很小啊，你啊……”他轻轻地说。他们像两个孩童，世上的事，都忘了。他让她陶醉。他的身体上有着一种香气，他的香气，男人也有香的。

他们并排坐在诊所后面的小院里，院里有一口井，麻石井。他说那里头有一条龙，你不要去看。她走近，探出头，井壁长满了青苔，从井口望下去，内壁上伸出小丛小丛的叶子。他说，那些像龙爪一样的叶子，是凤尾蕨，可以做药用的，清凉解毒。她问他为什么不去摘，他笑着说，西药见效快，谁还用草药呢。他笑的样子看起来真年轻，不像比她大十岁的样子。

糟糕的事还是发生了，周婷学会了十字绣，她给他绣了鞋垫，他带回家，没有垫进鞋子里。他把它们放在了一个铁盒子里，他的妻子看到了。鞋垫上，她在爱心的图案之外，绣了一个“婷”字。是舍不得把她的名字踩在脚下吗？她没有问过他。他的妻子翻看了他的手机，没来得及删掉的短信提前结束了他们之间的交往。

诊室里，医生说：“我现在不能离婚，孩子还没有读大学，要等他考上大学，在这之前，我们不要见面了。”周婷的头疼起来，好像一把勺子搅动了粉色的脑浆，她不能思考，怎么走出诊室的，她记忆模糊。她只记得两条街，北正街、十字街，街上行人来来往往，她的眼前只有晃动着的影子，影影绰绰，她好像走在不是人间的地方。

医生在周婷怀着孩子的第五个月时车祸去世，直到死，他都不知道这个孩子。正爹，她妈，她弟，所有的亲戚都反对她生下这个孩子，可她非要生下他。没有户口的小孩子，但他是有父亲的，她知晓他的父亲是谁。

三

她写了这个女人，在一个女人一生中的一个午间。

这个午间，正爹端一只碗，向周婷走了过去，是酱的气味，热烘烘的，让人反胃。他从碗里捻出一粒，放进嘴里嚼着。周婷刚上街买回来的一堆东西里的一包榨菜，他用热水泡了泡，就当零食吃了。家里没有什么可吃的了，冰箱里也没有，娭毑的那只老橱柜里，挥着哈喇油气息的橱柜里，连一片饼干都没有了。周婷看着他吃完，看他把碗里的一点水往草叶上扣过去。他说起他的痔疮，迟早是要送去割一刀的。可是要花七八千块钱，不是小数，想动它还暂时动不得，他都不敢吃辣了。

扁平脸女人手里拿着一张印了字画的纸，纸离鼻子只有几寸远。女人问正爹，今天要买什么好？正爹说，这里一行诗，日暮苍山远，天寒白屋贫，边上的画，一只鸟像乌鸦，站在树杈子上，边上一个人，坐在树墩子上，两边对望着。“你横竖看中过……”女人冲正爹笑起来。正爹看准过一回，赢了上千块钱。可惜后来再也不准了，箱子底的老本输得透透的。正爹问周婷要钱，说是去买社保，她把头扭过去：“上回给过你，你都送给‘白小姐’了，没有钱给你了。”

那个快递员又来了，他走上台阶，径直走到了她家的客厅里，坐在茶几边的一张藤椅上。那张旧藤椅，围栏烂了几个洞，缠了红布带子，还是周婷娭毑在世时给缠上的。快递员坐上去，椅子吱吱地响。他的表情，有些愉快，又有些疲惫。他的牙齿露出来，两颊都是褶子。然而，周婷突然凶巴巴地冲快递员说：“起来！”快递员都被她给弄蒙了。他从茶几上拿起一挂钥匙，把它串回皮带上。从前，她从不驱赶他。那张藤椅，他想坐便坐。他会起身的，跟在她的身后，从客厅的那扇门里走进去，里边是卧室。可今天，他没有这些权利。

快递员走了，茶几，木沙发，藤椅，一张挂在墙上的黑白照片，什么都没有的客厅。阳光从磨花玻璃窗户照进来，80年代的磨花玻璃，阳光撞在那些波折上，折出细小的金色的花瓣，阳光很灿烂。

“就在前夜，她做过一个梦，梦见来到一个陌生的村庄里，都是木头做的楼阁。房子很老旧了。她走进一座楼，顶上是一道道雕刻了花纹的横梁，她从这样的廊道走过，穿过一个雕花的圆形木门，看到了医生。她朝医生跑去，医生却往前奔跑着，她追不上他。终于，医生停了下来，当他转过身来，她看到的医生好像一瞬间回到了他的小时候，一个长得像医生的小男孩。她感到非常失落，是医生啊，却并不认识她。他与她不在同一个时光的隧道里。她看着她的孩子。孩子一直在哭泣。她真的很希望孩子能够停止哭泣，好好地看看她。就这样，医生出现了，医生从来没有离开过她，一直就在这里。”这段话，是小说的结尾。

朋友说，这个小说，太不接地气。哪有这样的人？她说，就是她的邻居。她强调除了爱情的细节方面，其他都是她的亲眼所见亲耳所闻。朋友摇着头，他说，读到的人不会认同这一点，人们不会认为这是真实的，因为你描写的爱情，不符合人们对感情和生活的经历和理解，全都脱离了常识。还有她给小说拟的标题，《古老的龙》。“古老的”这个前缀用得匪夷所思，而“龙”作为意象，根本无法成形。这个故事，空泛，虚浮，不可信。她默不作声。在一个清晨，她把这封邮件发了出去。

四

热水器发出“嘀嘀嘀——”的警报声，小区的增压器又出问题了，她重扳了一下阀门，下意识地，她给丈夫打去了电话。丈夫都没有听完她说的最起始的那几个字，他的声音压得很低：“还在开会。”把电话挂了。

她的手指动了一下，收件箱那里，出现了一个数字：“1”。她守候已久，忐忑，焦灼，方生悱恻，又生确信。像是钟声腾起，从头顶直抵她的心。

“抱歉迟复，你的小说前些天我已读了，语言依旧很好。也许是我出国多年，已对国内的情况不熟悉，感觉上女主人公的意图很牵强，且主题模糊不清，情节的设置也给人感觉矫揉造作。”接下来，祝好云云，这就是回信的全部内容。她的心缩成一团，像个贼人被猛地捉住的手，那是一种本能般的收缩。她感到了耻辱，还有一种古怪的轻松。

她不停地扳着水阀的把手，一下，两下，轰的一声，水来了。屏框里的蓝色火焰终于燃起，她走进了浴室。缄默的水流没过她的头顶，她抬起头，鼻子里呛进了水，扎着她的眼睛。水流过肩膀、手臂……她感到一点点的疼，像是消融般的那种。被抛下的女人，她默念着。她写的就是这样的女人，她笔下的那个午间，周婷独自一人，去往江边，祭奠医生。

从小坡走上去，周婷经过了一个破旧低矮的民舍，那是她儿时朋友的家。经过了一处古窑址，在那块大石头旁，有一对年老的人，老头子牵着老婆子，老头子脱了一只鞋让给老婆子，老婆子的右脚从自己的鞋子里光着出来，勾在离地两寸高的地方不肯落下。经过了一个抱着婴孩的女人，那女人把头戳在婴孩的脸上，说着“江上没有船船了，江上没有船船了”，她不喜欢这个声音，她是从不这样跟她的孩子说话的。渡口前，她攀着麻石栏杆，沿着那条泥泞的小路走下去，在靠近堤塂的地方停下。她把两个纸箱放在堤塂的墙边，一个纸箱里是黄色纸钱币，一个纸箱是刨木花。刨木花铺在纸钱箱下，鞭炮点燃了，青烟腾地而起，像一条龙。火生起来了，滋啦滋啦，她从墙那儿绕到前面去，在小路边找一块砖头，把它垫在纸箱的一角。半边纸箱都烧完了，灰白的，还是古钱币的形状。雨落下来。周婷站在雨里，向火焰伸出一只手去，像是要用手挡住雨滴似的。其实雨很小，不会浇熄火焰。火的热气烘上她的脸，再近一点的话，头发会被火点着，她任热浪扑向她。从邻居家的屋檐下路过时，她听到了人们的谈话。她早就知道人们在如何谈论她，她的嘴角一撇，火焰前的那只手被她握成一个拳，曲起来的胳臂显得十分强壮——就是在那个午间，周婷赶走了快递员。那一天，是医生去世的日子。

不论他爱不爱她，她都在爱着他，永远爱他。医生说，那口井里，有龙。这个世上，真的有龙吗？周婷把龙爪样的凤尾蕨种在了门口，一睁开眼，就看得到。老天知道，她有多爱这个人。她下意识地将那封回信又回想了一遍，这像是一种自虐。她被摇晃着，有个地方，被扽扯着，她不觉得疼。一个夜晚，就这么跳出来。收到回信之前的那个夜晚，不经意就会跳出来。

那晚，她要去见那个人。

在一座中式庭院，一点一点青绿的光，落在竹子上，落在水池上，幽幽的，摇摇的。石板小路，她越走越急。房间里，一盏锅盖灯吊在正中央，四围的木床垂了白帐子，像个纸糊的盒子。她锁上门，在窗前的桌案前坐下，双臂搁在案桌上，下巴抵着手背。一股淡淡的类似松香的气味，清漆底下，是树木纵向的纹理。她侧过头，沿着那些纹路往案桌的那端看。时间的轨迹戛然而止。她感到从未有过的疲倦。似有一道丝线般的裂隙，在她的心底微微地震起。很不舒服。她轻轻地咳了一声。突然听到滴答滴答，微微的滴水声。

她抬头，看向了水声的来处，里头的那一进房间，没开灯，这边的灯光扫过去，昏昏地黄着，再深处，全是黑的。她感到了一种莫名的恐惧。这恐惧并非源自空间的阴沉。下意识地回过头，她看到桌案上的一面圆镜子。她想做出笑的样子，可她发现她做不出来，这显得有些可笑。她吸了一下鼻子。铃声响了，是新的微信消息，小区群里的，是一条视频，她没想去看。

微信铃声接连地响，买菜群养生群同学群好几个群里都有人在转发同一条短视频。是本地的一场车祸，几个男人同穿马路，一辆小车冲过来，其中一人伤重，当场不治。镜头里，警车上的警示灯闪个不停，死者被一张白布蒙住，血流了一地。拍摄者在视频里说："老同学聚会，才四十多岁的人呢……"一个穿着牛仔服的小女孩搀扶着一个中年女人，那个女人声嘶力竭，倒在了一张藤椅上，冷冻棺材里，是一个男人，女人的丈夫，女孩的父亲。她想起几年前她同事所遭遇的事情，同事的丈夫死于车祸，前往吊唁时，她见到的。如今像放电影似的，又在脑海里显现出来。

丈夫，她突然地想。"叮——"手机响起了来电铃声。

五

“莎啊……”卧室外，丈夫叫了她一声，他回来了。

她嗯了一下，关了水龙头。胡乱穿上睡衣，盥洗台上的镜子照出她的脸，一闪而过。她突然止步，回到镜子前。眼角、毛孔、斑点。她想起那晚房间里的圆镜子，多年以前，她曾在镜子前有过一种错觉：这个人，就是我吗？为什么就是我呢？那种错觉油然又起，方生方灭。

滴答滴答，水滴的声音，花洒早停了，没有漏水，是哪里来的声音？影影绰绰，有雾气般的模糊，停在远处，又似在向她靠近。她等着它靠近，但很快失去了耐心。她想，也许那天可以不发那封邮件给那个人。

丈夫靠在床头，他还没睡。“关灯吧。”他对她说道。她突然生起气来，“等一下。”她说道。“你看我，是老了吧？”她有些忐忑地问。“没有呢。”他短促地答道。“你喜欢我吗？”她看着天花板，壁灯的白光打在上边，涂抹出大块的雪青。“啧……”他发出一个仓促的声音，仿佛一下将她给推开。“说吧，我在等着。”她的语气冷淡而又骄矜。“睡吧，我很累了。”他说。她扑地一下，摁灭了灯。

她蜷了起来。那个夜晚像根曲起的指头，一下接着一下，叩在她的心头。"早知道……"她哀怨地想着。过了一会儿，她发现他把手伸了过来，压在她的胸口。他的手从她盖在胸口的毯子上伸了进去，她意识到了他要传达的。她按住了他的手，说："睡吧，我很累了。"她的声音，不轻不重。他将手移开，飞快地转过身去，把背朝向她。很快，她听到了低低的鼾声。她感到愤愤不平。她沉默着，终于掀开了被子，走出了卧室。

客厅的茶几上，书叠着书，塑封未启，放在那儿好些天了。她望着它们。她并不是很想读，却一本接着一本地买。那个人，他喜欢读书。如同她并不是多么喜欢诗，却写了这么多年的诗一样。那个人，很爱诗。

当年的她，中专毕业，顺利招了工，进了文化馆。工作的第一天，她遇见了那个人。那个人个子很高，笑起来很好看，是馆里的文学专干。他来她的办公室，与别人聊天，目光却停在她的身上。他去他的亲戚家，顺路来她家坐了一会儿，她知道，那并不仅仅是顺路。可她从未做出回应。她太笨拙了，对于情事，丝毫不懂。有同事想撮合他们，他说，年纪还小，暂时没有考虑恋爱。不久，她认识了丈夫，而他举家迁居了外地。他打来电话时，她已结婚。他们偶有联系，她的生活平静，他的事业很好。

她记得，临别的那天，他往车前走，突然回过头来，叫了她一声。他站在那儿，微笑着，向她挥手。她也朝他高高地挥了挥手。他把他出版的诗集和论文集寄给她，后来他出国了，从事出版业。这些年，他偶尔问她，在写什么，是否有新的作品发表。这就是她与他之间的全部故事。

然而，在她的心底，还有另一个故事。她回头，他看着她，他们挥着手，那一霎，仿若从时间的边际穿越而来，那么短，却那么长，那是结束，也是起始。他在她的心里早已生了根，她花了好几年才意识到这一点，又花了后面的这些年来回忆和想念。她悬着一个秘密，偶尔踌躇，时有踯躅，小心翼翼，迂避回环。隐秘使人孤单。当周婷带着一个不明不白的孩子回来，在门口种下见不得光的凤尾蕨时，她如获至宝。

朋友谈到她的小说标题，不过源自她无意中见到的一个鸡汤句子："偷偷地喜欢一个人，就像一条守着宝藏的龙，凶猛又天真，强大而孤独。"这句话简直写在了她的心上。对于男女之情，她有着迷恋般的憧憬。隐忍，纯洁，持久，与这个年代不同，属于古老的一种。还有决绝与坚定。在那封信里，周婷是她，她也是周婷，可她不能把这些说给朋友听。

当她得知那个人即将回来的消息，他受邀与其他的一些人以知名寓外乡友的身份前来参加一个会议。她约他会面，他答应了，她像怀春的少女一般，等待着那一刻的来临。然而，她的手机来了那条车祸的视频。丈夫，她想到了他。他的眉眼，嘴唇，他的口哨，他的嗓音……尘埃萧萧地落着。她有一种下坠的恐慌，她很讨厌这种恐慌。"叮——"铃声响起。她知道是谁打来的。这是她许久之前就设置好的，专属铃声。她接听了，他在里边跟她说："喂，莎啊，我手机没电了，刚到家。

同学聚会什么时候散啊？有车吗？打车回来，还是要我来接你？”

她昂了一下头，她的心簌簌地往下落着，又在某个高度戛然止住。她看向手机，她想打一个电话，但她迟迟没有摁下那串数字。时间指向了22点13分，这个数字给她迷信般的恶心感。她霍地起身，几步来到门口，拧下门锁，毫不犹豫地走了出去。步履很急，像是被追赶，也似被驱逐。像只要再等上一刻钟，或者几分钟，那个人就会出现。而她，却没有见到他。她给他发去了一条留言，说她走了。那个人，第二天早晨才回复她，他比较忙和累，昨晚很早就休息了，并祝她开心。之后，她写了一部小说，将它发给了他。

手机震了一下，她拿起来看，是条银行的广告短信。下边的订阅号更新了一条诗歌链接，视线扫过去："我爱过的人，爱过我的人"。她把手指放在关机键上，又松开。她把那链接找到，点开：

切莫走近
让它是云烟
到我的梦里来
到你的梦里去
我爱过的人
爱过我的人
让他永远是云烟

永远是少年
永远是梦幻

她盯着那几行小小的字。她想，那晚，她为何会逃避。是自卑吗？还是顾忌呢？好像有一点，却又都不是。他的回信，她并未过于悲戚。她想结束了，但她知道，这并不是一种释然。如同丢失了某个东西，可有可无，却又非要不可，因而怅惘。

六

壁橱顶上的时钟在走动，嚓，嚓，嚓。她抬头看了一眼，12 点差一刻。前些天，这只钟停摆时，她觉得很奇怪，转而一想，还是结婚时买的，是该坏了。丈夫拿下来，换了个机芯，重又挂了回去。“一样的，又会走好多年……”丈夫笑着说话，一种祝福般的神情。她的心，有那么一小会儿，像被绷了起来。她听到从卧室传来的鼾声，那鼾声比起往日厚重得多，显得古怪。怎么会是他呢？她不明白，仿佛他只是她随着流水的经过，他可以是这个人，也可以是那个人，他只是凑巧出现，从而无法逾越。她想他为何会出现。她想到时间、历史、莽苍、星光、黑暗，漫无涯际。想到死亡，她的心揪扯起来，不禁缩起了肩膀。

她回到了床上。她的膝盖碰到了他。身体的温度，落在膝盖的那一小块上，好热乎，甚至有点儿烫。她看着天花板，没有灯，什么都看不到。他曾经年轻的笑脸重叠在枕边这个翕着嘴打着呼噜的脸上。她想起他的背影，他穿白色的制服，把一片X片插在影像灯上，指点着这里那里。他的身边，站着几位同样穿着白色制服的人。那是她偶然到他工作的地方，他太专注，始终没有发现她来了，她静静地看着那个背影。

还有广播学校的大门口，她远远见到的两个人。一个男人牵着一个孩子，男人腿很长，孩子伸直了小小的手臂，小手被握在男人的掌心，他们往前走着，男人的背脊笔直，风把孩子耳畔的童发轻轻地扬着，她跟在后边走，心想那是谁的丈夫，谁的孩子。越走越近，啊，那是她的丈夫，她的孩子。好多年，就这么晃了一下，过去了……明天，是孩子的生日。她突然想起，有些吃惊。她不记得，也没有准备生日礼物，她感到了愧疚。

她把头慢慢地靠向他。她觉得自己像只蝴蝶一样，在向他趋近。有一双手，正努力地托着捧着她的一颗心。他咳了一下，鼾声中断了。之前他跟她说，是鼻炎。过去他是不打鼾的。他在意面庞的消瘦，去做体检，身体没有问题。他几次问她："你看我瘦了吗？怎么都说我瘦得厉害呢？"她看着他凸起的眼睑，眼眶周边的皱纹，她想起自己胳臂与胸前日渐多出的小块的深红色斑点，脖子上越来越深的颈纹，没有说话——她感觉她的额头即将贴在他的耳朵边上，她停了下来。滴答滴答，她听到了水滴的声音，不，是流水的声音，缓缓地，从很远的地方流向她。她孑立那水中，只有身上的一小块被牵挂住。那是他的体温。

周婷坐在台阶上。孩子哭啊哭啊，周婷拼命地摇晃着那个孩子，向她的傻瓜孩子发出诅咒："哭，哭死！"周婷到底是怎样的一个女人？她有过什么样的爱情故事？她不清楚，也许与邻居们谈论的并无二致吧，而她顽固地想象了她，她只是需要一个合乎她想象的人，像那个句子，像守着宝藏的龙。

朋友追问她为了什么而写出这样一部小说，他看穿了她，可他并不完全了解她。她也并不完全了解，她想着"那个人"。当某一天，她看着镜子，忽然地想：这个人是我吗？为什么就是我呢？她察觉到了她所错失的，她的青春。慌张，怨懟，不甘，随年月愈深。周婷是一个契机，得有这么一个人，将她那"不可得"来装盛，承托青春的另一种可能。也要这么一个人，证明她所信奉的纯洁和坚定。因而，她没有与那个人会面，却又非要发出一封信。这看上去很荒唐，但她体谅自己的荒唐。至少，得允许她的凭吊，那恍惚的、希冀的、过去了永不再来的青春。

鼾声消失了，是他转过了身。她长长地吸了口气，从床边的围圈椅子上拾起脱下的睡衣，轻轻地离开了卧室。

七

客厅里，她蹲了下来，把茶几上的那些书抱在膝盖上。一本本地看着封面，整理对齐，将它们放归原处。然后，往回走。

卧室的门口，她下意识地停下了脚步。那里，现出一片金黄色的柔和的光晕。床头有一盏灯，在那把围圈椅子上，摆放的一盏台灯。陶瓷的底座，海浪高高地涌起，一只海鸥在浪尖飞翔。灯的光，从白色的玻璃罩子里透出来。

很久很久没有用过的一盏灯。它有多少年了？三十年了吧，在她儿时的家里，就有了。三十年，我该多老啊，她不禁有些感慨。不知什么时候被她找出来，拿回现在的家里。什么时候放在床头的这把椅子上的，她一点儿都记不起来了。是他打开的，她想。什么时候打开的啊？怎么想到要打开它呢？

她伫立着，看着那片光，一边轻轻地解开纽扣，把身穿的睡衣脱下，放在了椅子的扶手上。下意识地，她往后退了两步。轻手轻脚，怕惊扰到什么似的。她的那件咖啡色的灯芯绒睡衣，袖口靠着台灯的底座，她静静地看着。不是被触动，或是被感动。不是被抚慰，也不是被包裹。她完完全全地置身于其中，床、灯、窗帘、梳妆台，以及床上的男人，灯芯绒睡衣、卷成团的袜子、敞开的纸巾盒子……所有这些，如此的周全和完整。她像个孩子那样，偏起头来，看着灯。

“嗯，莎啊……”丈夫唤了她一声。她回过头去，他像是从睡梦中惊醒，嗓音非常含混。他的头微微地昂起，似在寻找她。她想，周婷的故事里，为何是医生，而不是其他的职业的人？她只了解他，并不了解其他的人。“我给思思发个生日祝福，你睡吧……”她轻轻地应道。她发觉她在微笑，她的嗓音很轻，像在呵护一个孩子，满含柔情。他的头低下去，很快又发出了鼾声。她还在看着他。在刚刚过去的那个瞬间，她重新看到了他。过去往来的每一分每一秒，走进彼此绝无仅有的这一次的人生里，与之同行，在这世间共同经历的万物。她感念那一刻，自在，安稳，盈满。

她写了长长的一段话发给孩子，真挚地祝福她生日快乐。然后，她找到了朋友的微信，留言给他：“我承认，这个小说缺乏现实基础，标题也拟得不好，我要重写它。”

躺在床上，她又一次打开了手机邮箱。她惊讶这样的一个习惯，但她理解这个习惯。她的日子很平顺，过于平顺。她恐惧这种毫无波澜的老去与枯竭，她还有很多的幻想，还有很多尚未尝试的事情。时间很紧。她想抓住一回，可她不是一个聪明的女人。有些想当然，还很自以为是。直到收到回信，她才意识到自己的可笑，她给自己留了后路，又渴望用一个蹩脚的小说勾住那个男人。一头标榜纯洁，一头却做妄想，有趣之处就在于，那是一个对她毫无兴趣的男人。她还真是天真。错过，青春，遗憾……她用了一切拙劣的借口、由头粉饰她的荒唐，这远比她的妄想还要愚蠢。她料想了结果，以为她会执着会固守，可只消一封回信，她的自以为是就给揍得七零八落，想法心思妄念眨眼工夫悉数收回。守着宝藏的龙，哪有那样的人？至少她不是。花了这么些年，做了一幕滑稽的独角戏，自编，自导，自演，做自己的观众。她有些鄙夷又有些怜悯。像看待一个不再企图逃避的肇事者，接受了鞭笞示众的惩罚才有的异常放松。还有些许的惋惜，好比从一个既定的挡位忽地滑将出来，就再也回不到那条轨道里。

很快，她愣住。邮箱里有一封新的来信："你总是太快放弃，你很怯懦。"她的心轻轻地一颤。"哗——"她听到了水流的声音，它飞快地铺开，向她奔涌而来，乌压压密匝匝，似要将她淹没。

她看到了页面右上角的"删除"。切莫走近，让他是云烟，永远是云烟。她的耳边有一个低低的声音，像在告诫。她将手指移了过去。移到右上方，又顿住。她的指尖底下，仿若一片汪洋，一个女人，伸着双臂，止心平气和地接纳那不可知晓的浮沉。

鸟鸣稠密

小女人诧异于那个时间稠密的鸟鸣。

此刻她正在下班的路上，走过每天都要走过的一个十字路口。她曾发过一条微信到朋友圈，照片里的这个路口有着跟iPhone 6手机一样玫瑰金色的晨光，她写道："这是一个神奇的路口，在朝阳升起的那方，有我就读的第一所学校；在朝阳照耀的这方，有我正去往的工作的单位。我从这万丈阳光里走来，我看到我从童年走到了成年，我长高了，我的步伐没有丝毫的改变，如同我的心一样……"她应该记得发这条微信时，还是夏天，有个穿着白色热裤的女子从她的身边经过，视线相交又闪避，下意识地伸出了她的手掌。她被阳光影响了，她又影响了这个女子。不过，女子觉得自己做出这样的动作很傻气，她企图掩饰，手腕旋转起来，就像是在活动筋骨一样。最后，她将手臂一甩，直奔街边的那家早餐店，她已彻底否定了方才接纳阳光的想法与做法。

此时已是初冬，她棉衣加身，而不是那天的白色裙子。气温仅十摄氏度，远低于往常的这个时节。夜色早至，只是下午的五点半，天空便是瓦青的。似乎有风，或者只是寒气，她被鸟的鸣叫声吸引。这个路口连着四条街道，而其中的一条，两边有高大的树木。她天生爱树，理由也许很简单，也许很复杂，与她天生喜好的其他一般。她每天都需走过这个路口，而这个路口却令她第一次听到了如此的声音。她怀疑是不是此前便有，而不是她初认为的首次出现。

她不禁停步，举着细细的头颅，但她并非刻意去找声音的出处，也不关心是哪种雀鸟所发出的鸣叫。在她抬眼望去的当口，她的眼前出现了一座尖顶的建筑，就像她并不在意那枝叶之上是何种雀鸟一般，她也不曾仔细去看过那座建筑，哪怕曾有那么一段时间，她一跨出所居之处的玻璃电动门便能看到对面矗立着的那座建筑，在那陌生的城市里，地标性的建筑。她记得的其实只是那座建筑最顶层的一个红色的灯。

记得那年她随几个人偶然去了“陶然居”，一个美术工作室，众人争相寒暄，谈笑间风生水起，独她讷言，静似一株草木。她翻看起放在桌台上的一本书，那书是被同行者中的一位借去，在此行间归还的。她随手翻到了一个篇章的末尾，那里有个句子，瞬间便撞到了她的心口上。无数个夜晚，黑色的天底下，遥立着的模糊的背影突然间的一个转身；积淀了千百年昏暗的隧道的出口，无声无息间汹涌奔突出的一列火车……她的喉咙被攥住了，鼻子酸楚，潮起的泪直漕眼眶，但她很快便意识到，她的动容不分场合，实在愚蠢得要命。许多年来，她都不曾这样愚蠢。后来人们说了什么，她一句都没有听见，她的视线久久地停留在那个句子上。她既不把书页往前翻，也不把书页往后翻，最后她合上了书，仿佛在做一个庄重的仪式——好了，有了这个已经足够。

那晚随人们走出“陶然居”时，她开始努力去听人们的闲话，似乎是想以此冲淡方才的那小小的失态，她微笑，继而呵呵地笑。还在笑着的时候，她瞥见了夜色里的那座建筑，再清楚不过，她会哭，无从躲闪，无法抑制。她下意识地仰起头，甚至没有想到这样干是不是为了把泪蓄在眶子里，两道水流就在这一秒漫过了颧骨的山脊。头，抬得不能过久，为了免遭关注，她平视前方，那水流便顺势拐了个弯，朝脸面的平原俯冲，不是嘀嘀嗒嗒断断续续，而是接连冲刷。她记下了那盏红色的灯。

她的眼前出现了一条街，那个陌生的城市里的一条街。她与一个男人走在街上。那男人是她在那个陌生的城市里一个类似培训的机会里认识的。她已不记得相识的情形，却可以确定，起先是男人与她接触。男人看上去年过四十，短身材，深度近视。她十分感谢男人主动说起他们的相遇，这让她避免了去做徒劳的回忆。原来，那天还有另一个女人，比她年轻了十岁，听说未婚，也未曾恋爱，可她认为，以其思想与做派，大可以用“女人”去称谓。男人说那天那个年轻的女人一直在跟他搭讪，问他关于他的家乡的事情，他的家乡离这个城市极其遥远，有这个城市无法想象的辽阔与荒凉。那个女人还要了他的手机号码，他本不想给，但她一个劲地要，说以后到他的家乡旅游时可以联系到他。

男人说，其实那天我就注意到了你，只想跟你说话，而你总是一问才一答。她听到这里，心底轻轻一笑，对男女之事的觉悟让她明了男人这番言谈的隐衷。但她并不搭话，只看着前方。面前是一条随手就能甩进中国任何一个旅游城市里丝毫都不会有违和感的“民俗风情街”，街道不宽，一个半车道，两边是售卖各种小商品的店铺，不过是金银玉石刺绣箱包，余下的便与吃喝不无相关。男人一边走，一边问她你吃什么吗？她看了他一眼，摇头，他便说你什么都不吃吗？她确实没有食欲。她也奇怪，为什么没有食欲。从出门到现在，已有一个多小时了，不饿，竟然也不渴，一点都不。

男人还是把她带进了一个甜品店，他说我渴了。他抬头看着墙上那面食品价格的公示板，问，你喝什么？她说你喝吧，我不想喝，我不喝饮料的。他说总要喝点什么。西瓜汁！他仿佛灵机一动。已是十月底，天气已凉，他说西瓜汁最解渴了，一副自鸣得意的样子。她随后点了猕猴桃汁，她觉得维 C 不错。他说，猕猴桃，那多酸啊，他没说二十八元一杯，虽然价格表上第一个就是。

男人自己拿了杯红的，递给她一杯绿的，提议就坐在甜品店里的座位上喝。甜品店面积不及普通店铺的一半，柜台在左，座位在右，中间一溜通道，过往已很拥挤，男人偏要坐在狭小的座椅上。她没有反对，她惯常都不反对别人，这成了她的一种习惯，她也不知道这习惯是怎么养成的，倒并不因为这习惯能够给她带来某些益处。她心里不太情愿，却随他坐下了。座位的设置是靠墙，落座之后朝向柜台那方，她与他无须面面相觑。她忍受着男客女客投来的好奇或者无所谓的眼光——这样简陋的座位，连十几岁的小情人们都不屑坐下。

听这个男人一次又一次问她酸吧，叫你不要喝猕猴桃的。她突然就说起了她的父亲，说起多年前他被人构陷，那场变故改变了整个家族的命运，她一路走来十分辛苦。她不知为何要跟男人说起，她说得很简单，原本她想说得复杂详细一点，但这个男人在听的时候满面喜色，从一开始，他便一直在看着她，眼里流光，眉梢带笑。他的毫不掩饰的喜悦，把柜台后面的那个女孩子也吸引住了，时不时地瞟过来一眼，大约十分钟后，她无事了，便从柜台后面走了出来，径直走到她的身边，问她店里新出了香草蛋挞要不要试试？男人说你想吃就买，他显出了慷慨大方的气势。她摇头，我不饿。她又一次微笑。女孩子也微笑了起来，你们是父女吗？看着又不像。男人像受了挑拨一般抢辩，同学，我们是同学！同学！女孩子狐疑，在他与她之间来回睃了几下，晃了晃脑袋，走开了。

男人有点颓丧。他说，你多大了？你是80后啊。我比你大十几岁，我都有白头发了。她不禁同情地说，没有白头发。他不信任，声音瞬间拔高了，有，你看我的鬓角，白的，看到没有？他一边指向了自己的耳朵，又顺势撸了撸头顶，兀自叹息，老啦。她看到了那些白色，他的头发有些稀疏，她几乎看到潮湿与油腻正从他的发根往上渗。她不再多看，她不想与男人对视，她不习惯与异性对视，怜悯般地低声说，你看上去不像四十多岁的样子。真的吗？男人反问，很惊喜似的把身子往这边凑了过来，臂肘就搁在小桌面上，占了桌面的大半。在这十分钟里，他要么就侧身往后倾斜着，仿佛是想与她拉开一个更大的距离，而他的眼睛永远只往一个方向——她的方向；要么就是俯身前倾，像这样靠近她。她说我们走吧。她实在不能忍受柜台后面投来的目光，幼稚的老到，晦涩的张扬。男人还在说，还没有喝完呢，她已离了座位。男人怏怏地起了身，似乎根本没有在意那个女孩从面皮底下拱出来的讪笑。

男人又领着她进入了一家小餐馆。巴掌大的店面里，四五桌客人，无人的那桌，餐盘狼藉。她侧身坐下，暗自担心桌与椅弄污了自己的衣裙，男人问她想吃什么，她说不饿，刚喝了果汁。她确实不饿。当时已是晚间近七点，早过了正常的晚餐时间，他惊讶又执拗。一条鱼，一碗白菜，一碟豆腐。男人一餐饭的时间里先后七次劝她多吃一点，她夹了几箸鱼，两片豆腐，就放下了筷子。她起了身，去了递菜的小窗口，问了餐费，准备把账结了。店员让她回去等着。收钱的人过来，她打开了钱包，男人惊异极了。她与他在谁付账的问题上发生了小小的争执，她说你是远来的客人，我尽地主之谊应该的，男人最后发了狠：如果你出钱，我就生气了。她不动声色地记下了那个数目：一百二十二元。他赌气的神情并不可爱，一张老婴儿的畸形的脸。她好像闻到了从她的头发丝里钻出来的饭汤的气味，仿佛自己也在那荤腥混沌里涮煮过一般。

她走进了一个店铺。横竖贴了七八张大纸，跳楼价，全场十元，字迹色红如血。清仓洗货，商品寥寥，很是落寞。路过时，她见到了一只绒毛玩具，被特地放在一把椅子上，置于店铺的正中央。那玩具看上去像只熊，又像只狗，浅灰色，足有三尺高，外面套了个包装袋，透亮的 PVC 材料，印了小颗的桃心，袋子与玩具之间被空气满满当当地填充着，显得很膨大。她想买下这个，她从未有过绒毛玩具，少时她渴望过，又对别人说我不喜欢这个，女孩子的花啊串啊珠啊链啊一概不喜欢，其实是从未有人给她买，而她自己存下的钱也舍不得花。她又买了三顶遮阳帽，那帽子是纸草编织的，平常要价不下二十元一顶。一长摞的帽子，这顶叠着那顶，胡乱歪在了墙角。老板被针扎到一般从椅子上跳起来，揭开一个塑料袋，向她招着手，你挑你挑，这里还有。

老板是个四十开外的妇人，盘着头发，起初进店时，就见她坐在一把椅子上打哈欠，一脸的不耐烦。她没有再买的打算，又在摆弄那个玩具，老板声气忽又硬朗，这个不是十元的，这个要三十。她觉得这话说得多余，玩具的背后贴了张纸条，写得明白呢。她搂起了那个玩具，又放了下来，让老板把里边的空气给放了。老板顺便取下了那个鲜艳的绳结，说包装袋也不要了吧？她有点鄙夷，一个包装袋值多少钱？这也要省。生意人委实小气。她再次搂起玩具，包装袋皱巴了，仿若假象被揭穿了一般，非熊非狗的东西瞬间变小，她有点后悔放掉了里边原本灌满的那不知名的气体，这才知道，让袋子如此膨胀的并不是普通的空气，但又觉得毕竟还是瘪了才好带走的。

她的另一只手里拎了一只装了三顶帽子的超市便利袋。那袋子粉红色，塑料再回收，吹弹可破的样子。男人早前就说，凉帽子，已经这个季节了，你怎么买三顶，这么多？出门的时候再次旧话重提。我的，我妈的，我儿子的……她的言语开始出现简省化趋向。男人太聒噪。他说话时在每一个句子后面加上一个“哦”，仿佛是在征询她的意见，仿佛是为了表示对她的重视。她只觉得男人没有男人的样子。她又想起这一路上男人问过她要不要上厕所，问过她为什么这么久了也不用上厕所，在途经一个大型商厦时径直走了进去，还在自己方便完了之后，再三劝说候在门外的她也进去方便一下。她索性走进了那灯光辉煌的厅堂，选了最显眼的一个区间，那里最便宜的一件衬衣都已价超两千。她做出了挑选衣服的样子，询问一件标签上印着“￥17000”的风衣有没有 XL 型号。男人犹疑，畏缩，末了讷讷地说，你给谁看衣服？我们工薪阶层可买不起，一件衬衣就是一个月工资的钱了。不出所料。她要的就是这不出所料。

她并非真的想买那衣服，一定要买的话，她也买得起，可她不需要这个一定罢了。她随男人从这商厦右拐，见到了一个坐在地上弹吉他的人，琴声并不悦耳，两条残腿却很凛冽。她从包里掏出二十元来，放到了那人的脚边。那里有稀稀落落几张钞票，最大的一张面额不过五元。男人诧异地望着她，几乎叫出声来。想说给这么多吧，想说为什么给这么多吧——他到底没有说出来。她对残腿的吉他手并无多少恻隐之心，只是突然想要这么做，也是刻意这么做。要说她借此标榜爱心同情心，装饰自己的天真良善也无不可。而此刻那手感诡异的粉红色便利袋，让她有了一丝羞赧，低劣的材质拉低了人的档次，“恭喜发财”四个字看上去甚是可笑。男人向她伸出双臂，来，我帮你拿。他想拿的是她的那个玩具。实在是出乎意料。她不允，他偏要，说，我个子比较高。话尾有点草率，那个“哦”冷不丁掉了队。她拿眼角的余光瞟了一下男人，充其量一米六五吧，多嘴的人，这下也意识到了失言的坏处。她以为他不会再坚持，可他还是让她意外了。一个两尺半高一尺宽的绒毛玩具抱在了一个半百男人的怀里。他喜不自胜，把膀子紧了紧，全然不在乎路人投来的眼光。

我们去逛超市吧，我知道有个超市，离这里不远。男人又在做下一步的规划。她不赞同，她说想回去了，毫不含糊，男人没辙，他们来到了公交车上。一前一后，男人趴在她的椅背上，她扭过了身子，斜向车身那方去，她很讨厌男人在她的耳朵边说话，让整个耳孔潮乎乎臭烘烘的。之前几次要求男人把那个玩具还给她，男人不同意，到了车上，她便听任他去了。男人还在说下一个可以去的地方，她不作理会。她在想她接到他打来的电话，是用酒店的座机拨打的，他冲着听筒说：“你怎么不接我的电话呢？你知道我打了多少电话、发了多少信息？我一直在等你回话。”仿佛交织了拳拳的缠绵成灾的幽怨，语音极富戏剧性。她想的是她的手机一直静悄悄的，没有任何未接电话未读短信。他与她认识不久，在他没有打来这个电话之前，她对他几乎谈不上印象。他邀她去老街，她答应下来，毫不费力。

去的路上他带她坐了地铁，平生第一次坐地铁。他们在迷宫一般的地铁站里穿行，男人一句接着一句地说话，都是没头没脑，排队许久，过检票站时才知道要持特定的币型的检测卡，男人受到羞辱一般嚷嚷，我以前在长春坐过地铁，那里不用投币，他一再向她重申他坐过地铁，从这个人问到那个人，终于明白要到哪里去换币，又让她继续在检票口占领一个位置，呼哧哧地跑过去，又呼哧哧地跑过来。男人用时太长，回到她身边时那一拨排队的人早就走了。他把蓝色的卡币照着刚才那群人的样子贴向检验口，贴了一次没反应，便侧过头来看着她笑了一下，那原本因为紧张而绷直的肌肉突然被提拉了起来，他的脸成了一张猫脸。男人似乎觉得他的举动很有趣，在第二次放检测卡时，故意做得潦草不经心，捏着卡币的手窝成了爪形，好像那检验口漏电似的，一触碰便弹避开去，如此反复了几次，猫脸愈发地明显。她不想怂恿他。你慢一点，给它一个识别的时间。她是好心的，没有埋怨，更不带调侃的成分，她说得不急不慢，她总是很有耐性。男人老老实实去打卡，嘀嘀响的红灯不再给他带来乐趣，彻底把他给唬住了，他有点焦急地向一个路人询问如何操作，她总是一声不吭。地铁仅仅五分钟，她下车时只记得男人一直挡在她面前，跟她说着话，说的什么她一句也记不得。她的第一次地铁的体验就是这样。

此刻的公交车上，男人也是在说话，她瞥了一眼邻座，是个二十岁左右的女孩，哧哧地笑，勾着脖子探向前排的另一个女孩，原来是前排的那女孩拿着手机在玩自拍，拍了几张，便递给她邻座的那个男孩去看，三个人又哧哧地笑起来。玩自拍的女孩时不时地将身穿的那件卫衣的帽带给拿起来，帽带末端有个毛球，手腕顺时针逆时针地转动，那毛球颠来倒去。不久她又换了玩法，用手掌托着那毛球往上抛，毛球一下接着一下叩在她手心里，嘴里发出嘀嘀的笑声。她听出女孩在给自己的声音调频，想使这笑声呈现娇憨稚嫩的状态，又看到了她看着邻座的男孩的样子，便理解了她为何要那么做。她有些轻蔑地惋惜，这女孩想要捡回她早就抛下的那些东西，她的努力看来是白费了。男人说他在一个报刊社工作过，以后她的画作可以发给他，他帮她打招呼，登上去不是难事。她没有应声，她看不上他说的那个报刊。他又说他将调任的新岗位，暗示他的职权与便利，她也没有应声，她不看重这些，认为与她毫无关系。最后他终于不再说话了。

男人与她穿过了一条地下通道，四下无人。管状的空间，煞白的灯，双人如鼠行。他的说话带了回音："你害怕吗？有我呢，我会保护你。"她宽容地笑了一下，慈悲地说，这个城市很安全的。通道的出口，男人说我们就这样回去了吗？他们来到了一条道路的人行道上。男人把玩具还给了她，又卸下了肩上背着的一个双肩书包。那是他在老街的一个店铺里给他那读高中的儿子挑的礼物。他拉开了书包的拉链，从小堆的仿真丝裙、裤里掏出一个红色的礼品盒子，那是她的东西，在同一个店铺里买来的。盒子里有条丝巾，水蓝色，标价一百五十八元，女士用的。没有打折也没有还价，她付的款。

男人在那个店铺里看中了仿真丝的五折衣裤，说他生活的地方夏天太热了，买回去老婆一定喜欢。她在那店铺里试穿了一件旗袍，唯一的一条 XS 的型号，之前她从没穿过旗袍，觉得年龄气质并不合适，可旗袍有一样好处，显身材。她极清瘦，天生细腰，却不缺少湘楚特有的丰臀，镜子前自然妖娆。她下意识般地伸出双手，手掌沿着胸侧腰际往下拂，仿佛是为了抹平衣服的褶皱，不过是她想象出来的褶皱。那面料吸着她的肌肤，一分不宽，一毫不窄。男人当时正坐在一张沙发上挥着一把新买的折扇，见她这般，只说啊，好，挺合身的。他似乎没有被惊艳到。周边两三妇人交换着心照不宣的眼神，店员跑过来说，你穿上太好看了，这裙子好多人喜欢，就是没人能穿得进去。她并不骄傲，这样的结果对她来说并不意外，只是男人的反应令她有点小小的失落，他本不该如此的。她的眼光落在了他手里拎着的一只塑料袋上，里边是他刚买下的过季夏衣，恰逢他在说，挺好的，你买下吧。她的眼光又落在了她身上这件旗袍的小块标签上，于是恍然。至于丝巾，是她脱了那身旗袍后买下的。

男人把头朝向了不远的酒店，无限感慨，我们就这样回去啊。她把装有丝巾的礼品盒推到了男人面前，这是送给你太太的。男人不明所以，接着又惊又笑，嘿，你怎么给她买……男人说了几句半截子话，受之有愧却之不恭似的，最后还是接下了。他们往酒店走着，男人说，你回去后不要跟别人说跟我去了老街哦。她抿嘴一笑，不会的。男人在地铁的检票口排队时就叮嘱过，他叮嘱的时候，仿佛她是个孩子。男人说，下次我们再悄悄地去哦。她依然抿嘴一笑，没有说不，也没有说好。几天前男人与人同行，擦肩而过时，她跟他打招呼，他面无表情。培训班课间休息，人来人往的两次偶遇，他的表现很明显——他不熟悉她，对她毫无兴趣。她一手挟着绒毛玩具，一手拎着粉红色便利袋，走上了酒店的台阶。猕猴桃汁。鱼白菜豆腐。真丝丝巾。她想了一下这几样物品，走得非常轻松。

后来呢，男人又邀小女人出去，她去了，还是没有去？有两种可能，或者更多的可能。但小女人不会去做猜想，她从不在意与自己无关的事情。此时她正微笑，因为她听到了鸟鸣。她去掏自己的手机，想录个小视频，发朋友圈。她的手机慢得出奇，她认为不是中了病毒或者内存太满，是手机太逊，早就该换了，而她一再地拖延，她对什么事情都拖延，有病，拖延症。接下来她决定放弃，考虑着明天再来录好了。她要去接她那个五年级的儿子放学。

在经过一条街巷时，她被儿子提醒，路边停着一辆造型奇异的小四轮。银光闪闪，锡铁皮包裹出来，顶篷圆圆的，两侧雕了些孔洞，似乎是想雕出什么花纹，儿子说这车像咸蛋超人。她又去掏手机，打算给小车拍个照，车主瞥见了她，从店铺里走出来跟她闲话，说这车是他的创造发明，她提议他站到车边去，车与车主一起被拍到了手机镜头里。车主说自己爱艺术爱画画，她说她也爱。他问她都画过什么，她笑着说很多，她几乎想向他亮明“画家”的身份，又觉得这头衔若由自己道出便十分可笑。她说以后有机会送一幅她的获奖作品的复印品给他，他的反应并不如她预想的热烈。

临别时车主要了她的手机号码，写在他从车里找来的一张小广告的空白处。晚些时候，他给她打电话，问她画什么题材的画，他有好多的经历可以跟她说，那些经历可以给她带来灵感，以后他会常联系她。他说她可以向一个姓霍的老人家去打听他，她心里嗤笑了一下，他说的那个人名气远不如她，但她说的是她认识他说的这位老人，会书画，在这小镇上有些名气。车主说他与那有名的老人曾经是邻居，那老人说他有天赋，但他一直没正经画。他夸她真不错，现在没有几个年轻人爱艺术。他夸她的时候就像他是一个颇有地位的前辈一般，她仿佛看见了一个人，在冲她低头哈腰指手画脚。她觉得他错误地选择了说话的姿势。她用谦虚的语调去应承他，每一句应承都在暗示他们之间的谈话应该结束了，而他意犹未尽。她边折叠新晾干的衣服，边听手机，想着这人好唐突，不自知几斤几两。他老而无用，她年轻而美。她打算等会儿就把他拉入黑名单，收了线，却发现是个未记录的匿名来电，好几种离奇的揣测冒上来，一点小小的惊慌。

到了晚上，她摆弄了许久的手机，又一次晚睡，第二天醒来，还记得头天晚上做的梦。又是在陌生的地方，被虚空驱使着奔逃。又是那个男人，之前很多次梦到，她看不清他的脸，他穿着白色的衣袍。他与她相识，又突然地失散。他在古代中国的两层阁楼的青瓦檐下，在原始丛林的黑色树木的积雪的虬枝下，在由细孔密布的石块垒筑的小城的第七级台阶上，在远远的长满青苔的高大的墓碑前，在清浅的水流漫过的麻石小路的另一边……他无所不在。他是她的倚仗，伴随她逃离，他用眼神向她呼唤："帮帮我！"……昨晚她想回家，她拼命地跑，跑过一个又一个路口，跑过螺旋的楼梯，跑到最后的目的地，她对自己说不，这不是我的家。她跑下楼梯，他在路边，她说她找不到自己的家，他怜悯地看着她，而她看着他面前的一辆敞篷车，车上有无数具尸体，垃圾一般被胡乱地堆放着。他说："你不要急，慢慢来，就一定会找到。"——她想起昨天下午听到的鸟鸣，那鸟鸣如此稠密，如遮日的树叶一般。她还想起有一次，与两个女孩一起乘车，在经过长而枯燥的隧道时，一个女孩突然说："这像不像时空穿越？"她说："是的。"那个女孩又说："你想穿越到你从前生活的哪个时间段里去？"她想了一下，说："不想。"她们打量她，她补上了理由："我觉得从前都不好，我不想回到从前的任何一个时候去……"之后的某天，她听到另一个女孩向别人转述这句话，她觉得那天她的回答非常愚蠢。然而，直到今天，她也找不到其他的回答。

昨天下午的五点三十分，小女人从工作单位的大门里走出来，三十步就来到了一个必经的十字路口，那里有一条她非常喜欢的街，街两边是至少二十年树龄的高大的樟木。她进了街角的一家面包店，一眼就认出了新来的售货员是她小学的同学，而她的同学并没有与她相认。当她拎着声色冷清的售货员卖给她的面包走出门外，有些意外，难堪和难过。两年前在街头她被这位售货员叫住，言笑晏晏，老同学老同学，多么亲昵；一年前她上了电视报纸，她的作品得了大奖，小镇雷动；今天她努力地微笑，轻言细语，最终还是被人无视忽视漠视，她明白，那个人是嫉妒，或者自卑。

她越走越慢，抬眼看了一下天空，深灰色，突然一阵风，树叶纷纷落了下来，树冠在摇曳，奇怪的是，竟没有声音。树叶相互碰撞的声音，落叶在水泥路面上刮擦的声音……没有，没有一点声音。街道如此静寂，斜对面的服装超市的电子显示屏招牌上红字在滑动，隔着一条窄窄的人行道，树下有一辆三面无遮挡的大篷车，车上堆了黄色的橘子，车主不知去了哪里。大篷车前边两三米远的地方有个小三轮改装出来的摊子，铺满了鞋垫袜子内裤针线，一个穿白衣服的女人站在摊头，一个穿黄衣服的女人站在摊尾，她们还没有开始交流，不知谁是主谁是客。再过去一点，停了辆白色的小轿车，车门紧闭。对面的人行道上摆了两个晾衣架，短袖T恤长袖衬衣分两溜挂得齐整，那两架子衣服原是近边店铺里的。路中央有两辆摩托车，一前一后，缓慢地行驶着。车笛声，言谈声，街边商铺高音喇叭的流行歌曲声，流动摊点扩音器的呱啦声……正是这个时间里应该存在的声音，然而，都没有。又一阵风，一片树叶从天上落下来，落在她的肩头，无声无息，她诧异极了，怎么能如此安静？她停在了街边。

“沙——”低低的一声，是落叶砸在路面上发出的声音。声音终于回来了。她沿着这片叶子降落的轨迹看上去，她看到了树冠，绿色浓重，像是蒙了一层煤灰。她没有看到鸟的踪影。她的眼前出现了一盏红色的灯，她仿佛又伫立在那个夜晚，那个夜晚有过一行字句。只有她知道的那行字句。她还没有成为一个女人，因为她还积攒着全部的热情，对爱情的看法不因为读过许多爱情的小说，听过许多关于爱情的言论而受到干扰，不因为偶尔参与的社交活动耗费消磨自己的感情，她很固执。她的希望近于无望，她那无法倾诉的欢喜与哀愁如地火在一个瞬间和下一个瞬间把她照亮。她享受幽深的孤独，之前是这样，之后也是这样。她没有丝毫的防备和顾虑，一头栽进了命运。是的，她谓之命运。她认为这不是偶然，不然，怎会如此熟悉，恍若早已相识？她小心翼翼，咬着唇齿隐藏。如路边的树木，百万次地盼望、眺望、凝望着一个必经的路人，时刻绷直了身子，枝叶随着他而起起伏伏，而他未曾注意，她与旁的树木一般无二。他的匆匆一瞥，终被她视为无意，她不再有偶然出现的却又极其强烈的幻想，那幻想疯狂而又干净，她不贪求。

她突然抱住了双臂，毫无来由地涌出泪来。没有像那个夜晚一样抬头，而是低下头去，两颗晶莹的泪滴落到了路面，她看到了它们坠落的姿态，还有那清晰无比的“噗——”的声响。仿佛一瞬间，叽叽啾啾，所有的鸟儿一起鸣叫。它们在欢腾。它们的翅膀在扇动，它们用脚爪紧攥着树的细枝，使劲地往下沉着身子，又随着枝条的回弹而浮起来，它们就这样欢腾着。鸟儿在鸣叫，一声盖过另一声，如流言，如辩论，如嘶喊，如笑骂……听上去像是壮行的号角，又像是欢迎的呼声。

告别

一

从十七岁开始，往后四年，我有过一段非常糟糕的独居生活。那时还没有辛一南姐弟俩这两位朋友。在我租住的房间里，衣服散的团的，没有清洗过，随意扔在屋子的每一个角落。沙发上没有可以落座的地方，坏了的电吹风，一根弯弯绕绕的插线板，打开的过了期的塑料药瓶子，破了洞的丝袜，早已用光了抽纸的盒子……所有的东西都蒙上了密密的灰尘——唯有床头的一把瓷壶和几只茶碗很干净。那是我从二手店里一眼相中的，某户人家经过两代以上的人使用后的旧物。很长的一段日子里，我都只能用那套茶碗喝水，不然，我就像被谁掐住脖子一样，强烈地呛咳难以下咽。

在那之前，我跟随父亲生活。母亲早逝，与父亲相依为命的日子，让我绝对无法想象有一天父亲也会突然地离开。

父亲犯了杀人案。

“你爸爸看着人还是蛮好的。”偶尔有人这么说。

“那天一早见到他骑着他那台摩托车去上班，怎么想得到，就杀了人呢……”人们这样说。

每当这时，就会想起父亲带我去他工作的畜牧兽医站的那天，我坐在摩托车的后座，双手抱着父亲的肩膀，父亲时不时地提醒我：“没来瞌睡吧？”途中突然下起雨来，我们在一户农舍的檐下躲雨，父亲堂前屋后地喊着：“借个问，有人在家吗？”没有人应答。我们在那户人家的堂屋里坐下，直到雨停了，我们也没有见到那家主人。这些，就是我与父亲在共同生活里最后一天的记忆。第二天，父亲从他工作的地方被带走，再也没有回来。

二

那个糟糕的四年里，我在一家西点店工作。我不像别的员工，他们都那样叫着方怀——“总监”“总监”，而我称呼他为“您”，一直到成为情侣的那天。“昨天聚餐，您的一个同学跟我一桌，她听我说您，就非常奇怪地问我，为什么要叫您为‘您’。她问了我的出生年月，她说，您这么年轻，才比我大八岁呢……”我说话的语气很轻松，就像是在跟老朋友闲谈。“对啊，你就叫我名字啊。”他看向一边，好像那里有个突发的状况似的，那种陡然紧张的脸色。

每次离开我的身体时，他总是会说：“谢谢。”父亲去世的前一天晚上，我把手放在他的手背上，问道：“你还记得在大桥上的那个晚上吗?”他没有说话。他已睡着了。

清晨我站在街边，路灯昏黄色的光下，看着他的车子启动。车子行驶的前方，有一块红色的指示牌，“终点站”三个字蓦然袭上我的心头。知道什么时候会结束，却从未想过会在哪天结束。他是一个有家庭的男人，妻子精神出了问题，两次自杀未遂，孩子被托管在岳母家里，就是我所了解的关于他的全部。想到这个男人用双臂环抱我的样子，就感觉那是父亲的怀抱。除此之外，都是模糊一片。

父亲去世的消息传来，我被完全打倒了。丧礼期间，哭到嗓子发不出声音，葬礼之后，裹着一块毛毯蜷在沙发上，不吃不喝。孤单一人的这种心情，从父亲被监禁的时候就开始了，但是，直到这时候，才感觉到已经被抛下，再也没有可以期待的，也不用看着日期了。

户主接二连三地打电话催我搬走，手头的钱不够，搬家需要帮手，合适的房子也不是随随便便就能租到。方怀陪妻子在省城住院，其间只通过两个电话。没有亲人，也没有朋友，没日没夜地悲伤、孤寂、焦虑与无望。是的，就是无望的生活。

当手机铃声骤然响起，辛一南的名字在屏幕上出现。“小雅，你在哪里?”他问道。后来回想起来，那就像是一个命运的转折。

三

“你住到我这里来吧！”只是一般朋友的关系，辛一南在电话里说出这么一句话来，实在让我有点儿意外。头脑昏昏沉沉的，我下意识地就说，好啊。

“就在你住的地方前边见吧，就是好客来超市，我就在这儿等你，”辛一南顿了一下，“问了你同事，是在那里吧？”

他说的那个超市，其实是我租居房附近的一个小杂货铺。山南人好面子，为小买卖取个大招牌，就跟动不动吹牛的性情一样普遍。这样就想到了辛一南的饭馆，“炒饭馆”，这名字取得，感觉上就是一个低头做小营生的老实人。可他的那个店，是在山南最繁华的湘东路上。

远远地就朝我笑着的辛一南，走到面前时，很认真地问：“去拿东西吧？”

“拿……东西？”我有点发愣。

“嗯，搬家。”他说，“先把最要紧的拿过去。”

看着他那笃定的神情，我才明白刚才他为什么傻乎乎地站在那儿。

“现在不去拿……”我不想让他看到租居房里的样子。

“那，先去饭馆吧。”他兴冲冲地回答。

跟着他走着，侧过脸来又瞧了眼他，他的个子很高，我甚至看不到他的肩膀，很清瘦的一个小伙子。就这样想起了与他相关的事情。

之前的一个夜晚，我的自行车途中掉链，他用他的那辆皮卡把我和自行车给拉回了家。他经营的那家炒饭馆，是在距离我工作的西点店不到两百米的斜对面。后来也与他接触过好几次，都是帮西点店的同事打他的点单电话……将近两年的时间里，我并没有因为这些原因对他产生多少亲近感，直到父亲丧礼期间，我才对他加深了印象。

“喂，姐姐，”他边走边打电话，“是的，很快就到饭馆了。”七点了，平常这个时间他早已营业。是临时决定来接我吧，所以没有按时开张，他姐姐便来电催促了。

“我有一辆拖车，没有开过来，昨天出了点故障，还没有修好——也不知道你同不同意搬到我家来……”他慢下脚步，等着我跟上去，说着便有点儿不好意思似的，我这么爽快，也是令他始料未及的。

父亲丧礼期间，辛一南来帮过忙。他跪拜时的神情很严肃，然后走过来对我说：“晚上我会过来的。”山南的守灵夜会有牌局，都是亡人的生前友邻们来参加，只是我并没有什么同学朋友同事之类的人可通知，从前我与父亲又和周边的邻居来往甚少，父亲的老同事里有几个白天已上过香，加之父亲是独生子，母亲那边的几个亲戚都不在本地，作为生疏了多年的人们，能够乘长途车过来拜祭，白天又守一整天，礼节上已经做得很好，所以晚上的人就连一桌都凑不上了。那两个通宵，他一声不吭地为灵前加上香油与灯烛，静静地坐在我的身边，让人感觉就像是我多年的好友，或者父亲是曾经与他交往密切的一位长辈。也有亲戚悄悄地问过他一回，但是那时我已痛苦不堪，什么都没放在心上。

如果世上有神佛的话，一定是看到了孤立无援的我，才让这人出现在我的身边，后来我常常会这么想着辛一南姐弟俩的出现。一个快要落到深渊里的人，已经接近绝望的时刻，偏偏就有了转机，这实在是不可思议。

四

“啊，是小雅吧，你们这么快就过来了……”湘东路三生缘金店的隔壁，辛一南的炒饭馆已经开了门，一个留着齐耳短发的中年女人站在招牌底下笑呵呵地跟我打着招呼。听到辛一南叫她“姐姐”，我才反应过来，眼前这位就是他的那个在花店工作的姐姐。圆脸，化了淡妆，跟辛一南的颀长身材完全不一样，年纪看着也有差距。不过姐弟之间是有差异，这样的情况也并没有什么好奇怪的。

“小雅，你先在这里等我一下，我要到花店那儿去一趟，回来再带你去家里。”她边走边说话，微笑着向我点头。她的恭谦的样子，让我不禁也像她那样，微微地笑着，点了点头。

“我送你去吧。”辛一南追上她，又回过头对我说，“你帮着看下店……不用做什么，来人的话，就说我……二十分钟后回来。”

坐在炒饭馆里，看着整齐摆放着的六张敦实的木质桌案和条椅，明亮的屋顶，灶台边的餐具十分洁净，觉得瞬间就安稳了下来。一个用心收拾的地方，能够让人感受到主人所投入的发自内心的热爱。就连一把凳子、一个勺子，都显得很有精神，让我忍不住想起辛一南兴冲冲的样子。

一个手里拿了把二胡的年老的顾客走了进来，听我说老板出去了，二十分钟后回来，他哦了一声，就在离我很远的一张桌椅边坐了下来。当第二个顾客进来时，他们互相打着招呼，看样子是老熟人。听他们说着小辛今天是什么事呀，昨天听说要换一个新的大灶，小辛他姐姐昨晚在店里帮着清洗打扫时不小心刮破了手……有了三四个客人之后，大家聊起天来就显得饭馆非常热闹了。这家人，真是一举一动都被别人给看在眼里了，我默默地想。这跟我的生活完全不一样。

“欸，你是小辛家的亲戚吧?”猛地听到有人问我，我暗暗吃了一惊。我从不在意陌生人，也从没有被陌生人这样关注过。

“不是的……”我摇头否认。

“哦，看着有点儿挂相（相像）。”

“那是朋友……”

“应该是的……”

人们七嘴八舌的话，却并没有让我觉得唐突和反感。他们盯着我看的眼神很友善，为共同关心的事显示出的默契感和开心的模样，都是我极少遇到的景象。突然便想到了父亲。正想要微笑时，却发现有些悲伤，我起身，往外走去。

“小雅！”辛一南已在门口，他看了一下店里，取下腰间的一串钥匙递给我说，“姐姐的房子就在对面，嗯，就是那条巷子里边，75 号，刷了白色油漆的房子，老房子，你自己先过去。”

“能一个人去吧？”他问过我，然后扭头，指着那条小巷。“小辛，是谈朋友了吧？”人们笑了起来。

“啊，不是！是同学，您可别开玩笑了呀！”如果不是辛一南如此认真严肃地回答，我一定不会去接他的那串钥匙。热情，敦厚，有礼貌，就是辛一南给我的印象。在他的心里，我的定位很明确，彼此都不必有顾虑，正是我所需要的。

当我沿着小巷走，抬头见到那栋两层小楼的一刻，完全颠覆了我对山南老房子的印象。小青瓦屋顶，青砖墙壁，白色的门窗，白色的阁楼。环望四周，再也没有别的房子被涂上白色，我尝试着用钥匙打开房门，确信这真是辛一南姐姐的家。

“嗯……”一个轻轻的嗓音，我转身，见到姐姐正笑眯眯地看着我。我知道她这么小声，是怕惊吓到我，我在发呆。一进门，客厅的布置就把我给吸引住了。清漆的藤制家具在窗口的阳光下闪闪发光，没有茶几，低矮的沙发放上了浅灰色的坐垫和靠枕，木板铺的地面上大块的米白色绒垫，整个客厅唯一的装饰物就是电视机旁边的那个半人高的白色大陶瓶，里边只插了一根树枝，宽大的叶子显得生气勃勃的。

“梧桐树，昨天我从西门街边剪下来的。”她的声音很爽朗，和这间房子一样，都是生气勃勃的。

“要不要去看看我们的小花圃？”

“哦，好的。”

接下来，我被眼前的一幕震惊了——那么多的草木！成百上千的多肉盆栽从屋后的门边铺向围墙的尽头，大朵小朵的花卉盆栽沿着梯形隔板往三面墙上一股脑儿地铺上去，不知名的藤蔓布满了围墙。那么多，却毫不凌乱，每一株植物的位置都像是经过精心设计才摆放上去的。把世界的春天藏在这儿，设计者就是这样的想法。

“小雅，过来，看看这个。”她蹲在围墙的东角向我招着手。那是栽种在一个浅蓝色小瓷盂里的多肉植物，四五朵儿，暖水瓶塞大小，活像裂开了的粉褐色小蘑菇。

“石生花，十九年……你看，它在脱皮，过几个月，就会开花，尽量不浇水。到秋末，就得换个盆子了，别看它小，根可深了呢……”

看着那么多年种植出来的一个盆栽，我不禁发出一个惋惜的声音，时间在这里，真是蛮横又吝啬啊。

“看着好小一个个，是吧？”她扑哧一笑，“把它从镰仓带回来，还有几次搬家，确实挺麻烦的。”

“镰仓？”

“嗯，日本镰仓。”

“哦……”

“一南是在日本出生的，六岁回来。你听我们的口音，我们的山南话都不怎么利索，呵呵，是吧？他是个很聪明的孩子，学什么都很快，两岁就能说很齐整的一句日语了，我还教他说普通话，只是当时没有想到，我们会回来得那么早……”

也是有故事的人啊，我心想。不过，我并没有什么问题想问她。

五

夜晚来临，躺在阁楼的小床上，S码的纯棉睡衣很合身，床垫厚度正好，被子的柔软足以让一个人放下全身心的疲倦沉入梦乡。真是奇怪的一天，我伸直双腿，心中默想。直到此刻，我才觉得来到这栋房子是很荒唐的事。虽然姐弟俩如此厚道热忱，可异样的感觉却冒了出来。

早上领我上阁楼时，姐姐说是昨天傍晚接辛一南的电话后就着手安置，因为时常打扫，阁楼一直非常干净，所以没花多少工夫就妥当了，她还帮我买了新的浴巾和睡衣，“从前没有女孩子住到这儿，一南说你的衣码选S应该挺好的，啊，别不好意思，我们一南从小就是一个很细心的孩子……一南不住这儿，他有自己租的房子，这个阁楼，前年老房子整修的时候就布置出来了……呵呵，像是预感到会有一个人要住到这里来似的呢。”

“等会儿我还要去买点儿东西，喝水的杯子，牙刷，你要不要一起去啊……啊，这孩子，还在咳嗽，是不是感冒了？”当她递给我一杯水后，我喝了一口，就一直在吭吭地咳嗽。

“您不要买那些，我去拿过来。”我摆着手，不想告诉她，我只能用自己的杯子喝水。

“那好吧，我们午饭时见，心里惦记着你，我跟花店的老板娘打了个招呼就跑回来了呢。”她笑了起来，就像被逗乐了似的。真是特别容易开心的人。

租居房的门上，我见到房东贴的字条——打你电话不通，限一个星期内自动搬家，过时丢东西。我打开房门，径直走向了席梦思床垫旁，带走了那把红色的壶和三只茶碗，其他的，我看都没看。

被我抱在怀里的壶和碗轻轻地碰撞着，咔哒咔哒响。走得很吃力，小心翼翼，担心会打碎它们，却没有想过停下歇歇。有人在喊：“爸爸，爸爸！”那个女孩看着不到二十岁的年纪，站在对面的沿街门面外，喊着爸爸的语气显然是在生气，是有什么急着要办的事吧，觉得她的父亲在拖延时间。她身边的母亲笑着看着她，用手摸了摸她的发辫。“不要搞它，乱了！”她板着脸生硬地制止着母亲。真是的，这个样子，别这么对待爸爸妈妈啊，不知道这不是永远都能拥有的！我看着那个女孩，心里对她感到非常厌恶。一个中年男人从店铺里走出来，嘴里说着：“来了来了……”女孩子这时笑了起来，一手挽起母亲，向她父亲做出一个嗔怪的表情，很纯真。也是一个可爱的姑娘嘛，我感到宽慰。

看着那一家子的背影，不禁想起一个傍晚，父亲拉开吉普车的车门，没有注意到我就站在一旁，车门撞到了我的鼻子，我仰面倒下，血流了出来，父亲抱着我奔跑在医院的大厅里，他喊着：“医生啊，医生啊……”沙哑的声音焦急而又仓皇。这番情景，隔了多年，突然就被记了起来。水滴落在了手上、头上，雨下起来了，我一动不动地站在原地，鼻腔酸痛，我蹲下来，脸上的泪水和着雨水一同滚落在紧紧抱住的壶和茶碗上。

谢绝了姐弟俩晚餐的邀请，我想尽量能一个人待着。事实上，这一整天，除了去租居房拿回我的茶具之外的时间，我一直都在阁楼。有几个书架，放满了书和影碟，我看了一下书，有英文版和法文版，倒是没有多少日文书。推开门，站在阁楼的阳台，我看着远近的灰色或者黑色的房子，有一扇窗子是半椭圆形的，旧式办公楼之类的房屋才会有的设计。父亲当年的办公室就是那样的窗子。回到房间，我在那张小床躺了下来。在那张小床上，不用想什么，我不希望再做思考。

窗外夜色深重，房间里黑暗一片，许多低微而又细碎的人声此起彼伏，聊天的人，电视机里的人，我听到脚步声，轻轻地，快要来到阁楼的门口，又退了回去。是以为我睡着了吧。我的思绪散漫开来，随着人声张网又落下。我下楼，穿过餐厅和客厅，打开房门，沿着巷子往前走，走过树影婆娑的北正街，拐了一个弯，沿着碧石街继续走，没有一个行人，没有一点儿声音，我觉得口渴。我停了下来，街边的树下，一个老婆婆拄着拐杖看着我，慈祥的笑容让我忍不住走了过去，向她讨水喝。她说："你跟我来。"我们走到一座房屋前，一位老公公打开了门口的水龙头，水柱打着底下的一个麻石的小水槽，那水槽的外壁打磨出了一些花纹，看上去有些年代了。我用双手掬起水来，听到他们问我："孩子，你这是去哪啊？"我说："畜牧站。"

"小雅！"是辛一南在叫我。

阁楼的阳台上，我看到辛一南在一楼进门的台阶外。我很惊讶，我是去父亲工作的畜牧站，刚才不是已经走到了通往那儿的临江路吗，怎么会是在阳台啊？

"小雅！"他继续喊着。

"嗯……"我说着，朝他点头。他看着我的神情，就像我是一个精神错乱者。这可真有些傻气啊。

当我转过身来，姐弟俩已经来到了通向阁楼阳台的门口，"小雅你是做梦了吧？"姐姐问道。她伸出双臂，轻轻地拉着我的手。

"你怎么跑来了？"她好像才回过神来，辛一南这个时候过来，真是没道理。

"啊，是我做梦了，我梦到小雅从阁楼上跳下来，我整个人一抻，差点儿从床上滚下来呢……"辛一南认真地比画着，接着便有点害羞，最后大笑了起来。

"哈哈……"姐姐笑着。快乐的人真是拥有无所不能的快乐。我禁不住笑了起来，被彼此逗笑，哈哈大笑着，那是非常开心的一个时刻。

因为辛一南的梦，我的心里对于姐弟俩的感情发生了一些改变。听姐姐说反正这下都睡不着了，不如我们一起吃点儿东西去。“让辛一南做炒饭？”我脱口而出。

“今晚不吃炒饭，一南会的可多啦——家里有曲奇、酥糖，嗯，我自己腌渍的冰糖梅子……一南，做个蛋糕，我把红酒找出来，我们等会儿喝点小酒吧！”姐姐越说越兴奋，我想可以用“可爱”来形容她了。

六

“小雅，你来和面。”辛一南微笑着朝我招手。我还从来没有做过这种事，但是他这么一说，我就走进了厨房，根本没去想自己会不会做。灶台宽敞，炊具、餐具和各种容器都有收纳区域，冰箱很大，整洁明亮的空间，不由让人生起“干起来吧”的欲望。

“怎么样？”他笑着问我。

“还行。”我说。他把水和面粉酵母之类的东西都调配好了，我只需把它们搅拌均匀就可以了。

“你姐姐……”我想说什么，突然就忘了。我像是患有倾诉困难症的人，其实是太久没有跟人说话了，不知从何说起。

“她啊，其实不是我的姐姐，是我妈妈。”他用打蛋器打蛋清，嗡嗡声里，突然说出了一句让我讶异不已的话来。

“是……”我像头脑有点儿短路的样子。

“呵呵，是妈妈。她跟我爸爸没有正式结婚，就把我生下来了，后来我爸爸去世，她担心这个样子回来我会受到歧视，就和外公外婆商量说，作为姐弟回来。”他如此轻松地说着，好像对于这个隐秘早就无所谓了似的，“为了瞒住周边人，他们花了很多力气呢，从一个地方转到另一个地方，听着好像荒诞剧一样吧……”

“你好像不在意这个……”我看着他说。

“看，打起来了！”他愉快地把手里的那个不锈钢盆子伸向我，蛋清被打成了白色的泡沫，“说不在意也对，在意这些没意思啊，事情就是这个样子呢……”

“她是黑龙江人，被亲戚介绍去日本读书，那个亲戚嫁到了日本。她在食堂做兼工的时候，认识了我爸爸，听她说是做文学研究的教授，年纪大她二十多岁，后来就在镰仓同居了。还没有等到结婚，爸爸就出了车祸。就算是没有那场车祸，也不会结婚的吧，男人在外还有一个家，日本很多这样的情况。母子这件事，他们原本是打算一直瞒着我的，但是我很小就听人说了。转过几个地方，关于这种事的消息就像长了腿一样。读大学时，学校组织课外实践，遇到一家炒饭店，做的炒饭特别好吃，毕业后就想自己开个那样的店。到了山南，租下了一个店面，就这样有了炒饭馆。山南这儿消费挺高的，离省城近的原因吧，租金、人工……爸爸留给我们的钱，还有之前存下的钱，等于是全部的积蓄，都投到了里边。外公外婆这两年跟着去世，这儿也没人知道我们的来历，跟她的关系，还是这么个说法，好像是日子久了，就都习惯这样了呢。”

“嗯……”我的脑子有点儿拐不过弯，说什么都显得不合适。

“给我看过爸爸的照片，她一直收在一个小相簿里，个子不高，瘦，脸型顺眼，年纪虽然大了那么多，但是给人感觉挺年轻的。未婚同居一般来说不会是什么单纯地因为爱情，但是她却认为就是因为这样，没有其他的原因。爸爸去世后，她一直单身，又不是条件差到没有适合结婚的对象，但她从来都不考虑，栽了满院子的花，说是那时候爸爸很喜欢花，有一盆，到哪都带着，搞得好像有些……嗯，固执——这样看来，还是实话。”

他悠悠地说着，让我有了错觉，好像跟着一个女人，把她那段不为人知的异国情缘走了一遭。“姐姐”也经历了很多的质疑与艰难吧？看着他把蛋糕盒子推进烤箱，封上箱门，有些淡淡的忧伤在我心中流淌。

七

与方怀见了一面，约在西点店。超过了员工正常的休假时间，店长已通知我不用再去上班了，在那儿见面，不耽搁他的工作，也好把我的工资从店里结算回来。接到他来电的一刹那，我有些晃神。算来还不满一个月，却像是隔了许久之后的一场重逢。

“你爸爸的事都办好了吧？”他问道。他的神情非常诚恳，虽然是明知故问，但是并不让我感到讨厌。

“是的，都办好了。”我说。

“你的事，我都没有插上手……”他那个歉意的样子，就像是做了错事似的。

“没事，你有你的事。”我故作轻松地说。“以后准备怎么办呢？”他问我。

“现在还住在朋友家里，等房子找到了，就从朋友家里搬出去，工作也会在这之前找好的。”我边说，边思考着往后的事。在他问之前，我还真没好好想过这个问题呢。

“我给你些钱，不多，真是很不好意思。”他低下头去，声音越来越小。

“不用了。”我说得很轻，也很确定。有那样的家庭，他的情况不会突然好起来，从没接受过他的钱，当然，现在也不会要。

走出西点店，街对面服装平价店的柜台后面，一个女人掰开嘴唇，正对着旁边的试衣镜检查自己的牙齿，店前的人行道上，有个吹糖人在教一个孩子把他手里捏着的那一小颗糖团给吹起来。我有些心酸，说不出是为了自己，还是为了方怀。

店外的甜品促销柜台后，一个同事叫了我一声，她问我，还来店里吗？我摇头，不来了。眼前有辆公交车从城南小学那边驶过来，向工商银行拐弯。五六个男女从车尾经过，他们在穿越街道。一个女人两手各拎着一个塞得满满的购物袋，她在车尾追赶，看上去是想招手吧，可她的手都被负累给牵制了，于是她焦急地喊："欸，欸——"这样看着，与方怀的过往，好像那辆追不上的车。彼此的情况都摆在面前，多余的话，不用说。

这么傻站着也不是法子。到姐姐那儿去，这样一想，就觉得十分迫切。穿过小巷，用钥匙打开门，客厅里没有见到她，厨房里也没有，我小跑着上阁楼。

"啊，小雅，下来，把那盆递给我。"姐姐在花园里招呼我。站在阳台上，我看着她把一个个盆栽重新移植到新的花盆里，阳光照在她的背上，每一片叶子都在闪着光。她那劲头十足的样子，和灿烂的阳光十分相配。

我把她指向的那个花盆递向她。"你想种花吗？我教你，很容易的……"她捧起一束绿叶植物，说，"洋甘菊，特别能活的花，话是怎么说的？呵呵，有点儿阳光就灿烂的那种。"

我拿起花铲，按她说的沿着花盆的边缘，让沙土慢慢把根盖住，直到它能在花盆里立起来，然后浇上水。还是第一次种花呢，我心想。

"明年三月份就会开花了，"她笑着说，"你看到自己亲手种的花开花的时候，就会觉得有个重要的事办成了，还有了新的约定呢。”

“希望能成功。”我的心里充满了感动，等我离开之后，我希望能常回来看看她，还有她的花，我想。

“一南没有种过花，他不爱做这个，我也不勉强他，”她说着，并没有任何沮丧和埋怨，“从来没有勉强他，读书也好，工作也好，不是说放纵那孩子，人要做自己喜欢的事。”看着眼前的这个爽朗的女人，想象着她的往事，那一瞬间好像看到了父亲。

“希望他做一个人品好的孩子，这是最重要的，我花的力气都在这儿了。”她拍了拍手套，把上边沾的泥土敲击下来。

“辛一南是很好的。”我赞许地说道。对于所谓的“姐弟俩”，我有着此前的生活中从未生出过的亲近感。除了感激收留我的恩情，还有一种涌动在彼此心里的微妙的感觉，我想，不论多久之后，我还会铭记如初，这是刚到这个家里的那天晚上就确认下来的。

那晚，辛一南端出烤好的蛋糕，我们围坐在客厅的羊羔毛地毯上，姐姐举着酒杯说：“看看小雅能喝多少。”我摇着头说不会喝酒，她笑着对辛一南说：“不喝酒的女人皮肤好，但是，喝一点儿红酒对皮肤没坏处。”

辛一南把杯子里的酒倒去大半，留着硬币大小的量，放在我的脚边，满不在乎地回答说：“知道你不是酒鬼啦，皮肤好不好，年纪还是问题嘛。”

号称姐弟的母子俩之间有着如此健康的家庭氛围，让我不禁好奇地看了看她。“小雅，你刚才也是做梦了吗?”她突然问我。

“嗯，做了一个梦，”我扭了一下双手，有种不吐不快的冲动，“梦到往临江路那儿走，遇到了一个老婆婆，拄着拐杖，一个老公公打开了门边的水龙头，把水槽打得噼里啪啦响着，很慈祥的两位老人家。”

“哦，是房门口的水龙头?底下有个麻石的四四方方的水槽?”她有些惊讶地问我。我点了点头。“白头发的老婆婆吗?驼背，个子小小的一个?”她的眼睛瞪大了，一眨不眨地看着我，“老公公是个胖胖的老人家?”看我默认的神情，她不可思议地摇起头来：“这房子整修之前，水龙头就安在房门边，底下有个水槽，你刚说房门口的水槽，我就马上想到了……房子一租下来，就要当自己的家来对待，整修的时候，房东同意我们把房外的那根自来水管改道，后来就把那水槽取走了，说是有人想收购。小雅，那老婆婆和老公公，就是一南的外公外婆呢……”

如果换作别人，一定会被吓到头皮发麻吧。我在惊讶之中，姐姐伸手放在我的额头，从额前往后抚着，她的手指有点儿粗糙，终日干活的那种像男人般的手，却让我觉得非常地温柔，“回来了，回来了，在这里，在这里……”她轻柔地念着。虔诚的表情，慈爱的动作，身为异乡人的姐姐竟然为我做起了山南的仪式。我想起父亲，小时候，每当受到惊吓时，父亲就是这样，轻轻地摩挲着我的脑袋，喃喃地这么念着：“回来了，回来了……”我心底涌起一种别样的感觉，这感觉一直堵在我的嗓子底下。

“因为知道你来了，外公外婆来欢迎你……”辛一南看着我，像是安慰，又不像是安慰，他认定就是如此，因而感到欣喜，“我们要庆祝一下，今天是小雅到家里的第一天啊！”

那个时候，我就感到了一种新的力量从心里生长出来，亲眼见到这些人，他们很有气力地生活着，能够坦然地接受和给予，一点儿都不惶惑惊慌。

八

再次接到方怀的来电时，我刚把搬家的事定好。我问他是不是有什么事，心想着千万不要是坏消息才好。他说没有什么事，只是想问一下。我正准备联系辛一南，托他向他的朋友道谢，他的那位炒饭馆的老顾客，把自己闲置的房子租给了一个远亲的女孩子，那女孩子已经同意与我合租了。既然他这么说，我匆匆地想跟他说再见了，接着便听他在说：“今天复查，我老婆情况很好，医生说只要按时服药就可以了。但是，不能受大的刺激，不然会有反复……”

“哦……”我说，听着就像我挺失望似的，其实并不是这样。我只是反应不过来，有些迟钝了。“辛苦了！”我恳切地说，“好好照顾她。”

“谢谢!”他说道。“谢谢”这句话，他曾经说过。之前觉得太客气的话，就像是在推开一个人，但是再听到这句话时，我不禁轻轻地点了点头。与他有关的一切，不知不觉中渐渐从我的心头翻过去，感觉上，像是走到两条路上的亲戚或者老友，听到他的消息，心里会很慰藉，也明白彼此是会越走越远的。

去炒饭馆吧。接下来的那个电话，我没有再打。

“马上就可以搬家了。”坐在炒饭馆的条凳上，我支着下巴跟辛一南说话。我的新住处，辛一南帮着垫付了一半的租金。

“都妥当了吗?你的行李呢，那么多的衣服，怎么两天就都弄好了?”他有点儿不相信，当初从租居房里打包我的那些衣服就花了两个小时，那些包裹在他那辆拖车的厢仓里堆成了一座小山。因为衣柜和阁楼实在放不下那么多，其中的一大部分就放在辛一南独自居住的地方了。

“那些衣服，想要的时候，你来我那边拿，我也可以给你送过去……”他走过来，坐在我的对面。

“不用啦，你可以把那些全部扔掉，”我摇头说，“以后不需要那么多的衣服，能简就简，就像姐姐，她和她的房子看着就让人感到很自在，不是说‘身上越轻，走得越远’吗?”

“那倒是……我还是很希望能一直像现在这样呢，”他说着低下头去，“要是觉得自己一个人住更方便的话，你住出去还是可以的。”

“你不也是一个人住嘛!姐姐的家那么好。”我感叹着，笑了起来。但是我发现，他沉默了。这种异样的情绪，被我感知到，就觉得有些不大自然，不知接下来要怎么办了。

“嗯，以后有什么事就说，大家都在一个城里，又不是很远。”他笑着，那个单纯的一见到就令人感到安心的人又飞快地回来了。我点着头，感动而又愉快。

“去那家蛋糕店工作，是因为那儿可以免费教烘焙吧？你想当个面包师，自己以后开店吗？”

“是啊，去做喜欢的事——开个有品质和风格的店，在山南，你算是头一家吧？多亏这些天，你烤了那么好吃的蛋糕和面包呢，所以我才有了这个打算，像你经营着这家炒饭馆一样，我也要有自己的店呀！还有，要快些把钱还给你嘛！”

不知从何时起，我变得健谈。很喜欢这样叽里呱啦地跟他说话。有时觉得他像一个弟弟，如果是手上涂了奶油，就会忍不住抹到他脸上，竟然有那种恶作剧的想法。我还没有爱上他，所以能有这样肆无忌惮的想法。他看着我的眼神里，有些莫名的悲伤。那不单单是因为爱情。那些隐匿的悲伤所伴随着的人生，教我看到眼神之后的故事，懂得笑着的意义。

九

告别在即，我想我要买个什么礼物给姐姐呢，花盆吧，于是我去了陶瓷集市，挑了一只山南本地的老匠人手工制作的，酱黄釉色，广颈圆腹，古拙可爱。抱着它回来的路上就想，可以把那个十九年的石生花移栽过来了。这些天，跟着姐姐打理小花园，一直记着最初她就说过秋末得换盆的话。

不出所料，见到这个礼物时，她惊喜极了：“啊，真好看！那天还说要给它换个合适的盆子，太好了！一路抱着回来的呢，真是……”

“我也给你一个礼物。”她抿着嘴，把一个纸质的小盒子放在我的手上。米斗形的玻璃茶杯，水平的杯盖，杯壁的黑底上有洋甘菊花的图案，从没见过这样子的茶具，好有质感，拿在手上觉得真是非常地精致。“托亲戚从日本寄来，定做的，说了想要这种花。”她指着那几朵小小的菊花说道。

“哎呀，我好喜欢！”我轻轻地拍了拍茶杯，心想以后也可以试试用它来喝茶了。

“嗯，我看着你用的茶壶和碗，是小时候爷爷奶奶家的吧？念旧的孩子心肠都是好好的呢。”她开心地笑着说道。

住在一起的那两个多月里，我们还从来没有谈过自己的过往。那一刻，我很想谈。

“我爸爸出事的前一天，带我去他工作的畜牧站，路上遇到雨，我们就在路过的一户农家躲雨。家里没有人，堂屋里的桌子上摆了三个小小的瓷碗，一个包壶，红色底子，金色的花，壶里的茶水是热的。我和爸爸坐下来，一人拿一个茶碗喝了水。雨停了，我们又等了一会儿，还是没人回来。爸爸说，下次要去跟那家人道个谢才好。返回的时候，没有见到那个小屋。我还想着，是爸爸骑得太快了吗？爸爸出事以后，我一个人去找过一回，有个小屋，看着挺像，但是一把锁挂在了门上，很久都没人住了。爸爸被带走后，我一喝水就会呛到，直到两年前，我在碧石街那个二手店里见到一模一样的壶和碗，壶和碗的底下都有一个‘水’字，是用很细的工具敲的，歪歪扭扭，像一个姓氏那样的。我买下了，用它喝水就不呛了。想起这些，自己都觉得有些奇怪呢。”一口气说了这么多，发现姐姐一直在耐心地听着，我仿佛都能看到自己那个神秘兮兮的样子了，于是有点不好意思地笑了起来。

“我听说过一些不好解释的事，有时也想，会不会有那样的事啊？只是自己还没有经历过吧。所以说就有‘缘分’这个词了。人跟人，人跟东西，都是有各自的缘分的。一南说，他见到你的时候，就像见到他自己小时候，一个人站在路中央，心里很愁，脸上装着没事。一听到你爸爸去世的消息，他就马上决定去看你了。”她的神情十分恳切。

“一南打我电话的时候，是我最糟糕的时候，那个时候，根本不知道自己还能往哪里走。”我感激地说道。

“人这辈子，要走一条什么样的路，往往不是自己一开始就知道的，一条路走着走着，有个分岔，到底往哪边才对呢，没有人告诉你，你也不一定就会听从别人的指引呢，顺着自己的心往前走就是了，甘心情愿就行，像我，也是很不容易呢……”姐姐说着，轻轻地点着头。

“是啊，姐姐很不容易呢！”我感叹地说。

人与人，人与物之间的缘分，简单来说，是吸引吧，你会遇见某个人某件物品，其实是你们有着完全相同的气息，一点儿都不用费力，无需刻意。辛一南注意到我，姐弟俩对我的关照，原因就在于此吧。

“和姐姐一家人就很有缘分呢……”我由衷地说道。

十

辛一南来电总在清晨：“喂，小雅，没打扰你吧？”

“没，我在店里呢。”我说。

“啊，又在店里啊？这么早呢，今天上午是你的轮休，我没记错吧？姐姐中午要去参加邻居女儿的出阁宴，你来帮下忙，送饭给张家三爷爷，他摔了一跤，幸亏没大问题，不过没个把礼拜的休养，他也别想再像原来那样到处跑了。”

“就是那个老把二胡带到炒饭馆里来拉的老人家吗？好的，我十一点到。”

他的客人们，除了突然出现的生客，我都认识。蛋糕店下班后，会习惯性地来到炒饭馆，跟客人们有一搭没一搭地聊会儿天，看着辛一南炒饭。锅中食物刺啦刺啦、哔咔哔咔作响爆发出的诱人香气，配上炊具碰撞的声响，让我觉得饶有趣味。也常常会叫辛一南：“债主！”实际上，他帮我垫上的租金，我早就已经还完了，但是这就成了一个理由似的，彼此常常见面，又不用被其他的关系给拖累。

“回来了！”我打着招呼走进炒饭馆，从张大爷家返回到辛一南的饭馆，路上步行时间花了二十分钟，去送饭是辛一南帮忙打的的士，给他省下一趟车费我觉得理所应当。

“辛苦了！”辛一南边取下套在下巴上的透明护罩，边向我走来，“明天十号，是你的生日吧？准备怎么庆祝？”

“呃，烤面包，这回该我出手了！”看他那么郑重的样子，我忍不住笑起来，“姐姐的冰糖梅子，还有一些小酒……其实我要去爸爸妈妈的墓地，生日最应该记得的，是爸爸妈妈的恩情呢。”

“那，带瓶酒去吧。”他转身，把一瓶红酒递向我，细窄的瓶子，澳大利亚进口，就是借居在姐姐家的第一晚，我们喝过的那种，非常香醇。

十一

我的二十三岁生日，在父亲母亲的墓前，我打开了最好的朋友送的酒。春草漫过泥土，远处一个男人燃起鞭炮，也是在祭奠他的亲人吧。

手机响了一声，微信上来了这么一条语音留言：“宋雅，生日快乐！”还是那么简单的话语。

“谢谢！”我用语音回复他。我说得很简单，也很真诚。

许久以前的一个夜晚，我在大雨里，独自一人站在楚江大桥上，伸着脖子往桥下看，江水被灯光镀上了一层铜色，在远处与黑不见底的夜相连，我像是站在了世界尽头。他就在那个时候出现，不允许停车的大桥上，他停下来，打开窗，大声地问着我。雨声，风声，来往的车呼啸而过的引擎与车轮的声音，我听不清他的问题。那座大桥上，没有人会无缘无故地停留，甚至都不会有人随随便便就走到桥上去，怕我自杀吧，他应该是这么想的。我向他微笑，说："我没事，谢谢你！"他启动车子，很快就消失不见，我记下了那辆黑色小车的车牌。所以我们并不是在西点店认识的，早在那之前。

父亲入狱后，我常常会突然头脑一片空白，惶惶不安或者茫然若失地四处闲逛。经过许多那样的时刻，唯有这个男人，为我停了下来。

不会再见面了，我非常感慨。那样糟糕的日子，不会再出现。回想起来，最难过的时刻，所遇见的人，都给了我这世上最大的温暖。随着生活的车轮向前就是的，什么都不能阻碍、连累和伤害，就像不曾被折腾过被撞击过被摔打过那样，尽其所能，从容地平静地往前走。这就是令我敬佩的，我渴望的生活。

我想给姐姐打个电话，跟姐姐说说她送我的那只杯子，第一次用那个杯子喝水时，就发现没有被呛着，现在发现，随便用什么喝水，都不会被呛着了。从前我也担心过呢，哪天我的那个壶和碗要是不小心弄丢了或者打碎了，那可就惨了。那壶和碗，就是爸爸带我在那个农户家躲雨时，喝过水的壶和碗。现在好了，不用担心了！

“姐姐，我就来了啊。”

“好呢，来吧，一南也在呢。”

姐姐教我种下的那盆洋甘菊，又到了盛开的季节了。

看不见的河流

领地

那天天将黑未黑，妈妈坐在我们住的房子对面的水泥地上哭，在她身后几步远是一个卖香烟零食的小店铺，坐在玻璃橱后边的干瘦女人看着她哭。我们的其他邻居——隔壁的屠夫夫妇，屠夫家旁边的理发店老板，街对面的开麻将馆的老夫妻俩，小卖部隔壁的那个外地女人，住在芙蓉树后面那个小青瓦老屋子里的单身男人……就是这么些人，都在看着。我不知道妈妈为什么还要坐到外面去哭，她本是在房子里头哭的。

妈妈的钱被人拿走了，不是偷，那个梳着背头长着一张马脸的高个子男人径直走到了妈妈睡的那张床的床边，把床底下一个早就坏掉了的小煤炉子拉了出来，伸长手臂掏炉膛。他把手退了出来，看了看手背，炉膛磕擦了他中指上戴着的大金戒指。他继续往里掏着，直到掏出了一团破袜子，那里边就是妈妈藏的钱。他在几个月里几乎天天都到我们住的房子里来，妈妈让我们叫他“叔叔”。他做这些时，我都看在眼里，我没有制止他，我以为是妈妈同意的，而在这之前他已经好几天没有来过了。

妈妈的头发被她在房子里头哭泣时不停地用胳臂蹭来蹭去，坐在路边时看着就比平时更乱，像戴了一顶刺猬皮的头盔。她穿着短袖衬衣，腋下的湿印子快洇到胸口，胸前的两个扣子是敞开的，汗液在她的脖子底下流淌。她的身上散发着不好闻的气味，就像打湿过皮毛缩成了一个团的狗崽才有的气味。我的哥哥夏曾经发现一窝狗崽，他想把它们带回来，但是没用，我们的房子太拥挤了，没有收容它们的地方了。

妈妈以前是长头发。路灯亮起的时候，她将一把凳子放在我们住的房子的台阶上，提一桶热水，就着凳子上的一个脸盆洗头发。当她从桶里舀出最后一瓢水，从她那好像帘子一样的头发上淌下来的水柱把地面砸出啪啦啪啦的声响。“三堂客，你的头发真厚啦，跟条河似的，水都冲到我这边来了……”对面的瘦女人走出她的小店铺，隔着小街，冲着这边喊道。妈妈用手拽着头发，将头发上的水拼命地刮下来。她好像没有听到那个叫喊声。“我是在我这边，又没到你那边去，爱说不说。”妈妈嘴里咕哝着。那还是我们刚刚搬到这里来的时候。

从妈妈的脸上看不出她开心还是不开心，她也不怎么笑，就像不知道怎么才是开心似的。捡了三个不喜，落了三个不愁，小卖部那个瘦女人有一回跟理发店黄老板聊天的时候就这样说她的。我想夏哥是不是遗传了她。后来妈妈脸也不洗，一边拿梳子梳头一边站在理发店的台阶上，就为了听黄老板跟人聊天。她的头发被梳掉了一些，她就捏着那些头发，让它们一根一根地落在黄老板店铺前的那些沙发边，凳子边。正是她的钱被那个背头男人拿走之后的一段日子，那些天里她没有出货，整天躺着，中午和晚饭的时候起一次床，那是她饿了，要吃饭。

姐姐春做饭给我们吃。爸爸还在的时候，洗菜做饭洗碗这些事就是春姐一个人的事。春姐在门口的一个缺了靠背的椅子上切菜，那块薄薄的塑料砧板被她手里的那柄菜刀撞得一歪一歪，春姐不得不在切了三五下后就伸手把它扶正。接着她在紧靠着门口的煤炉子上炒菜，她的背影看上去像只啄米的鸡。她把饭做好，去叫妈妈起来，她的声音总是小心翼翼的。

我们每天都会吃到她做的鸡蛋和香干。其他就是几种不同的青菜，然后妈妈从蛋品批发店买来整箱整箱的鸡蛋，把鸡蛋箱子码在煤炉的旁边。

“天天吃些这个东西，一世过的这个日子。”

“还有吃臭鱼烂溚咸酱菜的——本事有好大，挣了什么，就吃什么吧。”

爸爸有一回敲着碗边跟妈妈说话，妈妈嘴里嚼着白菜帮子回答他。妈妈从不埋怨，也不催促爸爸。像爸爸这种整天什么事也不做的人，还嚷嚷着这样那样的不好，她也认为是合理的。

冬天的时候，我们又改吃猪血丸子。妈妈把猪血和豆腐捣碎，掺了肉末和猪油，用手把它们揉成一个个椭圆的形状。巴掌大小，在对面的小卖部的台阶下垫上一层破纱窗布，就敞在那地上晒着。小卖部的瘦女人站起身来，她看着妈妈做这些，看了好一会儿就进到店铺后面的房间里头去，又过了好一会儿，她从店铺里走出来。妈妈已经离开了，这个时点，她去宋家巷或者毛家巷或者名叫接龙街的那些小巷道里的麻将馆玩牌，总是要玩到晚饭的六点才会回来。

小卖部女人双手叉在腰上，低头看着那些丸子，好像这样专注地看着，苍蝇就不会来叮它们似的。越来越多的苍蝇趴在了那上边。妈妈沿着这条街往三井头走去，那女人还在朝我们的房子这边看着，又向正站在她斜对面的屋檐下抖落着一条围裙的屠夫妻子摇了摇头，做出一个吐舌的表情。屠夫妻子朝她笑了笑。瘦女人吐舌的样子像个老婴儿。最后她终于逮到了跟我说话的机会。

“你们吃了这个不怕拉肚子吗?”

“不怕。”

“这么多苍蝇，看着能吃得下去?”

“吃得下去。”

“你妈妈什么时候回来?”

“不知道。”

她往纱窗布那儿伸了一下右脚的脚尖，就像忍不住要去踢一踢那些猪血丸子似的。我瞧着她的脚，心想，要是个孩子的话，都想去踢吧，那些丸子让妈妈团得圆鼓鼓的，像一个个的球。但没人真去踢，有过几个小孩子，他们打算拿手去捏一捏，被他们的大人叫住了。

“苍蝇呢，那么多苍蝇，还过去!”

小卖部女人看到住在南横街尾的那个胖女人朝这边走过来，就冲那胖女人做了一个眼色。两人嘀咕了起来。

“她一年也就晾一回这东西，还能晾几回?”胖女人抬高了声音，“那屋人惹不得的，你莫去惹。”她边说边把头凑向小卖部女人，好像跟她很亲近的样子。“那天盛家的在茂老倌家里打牌，一个外头来的女的骂了她，骂她坐车翻车。边上一溜的人都在讲那女的，说她不该这么骂人，盛家的跑货卖，天天车进车出，咒人家翻车!都说那女的太毒了。你以为那些人是在护着盛家的吗?那女的手上戴四五只金戒指的哩。都说这盛家的老实，被骂了连一个字都回不出，嘴巴看着就乌了。其实都是怕盛家的出事，要是找上那女的，只怕她那四五只戒指都不够赔的。现在有钱的怕没钱的，你才晓得这道理吧?莫惹嘞……”

原来瘦女人来来回回的是为了地上的一摊子猪血丸子。妈妈把它们晾在了那女人自以为的属于她的地盘上。女人走回了她的小柜台后面。

我觉得胖女人是个好人。每当我从南横街的街口走向南横街的街尾，都会经过这个胖女人的家。她的家就在街尾。我们住的房子在巷口，从我们的房子到她的家要竖着走完一条街，拐一个弯，再横着走完一条街。明明不是一条街，为什么要叫一个名？那天她收快递，从她家那头跑到我们房子这头，抬着下巴大声嚷嚷着，就是这么说的。不过，在她这么抱怨之前，我倒是从没想到两条街叫同一个名字有什么奇怪的地方。

她来买东西，塑料红字牌，筛盆，透明胶带。她跟春姐讲价，那个时候妈妈不在旁边，好像她好些回来这里买东西的时候，妈妈都不在。春姐低着头，又向她笑一笑，本来不同意，后来听了她的话，如了她的意。夏哥看了看她，又看了看春姐，好像想说什么，却没有说出话来。夏哥就像是个哑巴。

妈妈开一辆四轮的油布顶篷的车子去乡下，卖塑料和不锈钢材质的各类小百货。记得最早我们不在这条街上住着，搬到这条街之前妈妈就干这行营生了。我们的房子里早没有了爸爸，听妈妈那天坐在小卖部路旁边那路牙子上的哭诉，他死了快三年。那么，算到现在的话，爸爸已经死了五年不止。

胖女人目不斜视地从我面前走过去，嘴角带着微笑。她停在了理发店前，跟坐在沙发和条凳上的人们攀谈起来。刚才做过的一件好事，有一场纷争是她调和的，她在把这个消息跟人分享。满脸神秘。从前她偶尔也会在理发店前站一会儿，跟那里的人说几句话再离开。她和她的家人从来不会在这个理发店弄头发。她宁愿走出几条街，去找那些装修过有着锃亮的合金推拉门，一字排开了真皮转椅和洗头床的发廊。瑶瑶说，到这里来的都是没钱的人，外头洗个头现在都要十五二十块了，要是烫个头几百块的还不算贵的。有多贵？你要听了只怕让你眼睛籽儿都掉出来！

瑶瑶是麻将馆老夫妻俩收养的女儿，比我大不了一岁。她皮肤黑黑的，胳臂和大腿很粗壮，说出的话总是让我非常信服。好像一个大人的头脑套在一个孩子的身体里的那种人。她说，都说这个大胖子女人很有钱呢，家里的摆设好阔气的。

胖女人看着妈妈把车从街的小坡上开下来，向妈妈招了招手，等妈妈把车停在了我们住的房子的第一进房间后，她走到了妈妈的面前。妈妈听她说完一些话后，绷紧得鼓皮一样的脸上就有了笑容。

“我今天硬来讨一个嫌，你听了骂我，我不会说一个字。”她的开场白就是这样的。

只有胖女人才有这个本事，她头一个闯进妈妈的领地里来。

谈朋友这件事

妈妈坐上了一辆小轿车。是背头男人的车。从坡上来，停在了我们住的房子的门口。推开车门下来时，她的脸好像涂了一层油，这可不是说她的脸不干净油渍渍的，而是像翻新的皮沙发那样，焕然一新，小卖部的瘦女人翻新过她家的几张沙发，摆在街边上，让开着喇叭嚷着旧沙发破沙发真皮沙发布沙发翻新沙发的人忙活了一个下午，灰蒙蒙皱巴巴的皮子被弄得锃光瓦亮。

妈妈的脸颊上有两坨红肉，我们这里说人脸上健康美丽的红晕，妈妈的脸就是那样。她一笑，那欢喜似要从眼睛里露出来了。春姐也爱笑，可是她撑在黄老板那张破沙发靠背上的笑脸远比不上妈妈的这个。妈妈是骄傲的，春姐还有一种害羞，妈妈没有。她真是非常骄傲的。

妈妈捧一碗饭，走到理发店前的台阶上。我们的午饭时间好像总是比邻居们要早，黄老板还在做生意呢。他一手拎着一个瓢淋水，一手正在一个男人的脑袋上打着圈儿，白腻腻的肥皂沫儿都糊住了那个人的眼睛，快把他的耳朵都给糊住了。他正在说："这号瘾要拿什么戒?""拿寮戒!"

当地人把棺材叫作寮，而黄老板说的是"买码"。"买码"是人们悄悄干了好些年的赌博游戏，按一比四十的比例开奖，至于奖金是哪里发的，听说是"香港白小姐"。其实都知道，跟香港那边没什么关系，"白小姐"不过是个庄家挂的名号。庄家也不是个过硬的庄家，也有听说中了大奖不兑现，写单人，就是收取赌资的人，承担不了责任跑掉的，等风声过了再回来。就是这么一回事，却又常常听到谁谁买中了，赚了几百块啦，赚了几千块啦，所以大家继续玩着。黄老板说这话的意思，正是说大家买码就像有瘾一样，不到死的那天是丢不掉的。他没在意被妈妈听了去会怎么想，爸爸死的时候，手里也是拿了本"白小姐"的书。爸爸就是死在买码这件事情上的。他看书的时候发了病，屠夫老婆说听到他啊哟啊哟地大叫。屠夫、麻将馆的男人和小卖部的男人，他们抬着爸爸送医院，说是脑血管栓塞，几天后说是病情稳定了，回家在床上躺了大半年，最后还是死了。

香港的“买马”是真的有马在跑，这个“码”呢，连马毛都看不到一根！黄老板的客人任他的那只手在自己头顶胡乱打着圈儿，紧闭着眼睛，把头点了几下，像是很赞同他的话。黄老板的店里，薄木板嵌在到处是裂纹的墙面上，两把用了几十年的老式的理发座椅，椅背后面吊一块黑皮子，一把剃刀时不时地往上面刮蹭着，那椅子显得十分蠢笨的样子。煤炉上永远在烧水，电推子刺刺的响声里突然会冒出嘎嗒一下好像卡了壳的杂音。到了这里，就算是到了这条街最热闹的地方。哪怕是没有生意的时候，放在铺面外头台阶上的两条长凳、一把掉了漆的靠椅和两张破烂的皮沙发上永远坐满了闲聊的人。那会儿正当时呢，妈妈的话比平常要多很多。

春姐做了油豆腐烧肉，可妈妈并不是想去炫耀我们这难得一见的菜。我们还是爸爸死之前的那天吃过这道菜的，那天还有红烧猪脚，还有雄鱼头，放了酸辣椒，我一面唆着气一面吞着。都是妈妈做的。真好吃啊！后来我们吃过春姐做的刁子鱼嫩根鱼黄鸭叫，都是仔仔鱼，走油煎，在嘴里咬得咔嚓响。鱼贩子有时会把没有卖完的鱼从三井头的集市拎到这边的街巷里来，他们一手提着秤，把盛鱼的竹篮斜挎在臂弯里，逐一询问路过的人家，要鱼吧，便宜卖掉回去喽。春姐买了，煎过鱼的油重新灌回瓦罐里，下回再用。

谈朋友啦，屠夫妻子笑着，她一定闻到了妈妈身上的香水味。桂花香型，一小瓶黄色的水，妈妈从北正街那个大超市进门的柜台上买的。各种颜色的水被倒悬的椭圆形玻璃瓶装着，最早我误以为那是汽水。我用手指拨拉那金属的十字形瓶口阀，把脸涂成白色、口红末子沾在牙齿上的老板娘喝住了我。欸，动不得咧，调皮下家！她骂我的时候把眉头挑了起来。她的眉是直直画上去的，粗粗的两道，跟她的小脸盘很不协调。我看了她的眉，又低头看玻璃橱柜里放的一排排的手表、电池和剃须刀。她催促我离开。我也遇见过几个洒了香水的女人，都像这老板娘，要化了妆的，脸上的粉身上的味道浓度都一样。可妈妈没把自己的脸搭配好。

她跟屠夫妻子说起背头男人怎样有钱，才从广东回来的，做了二十年服装生意，十字街那头的两层老房子装修几多好，一手牌也打得溜顺。坐在沙发上的男人女人一个个起了兴致。大家乐意撩她讲男人，每当她稍作停歇，就有人提出一个新的问题来。屠夫妻子轻轻地说了声："那个人的钱好像来路不正呢……"旁的人没有一个附和她，妈妈也不愿面朝着她说话了。

妈妈几次坐着那男人的小车越过小卖部。车停在巷口附近，巷子太窄了，进不去。她做饭给这男人吃，男人有一回叫了外卖。穿黄色坎肩的快递员从摩托车上下来，一盒盒地递过来，理发店、小卖部、麻将馆，还有更远的地方，大家都在看着。妈妈笑起来的样子其实挺好看的。去年她剪掉了那一尺来长的头发，把头发卖了五十块钱。收头发的男人齐根绞了，把她的脑袋弄成了一个鸡屁股，她又在黄老板那里修理了一下。五十块转眼就被花成了四十块，黄老板将鸡屁股头变成了青年头。说是青年头，就是年轻男人的发型。黄老板是只会理男式发的。

妈妈到粥时街烫了头发，那里把妈妈的头发弄得蓬蓬的，都说她洋气了。但她不该信了小卖部隔壁新搬来的那家外地女人的话去文眉文嘴唇，像个猪头一样回来，消了肿后嘴巴还是比原先大了两圈，眉黑不黑青不青的颜色。对面的女人带着四个孩子端着彩虹条纹的瓷碗吃饭，她和妈妈两个人隔着一条街来对着话。她说妈妈显得年轻多了。她自己并没有文过，她和她的孩子们端碗的姿势很特别，他们全是五指顶着碗底那一圈的，看上去就很斯文。那女人摆了一堆红薯在卷闸门底下卖，一到早晨和晚上，她就把那门拉得嘎啦嘎啦响。是她带妈妈去了她家乡人在这边开的美容店，说是给了很大的优惠。说话噼噼啪啪，听上去爽脆极了，总之是个麻利的女人。

每次妈妈跟那女人说话，心情就会很好，但是隔不了多久，又会哀愁起来。她问过我一百次，眉毛怎么样？嘴巴能看吗？我都说好。没有一个人说她的眉和唇糟糕，可是只有那女人才能真正安她的心。她们俩看上去非常要好。“你兰姨说，我们都是外地来的，我们这一家，和你们这一家。”妈妈学舌着这个女人的话，她让我们叫她兰姨。这女人说的这句话听上去很温情。几天后那女人在理发店小卖部麻将馆打着哈哈，妈妈喊她，她也懒懒散散的。再跟妈妈偶尔言谈起来，就跟周边人没两样了。街上的人们忘记了她也是外地人吧？他们忽略了一个事实，她跟我们原本是一样的。妈妈跟背头男人说的，兰兰那女的有她没有的本事。

背头男人要给妈妈开一家麻将馆，找个人帮衬她，他邀打大牌的人来，一天盘子钱就能赚个四五百。再找社区书记给我们办低保，搞得好的话可以办两个，一月最少有千把块钱。给买社保，等到五十岁就可以领养老金了，等于端了国家的铁饭碗，比什么都强。他过几天就爆出一个好消息，所以妈妈两个月没有出去卖货，她怀着一种莫名的信心，即使那男人已经把种种计划说过了几轮却一个也没开始做。

有一天晚上妈妈被打了，妈妈被背头男人打青了眼睛。那是背头男人把她的钱拿走之后，她去找他，吵了起来。回来妈妈坐在藤椅上，到天亮的时候还坐着。我们没有吃早饭，夏哥给我钱买了包子。等妈妈睡着了，春姐跟夏哥说，没钱买菜了，总不能吃光饭吧？夏哥去东湖路弄了一箱方便面来，春姐问他是不是赊的，他说你莫管，吃就是的。春姐把泡好的面放在床头柜上，妈妈也没有翻身。晚上她才吃，吃完又继续睡。

春姐的读书

妈妈的三轮小货车停了二十天。夏哥找了个纸箱子撕了，用粗水笔写上各类小百货，特价洗货，欢迎光临，挂在我们后面的房间的房门顶上。屠夫妻子走下台阶来。

“你娘呢?”

“她在睡觉。”

“还在睡啊?”

“还在睡。”

她是唯一问过妈妈好与歹的人，她也是唯一说背头男人坏话的人。在妈妈端着碗跟她谈起背头男人的那天，她说过背头男人的坏话，说他是拐了一个做妓的寡妇的钱富起来的。妈妈后来就不愿跟她说话了。

“你妈妈不听劝的呢，都晓得，就她不晓得。南横街那头那个胖子女人牵的线，那女的啊，尽做好事呢……”屠夫妻子轻轻地叹息着。她的叹息从门齿里发出来，嘶嘶地响。她有一个缺了半截的牙齿，几年前她的儿子喝醉了酒回来，撒尿时摔倒在厕所里，她那时正扶着他，被连带着甩到了地上，门牙就这样缺了。她从夏哥手里买了一个塑料桶和一袋钢丝球，拿着这些东西来到了后面的房间，低低地叫了妈妈一声，妈妈好像没有听见。她站了一下，就回去了。

等屠夫妻子走了，妈妈扭转头问了我几句话，闭上眼睛继续躺着。后来我发现她在流眼泪，她的鼻子不通气，发出噗噗的声音。她嘤嘤呀呀地哭出声来，翻身坐起，又走到房子外头的街边去哭。我跟着出去，拉了拉她的袖子，她哭得更厉害了。一抽一抽的，还把头摇了又摇。她说你们都给我走喽，我不要了，不要了，什么都不要了。那天是礼拜天，春姐来了几个同学，约了她说是去老师家，夏哥也出去了，就我站在她的身边，看着她哭诉。

瑶瑶站在她们家的台阶上，她的那个年纪很老的母亲叫了她一声，把她叫回家里去了。屠夫妻子也在看着妈妈哭，哭出来就好了，她低声说了句。胖女人来了，看上去是路过，又好像不是。她一路走，一路拿眼睛瞅着妈妈。

胖女人在一个傍晚到了我们房子里，等着妈妈的小货车从街口开下来。再晚些时候，她又来了一趟，不是为了买东西。她跟妈妈谈话，介绍一个好去处给春姐。据说是她亲戚的基建公司，食堂缺个人，菜有厨师炒，这人就是打打下手，做些洗菜上菜之类的杂事。事不累人，钱也不差，她认为春姐去做很合适。春姐刚初中毕业，成绩不好不差，但还是勉强考上了公立的学校。

妈妈原本有些犹豫。在春姐成绩出来的那天，她在理发店前跟人聊天，两个女儿，一个一个给出去，这个眼下也大了，等她一出嫁，我就松活多了。皮沙发和条凳上的男人和女人都在跟她争辩，说才这么大的人，你总要让她多读点书吧。妈妈抿着嘴，把头摇了又摇。春姐把双臂撑在皮沙发的靠背上，用一种神往的表情听妈妈说话。春姐微笑着，害羞地笑。她在想象妈妈的话吧，当新娘子，穿漂亮的衣服，穿高跟鞋，和一个陌生的年轻的男人手拉着手走在这些街街巷巷。她有她的向往。

胖女人这样来了又来，倒不必犹豫了，春姐没去胖女人说的那个地方。妈妈跟胖女人说，人欺天不欺，我被人欺了，不能让孩子也欺了。

妈妈到了社区，社区的人带她到了镇政府，从政府到民政局，来来回回跑了几趟路，暑期快结束的时候，春姐读书的事有了着落。学校让春姐寄宿，春姐走之前给窗台上的花浇了些水。

我们的房子只有一个窗。那窗子是木框子带插销嵌玻璃片的，外面还扎了好几根钢筋作为防护。在那个窗子的水泥窗沿上，春姐放了三个杯子，两个塑料的，一个搪瓷的。都是妈妈进的货里的残次品。她往里头放泥巴，栽了几棵葱几棵蒜，搪瓷杯子里是她不知从哪里找来的一根太阳花的花苗。她走的那天，葱啊蒜的细窄叶子都长得油绿油绿，太阳花也发出了几根苗。

春姐是从南横街走上老江堤湘江路的。常坐在理发店前的那个拄着拐杖的光头老人经常跟人说起这些街巷的旧事，我不喜欢听，没意思。他说那个街两旁挤满了贩卖钢筋钢条的门面，把大铁板子铺到路面上头来的湘江路原来是一条江堤，过去的江面一直延伸到现在的福鑫市场里，市场是把一个大港湾子填了造起来的。他说这些街街巷巷放在过去，都是最繁华的地方，原来还有城门和城墙，真真这里才是城里啊。“早就毁完了，城门城墙老房子，现在这里是贫民窟了。住着的人，原来是最显贵的，都落魄了，那些鬼不生蛋的荒山僻壤现在叫做新城区，乡下人野处的人都发达了……”春姐好像听得入迷。

她听什么都入迷。

我转头看了看我们房子周边，这一排排横的竖的像狗牙像鱼鳞一样列起的破破烂烂的黑瓦片红砖墙老平房，剥脱了小白瓷片掉了琉璃瓦当的两层小楼房，粗的细的各种电线挂在巷道的半空里，鸟把屎拉在电线下面晾着的皱巴巴的乳罩、短裤和灰灰绿绿的被单上。我想起有几次坐车经过的新城区，那里到处是楼房。在那个圆形花坛的旁边，翻过一辆公交车，一台警车和一大群的人围在那辆公交车的旁边，叫着，喊着，看血喽，看血喽，脑壳开了，有个人脑壳擂开了！

我在去往新城区的公交车上还有过一个这样的旅伴，三十多岁的男人，穿着蓝格子的短袖衫，他把手放在我的大腿上，又把手穿过我的裤头贴着我的肚皮往里探，我惊讶地看着他，他说，把头低下！他望着前面，把另一只手臂搭在坐在我前面的妈妈的座位上，妈妈那个松垮垮的马尾辫子压进了她的背和背后的座位靠背上，她的头发在太阳下变成了棕红色，显得粗和刚硬，像是一匹马的鬃毛。妈妈连头都没有回过一下。

那个男人的整个上半身都往我这边靠过来，就像车正驶过一个急转弯。他打探了他想抵达的地方，这会儿心满意足地低头嗅着他的手指头，又抬起头来望着前面。车停下来，妈妈起了身，走到打开的车门边，喊我下去，我就这样下车了。在那趟车上的春姐，坐在妈妈的身边，侧着脸看着车窗的外面，还是那样一种神往的表情。

春姐去念书的那天穿着一身新买的衣服，背上满是塑胶味的新双肩书包，提了一个红绿条纹的编织袋。嘴唇两边弯起来，好像那些笑容太重了，她的脸挂不起来似的。她是欢喜的，妈妈也一样。她们走胖女人住的南横街，不是十字街，这两条街巷都通往湘江路，其实这里的每一条街巷都通往那里。也许是妈妈想让胖女人看到她们吧，她才选了那条远些的路来送春姐。我坐在屋檐下写作业，从我的指甲缝挑出小团小团黑色的污垢。从我们住的房子的后边，那棵芙蓉树下走来一个年轻的女人，单单瘦瘦，皮肤很白净，长头发，也不用皮筋扎，连发夹也不戴一个。看上去很简单，比妈妈还要简单。她说想买一卷透明胶。

我好像在哪里见过她，但是实在想不起是在哪里。这个女人说话的声音轻轻的，又足够让人听清楚。看上去是很和气的人，还有耐心。我从来就没有做过生意，那阵子真不知道透明胶放在哪个纸箱子里。我们的房间里堆满了纸箱子。她看着我性急地翻开一个又一个箱子，说不要急，慢慢找，别弄乱了，给你妈妈添了麻烦了呀。我从电视机柜那个半吊下来的抽屉里拿出一团，我说昨天我粘笔了，笔帽老松开，就撕了它用了一些，你要吗，只有这个了。她接过去，付了钱，离开的时候在门口停了下来，她看着春姐的花和草，问我这是谁种的。我告诉了她，她伸出一个指头轻轻地触碰了一下太阳花的花瓣。

“你姐姐呢?”她转过头来问我。

“读书去了。”我叹息着，周边的人把这句话说得有些悲伤，不知怎么会这样，这里的人好像总是分不出好事还是坏事，所以喜悦时总是带上了悲伤，悲伤时又会哈哈大笑——我学着他们的样子说了一模一样的话。

夏哥的恋爱

瑶瑶在门外挥了挥手，她的亲戚给了一个游戏机，我和她玩着俄罗斯方块的游戏。我们拿着那个半旧的机子，一人轮流玩一次。我的手指很笨拙，不消两分钟那些落下的积木块就堆满了巴掌大的屏幕，这让我很气恼。几个陌生的男人女人在我们房间的门口停下，他们喊着，人呢？人呢？喊了好一会儿，得知妈妈整个白天都不会回来了，就走了。他们看上去怒气冲冲的。

晚上夏哥在门口的那个水槽口上刮着鞋底，路灯把他的影子折在水槽边。水槽外面粉的一层水泥早破裂了，基脚露出了红砖块，被他那么一刮，口子边缘的水泥壳子哗啦掉下了长长的一块。他鞋底的泥挂在上边，这么看着，就显得黑漆漆的水槽非常地脏了。瑶瑶曾经在那里两次发现过蜈蚣，当春姐把一个褪了颜色、掉得只剩中间几根稀稀拉拉的棉布条的拖把扔到理发店隔壁人家前面的一个绿铁皮垃圾箱去之前，我们在拖把上见到过好多只黏黏婆——那种深灰色，半透明，胖墩墩，被人一戳就化成一小摊灰白脓水的软虫子。我们喜欢把它们捉到干燥的水泥地面上，让它们慢慢蠕动，慢到让人背过气去。但它们爬过的地方在阳光下会闪闪发光。所以我们还会花上大半天的时间看它们被晒死。如果要变成干瘪瘪的一层灰皮的话，就要等到第二天了。通常要把这些虫捉到街对面去。我们房间前的那块水泥地面从没干过，我们总在不停地洗，关起门来洗澡，打开门洗地，把黑色的尘土和油污随着花花绿绿的塑料片儿以及扑着翅膀的各种虫子从朽烂出一条条缝儿的木门底下翻出一个个小小的浪头。搁一个凳子供一只脸盆，从水桶里舀出水来，在台阶上洗头发，把泡沫儿一坨一坨地顺着头发刮下来，扔到台阶下。

“夏啊，你夜里不在屋里，是到接龙街那边的周家去了吧？”妈妈紧跟着夏哥进来，生怕他一转眼就又消失了似的。夏哥没回答她，书包往桌子上一扔，他面朝上把半个身子折倒在床铺上。地面不平整，还是桌子有些松了，这碰撞让它们发出了轻轻的叽哦的声音。

“搞出肚来那周家的会剐你一身皮！”妈妈嘟囔着。她的声音低下去，她知道这样的事根本不会发生。“周家找上门来了，他们那妹子有十四了吧？没有你就是强奸幼女，把你关进去也好。”她的声音突然又高起来，这倒是件正经事了。

妈妈之前从街坊们的闲扯里得来许多消息，比如私生子女不享受待遇，不构成重婚罪啦；过了二十年，欠的钱就不用还啦；戴了套就不算强奸啦；要是被拐走的女人愿意跟着买家过日子，那买家就什么处分都没有的啦；掏了鸟窝要判刑啦；贪污受贿来的钱财做亲朋好友一堆分了，挂上别人的名字就追查不到啦……总之都跟我们隔着天隔着地地远。这下她终于从里边找到了跟我们有关联的了。

现在不像原来，人家随便就认了，把女儿推到对方家里去。要赔钱，人也不一定到得了手。她沉浸在她的想法里。“她自己搞掉了，她家里晓都不晓得。”夏哥瓮声瓮气地说话。他总算开了腔，不然妈妈还会一个劲地说下去。

夏哥的恋爱多半是因为妈妈。在妈妈钱被偷走之后的仿佛无尽悲伤的二十天里，他的一个同学给了他一些钱。那女孩喜欢夏哥很久了，夏哥却并不中意她。那女孩怀孕两次，第一次没惊动家里，直到再次卸了他带给她的“货”后，她家的父母姨舅才找上门来——这时夏哥要跟那女孩分手，女孩当然不肯同意。手术费、营养费、精神损失费，人们计算了方方面面。我们住的房子、我们一个压住一个的纸货箱子、我们的邻居们、我们只吃鸡蛋豆腐和青菜叶子的贫瘠的生活……他们的无限期许，还是终结在自己的女儿那里。崽女的事崽女自己去探吧，他们摇着头说。是那女孩突然反悔了，说死活都要跟随夏哥。夏哥的沉默让她看到了希望。

“我给过一块玉给黄玲。”夏哥突然开口说话，我差点被吓了一跳。“玉？”“嗯，就是抽屉里那块青不青黄不黄的细细锁片，妈妈说那是块老玉。”

“黄玲是谁？”“我同学。”“她长得好看？”“好看。”

“她收了，还是爱搭不理。她也收了别人的东西，别人的比我的要值钱些，她就跟了别人。”夏哥喃喃地说。

“那你找她要回来。”我有点替夏哥不平，可不能这样便宜了那个女同学嘛。

“算了。”

“为什么？”

“我喜欢她。”

夏哥喜欢的是那样的一个女孩，我不能理解他了。

春姐失踪了

那天我们的房子前来了一个骑着单车的男人，在我们房间的门口停下，他喊着妈妈的名字，从斜挎的帆布包里掏出一个夹板，翻弄着上面夹着的一沓信封，嘴里继续叫喊着，快一点，来了汇票哪。

这个男人是邮差。妈妈拿着他给的那张小纸片从街的这头走到街的那头，问别人到哪里去取钱，怎么个取法。其实她都知道，只是找个由头让人家知晓夏哥寄钱回来了。屠夫妻子微笑着对妈妈说，人好懂事，这下你好过日子了啦。

好日子是要来了嘛。妈妈很淡定。

“你哥哥寄了好多钱呀？”瑶瑶问道。

“你哥哥带着那个周家的妹子去广州打了两个月的工了吧？”瑶瑶又问道。我说我不记得啊。

瑶瑶的问题让我想起春姐了，春姐连两周一次的大礼拜放假都没有回来。其实我想起的是春姐走的那天，那一天来过一个和气的年轻女人，那女人的头发真好看。

“我爸爸说他想换手机，等他换了，他那个旧的手机就会给我了，智能机，打游戏比这个机子好多了。”瑶瑶低着头，继续戳着那块屏幕。“呀，死了！”她叫了起来，我看到那个屏幕上的积木堆满了。游戏结束了。

“请问是盛春的家吧？”有两个人来问我和瑶瑶。是春姐的事。春姐突然从学校里消失了，老师发现，打了妈妈的电话，可是妈妈的手机早就换了号码。妈妈总是换号码，是贪便宜来的，哪个卡号都用不长久。学校老师就找到我们住的房子来了。

妈妈坐在那条藤椅上。平常只要不出门，妈妈大部分时候都坐在那里，不知道她在想什么，想出了神。又不是春姐想事情时候的那种神态。爸爸死后，有男人在她打牌后送她回来，有时只是来跟她说说话。她让他们送她，他们说什么，她也听着。但是他们想要坐下来，或者天一擦黑，她就叫我到她跟前去，或者在纸箱堆里东翻西找，好像什么珍贵的东西不见了似的，让那些男人不能久留。

妈妈老喜欢往藤椅上坐着，她坐在那里好像一个塑像。夏天的时候，她的腿会被蚊子咬出许多的包，在蚂蚁出没时，蚂蚁也会沿着她的双腿攀上去，她像是没有知觉，纹丝不动地坐着。除了夏哥那次左脸被挠破了一线皮、嘴巴肿着，流着血进来。他跟人打了架，别的都没法让她起身，她一直要坐到她想起来的时候。

妈妈没有做饭，我问什么时候吃饭啊，夏哥也不说话。夏哥是接到妈妈的消息从广州回来的，他的双腿叉得很开，双臂就搁在腿上，支着自己的头，坐在妈妈藤椅对面的一张矮脚椅子上。他和妈妈好像枯萎的两片叶子。妈妈要我到前面去。

我们的房子总共只有两间，一堵墙隔成一前一后的两进。妈妈要我去的前面是厨房洗漱间洗衣室，四周塞满了货箱，她的车也停在里头了。我不想去，问她什么时候做饭啊，她恶声恶气地叫起来，到前面去喽，到前面去！我那一会儿也像发了昏，非要问她要饭吃，她往我的胳臂上甩了一巴掌，我哭了起来，往前面的房子里去了。

怎么了啊？我问夏哥。夏哥走到了我的身边，手里拿着一个打火机，他用大拇指搓着银灰色的小滚轮，痴痴地盯着它。我说，你肚子饿吗？我的鼻涕从鼻孔里头钻了出来。春姐不见人，家里都急得要死了，你这不是讨打！夏哥斜了一眼后面的房间，他从裤兜里掏了张二十元的钞票，给你，买东西吃去。

妈妈呢？我问。

你管自己，我在这里呢。夏哥说。

把书读好，秋啊！把书读好啦！夏哥又说。

夏哥捏着他的打火机往后面的房间走去。妈妈还坐在藤椅上，他又坐在了她的身边。从我这边往后面看去，夏哥的脸跟妈妈真像啊。夏哥最像她啊，眉毛眼睛鼻子好像一个模子套出来的，就是嘴巴宽一些。夏哥长得漂亮。刚来这里时，听瑶瑶那个老母亲跟妈妈这样说过。你家的小孩子，男生女相，女生男相。尤其是那个大的，长得几多好哩。

死去的人

夏哥很瘦了。他原本就瘦，去了一趟广州，越发瘦了。他的头发两鬓剃浅了，都能看到青色的头皮，说话的样子也完全是个大人的模样了。在妈妈的钱被偷走的前一天，夏哥穿着蓝衣长褂子，把一个个纸箱垒起来。那些箱子受了潮，他的手指压过，一些边角被抠烂，当他举起其中的一个时，那箱子啪啦一下坠落了下来。成排的牙刷倒了出来，在他脚下散成一摊，横七竖八地厮杀着。他躬下身去拾那些牙刷，用双手抄，那一大把被捧到了箱子边口，可有两三支从他的指缝里漏了出去。

夏哥低头看着，他想去捡，但又忽地直起了身子。他将手里的那些牙刷狠狠地往地上砸。砸过了，便往门外跑去。他已经几次这样干过了，有一次是用脚把红色的塑料筛盆踢翻，接着一个个踩烂它们，还有一次是将扑克牌拆了封膜，哗啦一下倒在门前的那个水槽里。他往水槽里吐唾沫。

“夏欤，你只莫乱来啊，你是要惹我放肆发一回气吧?”妈妈会对夏哥这样叫起来。那是夏哥以前胡闹的时候。但是夏哥以前最多就是下雨天还光着头在外面跟人踢球玩，要么就是不当心把新买的校服剐出一个大口子，妈妈从来就没有对夏哥发过一次脾气。

重男轻女，瑶瑶眨着眼睛，带着神秘的表情这样对我说。瑶瑶说出了道理，即使放在以前，夏哥也不会受到任何惩罚。夏哥是妈妈的孩子里唯一的男孩。其实还有一个，但是盛冬在爸爸死后的前一年就死了。我们姓盛。随爸爸的姓。除了盛冬，家里人叫我们名字时从不加上那个盛字。单单有姓的那个死了。

盛冬是落到水桶里淹死的。不到两岁。那天妈妈出货，我们上学，爸爸躺在床上看一本书，他像从前的每一天一样，冥思苦想着那本书上印的人或者动物的图画，还有那些一句半句藏头露尾的诗。那些图画怪模怪样。人不像人，鬼不像鬼，夏哥这样说。他说的时候横着白眼珠子看着摊在水槽边上太阳底下的那本书，我以为是他不小心撞到了那本书，让它落到了水管子水桶附近的那片水洼里湿了大半，被爸爸发现后用蜷起的中指关节狠狠地敲了他的脑袋，因此他才恨透了那些图画。

爸爸直到死之前只中过一次奖，那一千六百元的奖金成了一个广为传颂的故事，人们忽略了他买不中的无数次，单单记住了那一次。在传说里，人们在“1600”的后面加了两个甚至三个零，爸爸和妈妈很奇怪地默认了这个传说。大概之前那些所谓的大奖的传说也就是这么来的。

他们好像很厉害的样子，瑶瑶眨着眼睛对我说。

瑶瑶说话的时候，夏哥嘴里正嚼着一块槟榔，他看了她一眼，眼神显得黏糊糊的。我吞下了差一点就要蹦出来的大实话，朝瑶瑶点了点头。夏哥那时就开始嚼槟榔了，他还开始偷着抽烟。他把打火机放在他的书包里，用一边肩膀去背那个书包。走路的姿势也跟以前很不一样。

财不露白，瑶瑶煞有介事地说。

这话瑶瑶后来又说了两次。她认为我们一家人在中奖之后还住在这个又穷又旧的房子里，吃的穿的用的看上去一点都没有改善的迹象是因为爸爸妈妈想守住这笔飞来横财留待以后去花，又害怕招来一些灾祸才故意让一切保持原样。她补充了一句，都是这样说的。看来在邻居们眼里我们已经是富人了。

所以盛冬的死也有了一种说法，爸爸的发财折了他的寿命。盛冬好像成了该死的人。即使不是那天爸爸躺在床上看那本书，任他走到了水桶的跟前，任他拨弄水桶里的水，任他一头栽了进去，像老鼠一样哼哼唧唧地叫了几声，他都没有在意，换作另一天，盛冬也会死掉的。这就是他的宿命。谁叫爸爸那么走运呢。

盛冬死后的几天，妈妈也是一声不吭地坐在藤椅上，春姐和我哭了，爸爸也红了眼睛，但是妈妈没有哭。妈妈缩着脖子，窝在那张烂了扶手的藤椅里，眼睛看着门外头。在爸爸死的头一天，她弄了好几个菜，把那张作为餐桌的四方凳子摆得满满的。你爸爸会死，她说。

爸爸瞪着眼睛，他的脑袋微微地颤着，他的手也在颤抖，我看到他的被子有了动静，可他抬不起他的手。腿，脚，他都抬不起来，他弱得像个襁褓里的小毛头。

爸爸从医院回来后就一直躺着，妈妈晚上给他擦洗，喂饭，把爸爸抱在她的胸前，他们俩就这样坐在那张藤椅上。爸爸长了褥疮，这是没办法的事，妈妈像抱着婴儿一样抱着他。

提着一口气呢，妈妈这样低声地说。

一口气落不下，作孽啊。她这样念叨着。

秋啊，你把稀饭端过来，你爸爸是想吃饭了。她吩咐我。

爸爸的那口气终于在她的期盼里落下了。你们去上学吧，明天后天请两天假，妈妈说。她拿一条小手帕盖在了他的脸上。她说，不要哭，都是这样的。

夏哥，你还记得盛冬吗？我问道。夏哥没有作声。

夏哥，你还记得爸爸吗？我又问。

记得活着的人就够啦。

夏哥说的时候，把手里的烟扔了。还有半截，他用鞋底将它踩灭了。

不吃了。夏哥啐了一口。

夏哥决定不再抽烟。

我要我的名字

妈妈去出货了，春姐坐在后面的房间门口看手机，她从不玩游戏，只看电视剧。看完一部电视剧，又看下一部。电视剧是没有看完的时候的。有时她又好像没在看，手机黑屏很久，她还不去碰一碰它。就像回到了她失踪之前的那些日子，她是容易心不在焉的人，但是她又没能回去，那种入迷的、神往的神情没有了。纯粹是在发呆。她的细声细气没有了，听人说话时的微笑也没有了，她不让我碰她的手机，她的任何东西，最好不要留在她的身边。春姐变得很懒了。

听说春姐是被网友拐到了一个传销窝里去，秋天被拐去，过了一个冬天，四月间被找到送回来。学校让春姐暂时休学一年，落下太多课，跟是跟不上了。腿长在人身上，鲤鱼奔深潭，都想往好处蹦，妹儿细崽，腿胯里自带货的，等再回来，只怕就是衣锦还乡了。之前瑶瑶皱着眉头对我这么说过。在春姐失踪的那段日子里，街头巷尾，只要我走过，都会指指点点，看咯，就是那屋的，人跑了。那时我问瑶瑶，说春姐会衣锦还乡，是什么时候呢？瑶瑶摇了摇头，她说人家没说。然而人家的预测也不准，春姐是一个光人回来的，连假皮的双肩包都丢了。

妈妈出货回来，买菜做饭，饭碗也是必须天天要洗的，即使衣服沤出馊气沤出绿霉，春姐也不动手，她会直接把它们扔到垃圾箱里去。妈妈变得很勤快。下午她还是会去打牌，天一黑就拉灯睡觉，她渐渐胖了起来，吃了睡睡了吃的那大半个月里挂出来的肿眼泡儿也还在。背头男人偶尔会从我们的房子前面路过，她见到了，就像没有看见一样。她开始跟人争吵。

先是在牌桌上跟人吵。有个女人说她一张牌半天不出手，像个死人似的，妈妈认为她是在诅咒——从前每当我们说到“死”这个字，妈妈总是很厌烦的表情，朝地上呸呸地吐唾沫，所以那天她也这么吐了。女人骂她，她也没示弱。万事只要起了个头，往后就像是扯开的布，呲呲溜溜地一路往下走。黄老板笑着对妈妈说，你是打遍天下无敌手了！等妈妈走了，他跟旁边的人说，这四方的麻将馆都让三堂客给打遍了，连毛细那样瘸脚跛手的腿都邀不到，有她在就凑不齐一桌。

后来是跟买菜的人吵。那人嫌她的钞票烂，不肯收，她叫叫嚷嚷的声音从三井头传到了十字街这边。我跟着看热闹的人跑过去，她一边拍着巴掌一边跳起脚，骂一声就打一个吆喝。骂的是什么，我也没能听清楚，估计她自己都不知道在骂什么，她的嘴皮子都发白了。

有一天妈妈没出货，跟黄老板说她要去投诉。我找到社区办公室，张书记在他的房里，还有三个女的坐在外面的房子里。我就直接进去找张书记了。劳烦张书记您个事，我的名字写错了。张书记问什么名字写错了，我说是贴在我们街上那个辉辉小卖部往那边巷子里去的墙上的那张大红纸上的名字，我叫徐玉华，上头写的是徐玉环。环字错了，是华。书记说哦，好喽，好喽，等下去改一下。我就回来了。下午靠晚边的时候，我再去看，没有改啊，我就又去找他们了。张书记没在屋里，只一个女的，我跟那个女的说了，女的也说好，我看她根本就没想起身的样子，就问现在就去改不？她嘿嘿地笑，说个把字，急什么呢，又不是对了就多块肉，错了就少块肉。我说我的名字呢，错了就不是我了呀！那个女的脸上就不好看了，她说是你不是你又怎么样呢？你是被选举人吗？不是吧？不是就没你多少事，你情愿，到那天你就来投票，你不情愿，那天只管去打牌赚钱，保准没人怪罪你！听得我脑壳里一轰，她的口气不对呀，我就跟她争了起来，后来我就骂她了，她也骂我。你知晓她骂我什么吗？她骂我不要脸！

她骂我不要脸哪！我一世没做过那种不要脸的事，为什么要骂我！妈妈说着说着脸就涨红了，她胖了之后，脸一红就会转紫，就像一块猪肝。她的胸脯起起伏伏，好像还有很多的话，可她不知怎么往下说。黄老板说，只怕是你不该催的，衙门里办事都没这么快，你好像是在指使他们一样，就不中听了不是？妈妈恍然大悟，可她梗了一下脖子，那她也不能这样骂我！黄老板没有再说话，用小镊子钳着他光溜溜的下巴，他的胡须早就让他给揪光了，可他没事还是会去揪扯。这一会儿没有客人，除了一个壮得像牛样的白痴，年纪比我还大，裤子上的拉链经常不拉上，叉开腿坐在沙发上，就像一大摊肉陷在那里。他呵呵地笑着，好像妈妈讲的是个笑话。以前黄老板常常把他从沙发上叫起来，担心他把沙发给坐坏吧，他指使他扫台阶，倒垃圾，那个白痴很听话。

妈妈之前就跟黄老板问过这事。那天她跟几个人站在红纸大告示前看了好一阵子热闹。她找了很久，只有那一个名字跟她的名字有些像。她再找，找对面那女人的名字，让她给找到了，一笔一画，丝毫差错都没有。她缩头缩脑地问别人，外地来的人呢，榜上会有她的名字吗？晓得喽，可能不会吧？别人这么说。她走到理发店，说了她的名字这回事，黄老板当时一听，停了手里的剃刀，一脸严肃地跟她说，这可是大事，你就莫忽视了哪，社区选举呢，写上名字的就是认了你这个人，国家的宪法还说了，人民有选举权，也有被选举权，权利，懂不懂，是开玩笑的吗？你莫不拿自己当人看啊。妈妈瞪大了眼睛，是呢是呢，她知晓了其中的利害，还有更大的道理在里边，不只是计较对面那外地女人的一点事了。

妈妈看着黄老板钳下巴的时候，一个中年男人从街那头走过来了。她期盼地看着他越走越近，但是那个男的径直往前走了，红纸告示贴着的那面墙可是在拐弯的地方呢，她追着叫他领导啊领导啊，那人一回头，一脸的笑。听她说名字，说被骂了，那人脸上的笑瞬间就消失了，再问他会不会改，他说改，是要改的。

不得改了吗？妈妈站在街心，声音低低的。她分明失去了希望。那人边走边扭过身，向她扬着手，用很亲切的语气说话，莫放在心上喽，这又不是个什么要紧的事，打牌去，打牌去……他大概是觉得他用上了这样洒脱的姿势妈妈也会因此变得洒脱起来。他真懂得体恤别人。但是妈妈像被针扎了一样叫起来，我跟对门的是一样的，她也是外地来的，她名字没错，我要我的名字！

妈妈的一声呐喊把邻居们招了出来，也招来了对面的女人。那女人质问她，你说说看，你怎么要抵着我呢？她说妈妈是不知好歹的东西。她们吵起架来。

老贱人，小贱人！送上门去的，被男人家搞烂了，丢了出来！你们算是倒嫖吧？脸呢，脸在哪里？不晓得香臭呢，一屋的破鞋，贱啦！

这句话好像一个咒语，让妈妈瞬间便收了声。屠夫妻子说算了吧算了吧，黄老板和邻居们也说算了吧算了吧。他们都看着那个麻利女人这样说话。妈妈突然扇耳光，把自己的脸打得啪啪响。她嘶喊着，春哪，春哪，你死到哪里去了？春姐走到她面前，她劈头打了春姐一个耳光，再打时，春姐逃走了。

打针是会要命的

妈妈问我烟在哪里，夏哥的烟只有我知道。夏哥已经回广州了。我把夏哥没抽完的那半盒子烟给了她，她在小卖部买了一瓶湘泉。小卖部的瘦女人用怜悯的眼光看着她，说话也比平常柔和了一些。关了门，她一边念着那句话，抽一口烟，吭吭地咳，接着喝一大口酒。她把那瓶白酒当成了纯净水。一口烟一口酒，一会儿笑起来，一会儿又猫那样地喵喵地哭。她不再咳嗽了。

我从湘江路上叫来了诊所的朱医生，那医生给妈妈挂上了两瓶点滴。妈妈说她头痛，痛得像一把斧头快要把她的脑袋给劈开了。她连一步路都走不了了，谁叫她喝酒呢。

一瓶快滴完的时候马上换，迟不得啦，会回血的，医生交代我。他教我怎么把管子从吊瓶的橡胶塞里拔出来再怎么插进另一瓶里去，怎么按着手背上的那张贴纸把针头给拔出来，又怎么按牢那张贴纸。一般我是不到外面跟人打针的，是看到你们作孽哩，他对妈妈说。

医生是妈妈的熟人。我们一家刚到这里时，妈妈跟他的妻子打过几次牌，他妻子半年后便再也不在这些街巷打牌了，她要玩大的牌局，这些街巷人陪不了她了。开诊所是非常赚钱的行当。药水滴答着，妈妈闭上眼睛，好像是睡着了。春姐拿着手机站在小卖部旁边的那盏路灯下，住在我们房子后面的摩托车男人从她身边走过去，好像在跟她说着什么，只听到那男人后来哈哈的两声笑，春姐从头到尾脸上一点表情都没有。我站在春姐的旁边，看她手机里的电视剧。房间里太无聊了。春姐一动不动，就像根本没发觉我来了。

我们住的房子里传出了妈妈的惨叫声，我才想起她和她的药瓶来。跑进去，是水滴完了，我慌慌张张地拔了管了，手滑溜溜的，只差没把那管子落到地上，把它再插到另一瓶的瓶塞里后，那瓶水丝毫都不像是会滴下来。妈妈叫嚷着，怎么搞喽，你看水看到哪里去了喽？她越叫嚷，从针头里往管子升上去的血就越多了。我着急地叫着春姐，想告诉她妈妈这里出血了，但是春姐没有进来。妈妈只是骂着。我想起朱医生来，拔腿往外跑，我的衣服挂到了房门，我没留意，就这样连拖连带着把门给关上了。

我问春姐有没有钥匙，妈妈被关在里面了，她说她也没有。我往湘江路上跑。我从没有跑得那么快过，几乎没法呼吸了，我的双脚好像是踩在自己的脑子里，咚咚咚，一片杂乱的响声。诊所的门已经关了，朱医生回家了，我又这样跑了回来。我喊妈妈，妈妈不答应，我拍门，越拍就越加害怕起来，她是晕倒了吗？我想着。妈妈好像死掉了。我的嗓子都快叫破了，我们的房子里边悄无声息的。

当我以为时间就这样卡顿住不再往前流动时，房门打开了，妈妈赤脚踏在地上，药瓶被她抓在手里，针头还插在她手背上，管子里全是她的鲜血。她的眼眶比她的血还要红。该死的，该死的，她开始骂我了。她的全身都在颤动，就像她很怕冷一样，她用我听到过的最激烈最尖锐的话来咒骂着。

你们想要我的命吧？你们想要我的命！她怒吼着。

我的手打向自己的脸，就像那天妈妈扇自己耳光。打啊，再打，打死你这个婆娘，她狠狠地盯着我。我打了一下又一下，就像我明白只有这样做才能平息她的怒火。屠夫妻子来了，她拉住了我，你走开些吧，孩子。她叫我孩子，叫得很好听啊。她扶着妈妈，轻轻地劝说，把她扶到藤椅边，帮她拔了针头，按住了她的手。

归宿

瑶瑶死了。她死在了大河里。

那天傍晚瑶瑶往湘江路走，她拿了她老父亲给她的钱，去交自己的手机费。瑶瑶的尸体是在两天后一百多里开外的岸边被人发现的。溺水而死。她的老父亲哭得很伤心，她的老母亲昏死过去好几回。我猜想，是摩托车男人掐住她的脖子，把她推进了水里吧。

我回想那天傍晚，记得开摩托车的男人跟在瑶瑶的身后走，他也去了湘江路。那天这个男人坐在他的屋檐下，捧着一大碗饭，把红烧肉堆得高高的。他对我说，到我这里来吃饭不？我说不啊，我妈妈会骂的。但我不由自主地向他走过去了。他打开他的手机给我看。我看到两个外国人，一个男的，一个女的，全身光着。那号男人，喝一缸水都莫想分别个一滴的，怎么会有女人跟他，还不就一世打单身？我想起小卖部的瘦女人跟黄老板这样谈到过他，连五角钱的尾子钱都非得让她找给他，别人是不会这样的。我抬起头来看着他，他的红烧肉应该是不打算跟谁分享的。瑶瑶这时叫我了，秋啊，秋啊，你等下跟我一起去交手机费不？等下我们就可以玩新游戏了啊！外国人的毛好厚啊，男的女的，连背上都是，金黄色的，茸茸的一片，像两只胖猴子。我这样跟她说。

摩托车男人那天什么时候回来的，我不知道。他没有骑他的摩托车，那天他是走路出去的。他抄着双手听理发店前的人们对瑶瑶失踪的事议论纷纷，就像那天妈妈要她的名字的时候，大家都在说算了吧算了吧，他也是这样抄着手，他的嘴角隐约有一丝笑意。这个爱笑的男人。

瑶瑶跟我说，开摩托车的那个男的是个没用的下家。下家这两个字到了瑶瑶这里，我才知道真是在骂人。她说有一次她来找我，那个男人朝她招手。这里，这里，他对她说。她以为是我在这个男人的家里，当她走进那间低矮的屋子，那男的对她说，看这里，要你来就是看这里。她看到他的裤裆，拉链已经拉开了，一条丑陋的东西露出来。真是丑陋极了！那次我是没提防，下次就没有这么容易，我要骂死他。瑶瑶就是在我说那两只金毛胖猴子的事的时候，斜着眼睛跟我这么说的。

瑶瑶就这样去了湘江路。可是她怎么会一个人又跑到渡口去呢？那个渡口，没有一条船，也没有人往那里去，早废弃了。满是杂草，下过雨，非常湿滑。她还想着跟我玩手机里面的新游戏的。是摩托车男人拉着她去的渡口，他让她看手机里的胖猴子，她骂那男人，那男人就掐住了她的脖子……我只是猜想着。

那男人把他那辆灰扑扑的旧摩托车拧得轰隆轰隆响，呛人的烟雾穿过芙蓉树的枝叶，往我们住的房子这边扫过来。他端着一只碗，问我，来吃爆米丸子吗？他抄着手跟小卖部的瘦女人说，他的结拜兄弟做了一大盆的爆米丸子让他去拿，他车坏了，走路去拿的。麻将馆那两个老家伙带的那个野崽子的尸都寻到了，他那盆丸子还没有吃完哩。

瑶瑶像一小撮灰尘，在阳光下呼一下就消失不见了。我的朋友。

一条看不见的河流

春啊，秋啊，对你们不住了啊。妈妈要我把春姐叫到了她的面前，她坐在藤椅上，看着我和春姐。春姐咬着嘴唇，把头低下，下巴都搁到脖子根那儿了。

昨晚我到渡口那边去了。妈妈把手伸出来，把头摇了摇。

我想去找你爸爸。妈妈叹了口气，眼泪淌了下来。她的嗓子已经沙哑了。那时节，你爸爸一口气不得落下，我也是一口气想落不能落下来呢。

我往渡口走去。沿着滨江路的麻石栏杆走着，大河总是安静的，除了涨水的时候。有一点儿太阳花，还有一些风。我经过河边的广场，那里一个女人带着两个孩子在玩耍。一个孩子在骑儿童单车，一个孩子在放风筝，那个女人看着他们，要他们当心点，别摔倒了。那个女人穿着一身棉睡衣。她的背影很像妈妈啊。

在爸爸死后的不久，妈妈带着我和春姐、夏哥，我们来过一次广场。很多人在江边看水，妈妈也是。黄色江水已经漫过渡口，我们站在滨江路边还没有被淹没的地方。江边的杨柳树只剩树梢尖儿露在水面，各种船舶在江边，当我们走上坡，走过湘江路，隔着滨江路看过去，那些船好像马上就会开到我们的面前，它们真是非常庞大。

那天天很蓝，太阳很大，到处白晃晃的。有人在路边的一排刷了黑色黄色条纹的矮脚铁桩子上搁了一扇纱窗，上面放满了切成薄片的茄子。妈妈站在麻石栏杆边，一个男人指着水面叫她看，他兴奋地叫着，问她有没有听到刚才乌龟从栏杆脚下翻入水里时发出的啪嗒的声音。他和走过来的一个老人嘟囔着手边没有网，或者钓鱼的那种"舀"，他们说好大一只，又在估摸着那家伙有多重，得值多少钱啊。老人盯着水看，又飞快地往前走，男人说，他是去找网去了。

他问妈妈，想不想要啊，想要的话，这会儿还来得及，它离得这么近呢。我看到一只乌龟慢慢地游向江水里的杨柳树，那些树枝沉浸已久，柔软得像一根根水草。它迟缓地挨近了树枝。刚才那个老头儿还在跟男人嘀咕着它是从哪个养殖场里爬出来的，男人说不是，它是野生的。江面多么宽敞啊，它是好不容易才游到岸的吧。那些树枝好像倚靠不住，看上去它早已筋疲力尽了。妈妈向那个热情的男人摇了摇头，她说我不想要它。

那个男人要妈妈帮他拍张照片，妈妈接过他的手机拍了两张。他问妈妈要不要在这里留个影，他可以拍得很好，妈妈又摇了摇头。那个男人在妈妈身边又站了一会儿，他说，刚才好大一只乌龟啊。他大概四十多岁了，不胖不瘦，把短袖衬衣的下摆扎进灰色的西裤里，戴着一块手表。表带是金色的。我问妈妈为什么不想要那只乌龟，她说她最初遇见爸爸的时候也像这样。哪样？那时我们还好年轻，在老家的河边，河也没这么大，我站着，看着水，你爸爸向我走了过来。

他和这个男人不一样，他跳进水里，把那只乌龟捉了，抓在手里，问我想不想要。

那个时候，我的头发好长的，辫子都拖到屁股下面了。妈妈一生中唯一一次谈起爸爸。

广场上那个穿棉睡衣的女人啊啊地叫，她那个放风筝的孩子摔倒了，她飞快地跑过去，抱起那个孩子，看她的手，检查这里和那里。我想起我们在渡口的那天，妈妈还没有发胖，还是一个长得好看的女人。妈妈站在水边。水也是那么好看，浅浅的黄色，稠稠的，像是一大杯乳汁倒进了黄色的泥浆里，它慢慢地流动着。其实它流得很快，我们见到一个又一个漂浮而来的东西撞到了船的甲板上，有空的油桶，有门窗片儿，身体发了胀的狗，大团的树枝，最大的一个是冰箱，它撞在甲板上，发出了非常大而又沉闷的声响。那时有两个女人指着远处兴奋地叫着，看那里喽，黑漆漆圆哩哩的，那是脑壳吧？是淹死人了吧？我仔细地看了又看，是个球，它只是和垃圾缠绕在了一起，她们是怎么想象出来那是一个死人的呢？我有些纳闷。那天的水跟天真是非常地近，到了很远的湘江大桥那儿，水就成了白色的，跟天没有了分别。最好看的是天上的云。

是那个买透明胶带的年轻女人告诉我的。那天她也站在栏杆边，她一直在往天上看，我一直望着她。就像知道我想问她什么，她把头又仰起了一次，这样我就看到了那两朵云，真像画笔画出来的，纯白的两朵，隔着不远不近的距离。像两座小山，又像两只小绵羊，都不像，它们很简单，就是云。

云信。

那个年轻的女人对我说。她轻轻地说话，还是那种微微的笑。后来她还来过一次我们的房子，她抚摸过春姐种的太阳花，那些花儿早就已经凋谢，种花的塑料杯子也早破了，泥和沙溢了出来，它们散在窗台上，没有人去搭理了。直到这一刻，我才想起早在那天时我就已经见过她。后来她就再也没有出现，应该不是住在这些街头巷尾的人吧。

我又一次见到了渡口。水泥路面破碎了，碎片混着黄泥，一条小路伸到了江的中心。水都退到了江心去了。妈妈来这里寻找爸爸，可是爸爸被埋葬在哪里呢？听说是在老家啊，我从来都不知道我们老家的位置，妈妈只带着夏哥把爸爸送了回去。盛冬死的时候，是爸爸和妈妈带着夏哥把他送回去的。我不知道他们为什么不带上春姐和我，如果我去了，就能看到那条河流，就是那天听妈妈说的。

在冬天的时候，那条河也像我眼前的这条大河一样吧，水落下去，露出一圈又一圈的岸泥，像蚌的壳，像树的年轮。水是铁青的，旧轮胎、皮箱子、塑料袋、烂掉半边的篮球……各种各样的垃圾堆在水的边缘。是这样的吧？

日子总是要过下去的啊！妈妈拉着我和春姐的手。我们是一家人啊！春姐哭了起来，她的眼睛里好像有个闸门，从传销窝里被救出来之后就封闭了，好像这时突然被掀了开来。哭出来就好了，我记起屠夫妻子说过的一句话。

被醉酒的儿子摔断了牙齿，被吸毒的父亲打断了鼻梁，为生病的女儿卖掉首饰和房子，一年三百六十五天天天扶着搀着被车撞成半边瘫的男人从街巷里走过来又走过去。瑶瑶死了，说旧事的光头老人死了，活了八十三岁，高寿了，人们这样说；跟黄老板同居了十多年还没领证的那个女人得了肠病，去长沙做了手术，只怕熬不出这个月底；对面那个女人死了弟弟，回去奔丧，说人没了钱跑不掉，肇事司机很倒霉，逃逸时被拦住了；那个白痴好久没来了，听说得了肛门癌……已经消失的人们与正在消失的人们。我们的邻居们，就是这样把日子一天天地往后过着。

我沿着滨江路往前走，越过两个路口，再从一条名叫江东北路的大路上折下来。我想从超市前面走过去，妈妈在那里买过香水。这条街多么热闹啊，小贩们都把货堆在了路边，水果摊、墨镜摊、包子车、面粉车，还有人把皮鞋包包挂在敞开的小车的车门上，放在车顶上卖，头上是大片的树荫，一路都是鸟鸣。那些鸟儿在人们看不见的枝叶间欢唱着。一个女人从童装店猫着腰出来，她把手里捧着的塑料包装袋和一个缺了把的衣架子扔到了路边。另一个女人从她面前走过去，她们互相问候着，路过的女人对她说，日子越来越好过了啊，她得意地说那是，下个月就开始领养老钱，这下月月有钱送到手里来，都是托国家的福，我们都被政府养起来了。她们喜气洋洋。吃面的男人满头是汗，烙饼的男人翘着嘴巴，小孩子闹着要她的爸爸给她买气球，每个人都喜气洋洋。

我从这条生气勃勃的路上走过去，很快我就能够看到丰厚街了，沿着这条店铺林立的街笔直往前走，就能走回我们的家去。回到家，我之前从不说回家，仿佛所有我们到过的地方，在我的印象里，都只是我们栖身过的房子。

春啊，秋啊，夏说要你们好好读书。妈妈紧紧地拉着我和春姐的手。

我要回家。即便还是有人会好奇地盯着我的嘴巴看，即便我说话时嘴巴是歪斜的。我吐字艰难，发音囫囵，两条腿在走路的时候像是被整个身体拖住了一样。有人还会嬉笑，他们说，这傻瓜……可我不是傻瓜。脑瘫的十三岁孩子的问题没有出在智力上，这个道理一般人不懂。多数是故意不懂。在小卖部的墙壁上，重新贴上了一张很大的红色的榜文，上面密密麻麻的名字里，有一个是妈妈的名字，端端正正，一笔不差。那张榜正面对着我们住的房子——我们的家。

在离开渡口时，我回头看了一眼大河，在那一瞬间，那个看云的年轻的女人和妈妈奇怪地重叠到了一起。那个年轻女人好像就是妈妈年轻的时候，在当年那时，妈妈刚刚遇到了爸爸，她的脸上也是那种淡淡的却十分美好的笑容。或者妈妈会重新蓄起她的长头发？我又在胡乱想象了。

我还没有见过妈妈所说的那条河流。但是，在我们的生命里，所有的人都是这样，走进来，又离开。就像河流，水落下，又涨起，往前流动，始终往前流动，都是非常自然的事。